LES GRANDS MOTS
DU PROFESSEUR ROLLIN

DU MÊME AUTEUR

J'ai réfléchi pour vous
Glénat, 2001

Desproges est vivant
34 saluts à l'artiste
(dir.)
« Points », n° P1892, 2008

Les Belles Lettres du professeur Rollin.com
Plon, 2007
réédité sous le titre
Les Belles Lettres du professeur Rollin
Ou comment écrire au roi d'Espagne
pour lui demander la recette du gaspacho
« Points Le Goût des mots », n° P2101

Astier et Rollin posent les bases de la pensée moderne
Entretien libre sur la transmission entre générations
(avec Alexandre Astier)
Jacob-Duvernet, 2010

François Rollin

LES GRANDS MOTS DU PROFESSEUR ROLLIN

Panacée, ribouldingue et autres mots à sauver

Plon

TEXTE INTÉGRAL

ISBN 978-2-7578-0394-3
(ISBN 978-2-259-20458-9, 1re publication)

LE GOÛT DES MOTS

UNE COLLECTION DIRIGÉE PAR PHILIPPE DELERM

Les mots nous intimident. Ils sont là, mais semblent dépasser nos pensées, nos émotions, nos sensations. Souvent, nous disons : « Je ne trouve pas les mots. » Pourtant, les mots ne seraient rien sans nous. Ils sont déçus de rencontrer notre respect, quand ils voudraient notre amitié. Pour les apprivoiser, il faut les soupeser, les regarder, apprendre leurs histoires, et puis jouer avec eux, sourire avec eux. Les approcher pour mieux les savourer, les saluer, et toujours un peu en retrait se dire je l'ai sur le bout de la langue – le goût du mot qui ne me manque déjà plus.

Ph. D.

Note de l'éditeur

Le lecteur sera peut-être surpris que les mots décrits dans cet ouvrage ne le soient pas par ordre alphabétique. C'est qu'il en est des mots à sauver comme de toute autre entreprise de sauvetage : l'ordre qui s'impose c'est l'urgence. Ainsi, lorsque le professeur Rollin s'est jeté à l'eau pour sauver les mots de la noyade, il a d'abord extirpé ceux qui n'arrivaient même plus à surnager et coulaient à pic sans adieu ni bouée. Le lecteur ne s'étonnera donc pas que certains mots ne soient même pas encore séchés quand il les lira mais il ne devra pas en tenir rigueur à l'auteur qui s'est mouillé pour eux.

À mes quatre cocos,
pour leur édification lexicale

1. Accort

Mes chers compatriotes,

Notre vocabulaire s'appauvrit. Il s'étiole, il maigrit, il rapetisse, il décline, il rétrécit, s'amenuise, se ratatine, s'évapore… en un mot comme en cent, notre vocabulaire fout le camp. Il est urgent de réagir, pour sauver les mots en voie de disparition et protéger, dans leur milieu naturel, les mots menacés d'extinction.

Nous allons tenter, pas plus tard que séance tenante, de sauver le mot « accorte ».

J'ai tout d'abord mentionné le féminin de l'adjectif « accort » pour nous mettre à l'abri d'une éventuelle et dramatique confusion avec le mot « accord », avec un d… tout le monde est d'accord ? ainsi qu'avec le mot féminin « accore » : l'accore, c'est la pièce de bois qui étaie un navire pendant sa construction. Ne nous laissons donc pas embarquer… par les homonymes ! Accorte est le féminin de accort avec un t à la fin, adjectif qui signifie : gracieux, avenant. Au féminin : gracieuse et avenante. Une serveuse accorte, et, si la serveuse est en congé de maladie, un serveur accort.

Au XVe siècle, les Français prononçaient l'adjectif accort en moyenne une fois tous les quatorze jours. Trois siècles plus tard, cette fréquence était tombée, selon le fameux BOCA, Bureau Officiel de Comptage des Adjectifs, à une fois tous les onze mois, et descendait même, dans les régions du Nord, traditionnellement sujettes à la mauvaise humeur, à une fois tous les cinq ans et demi. Aujourd'hui, je ne connais quasiment plus personne qui utilise le mot accort, à part mon beau-frère, mais c'est parce qu'il le confond avec le mot « bourré ». Il dit : « Je suis sorti du bistrot, j'étais totalement accort. » En réalité, je l'ai constaté de visu, il était simplement bourré.

Accort nous vient de l'italien *accorto*, qui signifie : avisé. De l'italien et non du suédois, et il est exact que les Italiennes sont souvent plus accortes que les Suédoises, selon mon beau-frère en tout cas, qui ne connaît ni les unes ni les autres. S'il était possible de tirer un son harmonieux et gracieux d'une pièce de bois plutôt sympathique, on pourrait espérer tirer un accord accort d'une accore accorte. Mais c'est probablement beaucoup demander, et il est plus sage pour l'instant de se contenter de l'accortesse de ceux qui nous entourent. Certes, l'accortesse n'existe pas pour le moment, mais celles et ceux qui nous entourent sont si accortes et accorts qu'ils nous le font oublier.

À présent, afin de faciliter la réintroduction de ce bel adjectif réjouissant dans vos conversations, je vous propose d'imaginer cette petite saynète terriblement contemporaine.

– Tu es prête, Simone ? On y va ?
– Oui, me voilà...
– Oh mais que vois-je ! Tu es terriblement accorte !
– Merci, et pareillement : je te trouve très accort ce soir.
– Ainsi, puisque le masculin l'emporte encore sur le féminin, toi et moi, nous sommes accorts.
– Tout juste. Et cela augure bien de cette soirée, qui pourrait se terminer...
– ... en un torride corps-à-corps !
– Puisses-tu dire vrai ! En attendant, verse donc un acompte : embrasse-moi. D'accord ?

À votre tour, chers lecteurs, participez à l'effort collectif en truffant vos phrases d'accort. C'est ce qu'on appelle l'accort du participe.

Sitôt que nous aurons retroussé nos manches, dans une autre vie pour certains, nous porterons secours au mot *humérus* qui, contrairement aux apparences, n'est pas slave, mais bien français.

2. Péremptoire

Chers compatriotes,

Poursuivant notre entreprise de sauvetage des mots en voie d'extinction, nous allons tenter maintenant de sauver le mot « péremptoire ».

Joli mot de quatre syllabes, péremptoire vient du bas latin *peremptorius*, mais il en est parti depuis si longtemps que lui-même a oublié qu'il en vient.

Au siècle dernier, l'usage du mot « péremptoire » a subi une érosion de près de 85 %. D'alarmantes statistiques nous apprennent que 37,2 % d'entre nous n'utilisent plus jamais le mot « péremptoire ». Dans certaines régions de France, la désaffection est telle qu'un peu de rouille ou de mousse commence à se former sur les bords du mot.

Péremptoire, comme chacun le sait, signifie : indiscutable, définitif. Un ton péremptoire, c'est un ton qui n'admet aucune objection. Dans l'aquarium, le thon péremptoire vit la plupart du temps à l'écart des autres thons, avec lesquels il a du mal à s'entendre.

Attention, péremptoire ne signifie pas « persillé », qui n'est pourtant pas très loin dans le dictionnaire. On peut dire à son boucher « Vos entrecôtes ne sont pas assez persillées, monsieur Butard », à condition que le boucher s'appelle Butard. En revanche, on ne peut pas dire « Vos entrecôtes ne sont pas assez péremptoires, monsieur Butard ». Ça n'a pas de sens, même si le boucher s'appelle Butard et même si on le lui dit sur un ton persillé.

Péremptoire ne signifie pas non plus « pittoresque », qui est également assez proche dans le dictionnaire. On ne peut pas dire, par exemple : « Dans la Beauce, les paysages sont assez péremptoires. » On ne peut d'ailleurs pas non plus dire qu'ils soient pittoresques, mais c'est un autre débat.

Péremptoire rime avec dortoir, histoire, et pétoire, pour ne citer que les plus connus. Quelques poètes ont bien essayé de faire rimer péremptoire avec artichaut, mais ils n'y sont jamais parvenus, ou alors en articulant vraiment très mal.

Pour redonner vie à péremptoire, le seul moyen est de le remettre en usage par la pratique. Aussi vous proposé-je une petite saynète fort pertinente, dans laquelle vous allez retrouver notre mot en situation.

– Simone, tu ne trouves pas que Jean-Jacques est un peu péremptoire ?

– Jean-Jacques ? Péremptoire ?

– Oui, je le trouve péremptoire.

– Péremptoire, non, je n'aurais pas dit « péremptoire ».

– Tu ne le trouves pas péremptoire !

– Non, pas péremptoire. Je dirais plutôt qu'il est… je ne sais pas. Oui, t'as peut-être raison, péremptoire, c'est assez Jean-Jacques.

– C'est tout Jean-Jacques, péremptoire.

– C'est vrai. Embrasse-moi.

À votre tour, chers lecteurs, faites un geste pour péremptoire. Dites-le, faites-le dire, le pays saura s'en souvenir.

Dans un futur difficile à préciser, nous sauverons le mot *caillebotis*. À pied sec, cela va sans dire.

3. Panacée

Chers compatriotes,

Merci de venir me prêter main-forte, et surtout bouche-forte, dans mon entreprise de sauvetage des mots en voie de disparition.

Dans ce climat solidaire, nous pouvons prétendre sauver « panacée ». Trois syllabes bien équilibrées, une finale longue en bouche, du corps… un mot bien structuré, joliment fruité, et qui se bonifie en vieillissant s'il est conservé dans de bonnes conditions… panacée vient du grec *panakeia*, qui signifie : panacée. Tout semble donc bien en ordre dans cette aventure. Mais panacée est menacé.

En 1936, aux premières heures du Front populaire, panacée figurait en 18 700e place des mots les plus usités. Les Français utilisaient alors le mot panacée 3 fois plus que le mot parcimonie, et 2,5 fois plus que le mot pamplemousse. En 2004, panacée a rétrogradé à la 27 250e place, il est prononcé 6 fois moins souvent que manutention et 226 fois moins que le mot ballon.

Utilisons donc le mot panacée, car actuellement nous ne l'utilisons pas assez. Pas assez, panacée : c'était le petit moment de détente de cette rubrique.

Mais, avant de l'utiliser, rappelons-nous quand même le sens de ce mot, parce que utiliser un mot sans connaître son sens, c'est un peu comme manger des pommes de terre sans les éplucher. J'ai bien dit « un peu comme », je ne suis pas idiot, je me rends bien compte que la comparaison est oiseuse, mais je viens de vendre mon dictionnaire des comparaisons pour acheter un vélo.

Une panacée, c'est un remède prétendu universel contre tous les maux, capable de résoudre tous les problèmes. C'est un peu long, et c'est pour ça qu'on a créé le mot.

Si le mot n'existait pas, le Premier ministre devrait dire : « La privatisation n'est pas un remède universel contre tous les maux, capable de résoudre tous les problèmes », et personne ne l'écouterait jusqu'au bout. Grâce à panacée, il peut dire : « La privatisation n'est pas une panacée. » Peu de gens ont compris, mais tout le monde a écouté jusqu'au bout.

Pour aider ceux qui nous écoutent à réinstiller progressivement panacée dans leur vocabulaire, je vous propose une petite tranche de vie très vivante et très roborative, dans laquelle panacée tient une place de choix. Écoutons.

– Ah, te voilà, Simone ! Tu reviens de la gymnastique aquatique ?

– Oui, ça m'a fait un bien fou, ça m'a détendue, ça m'a bien redonné la patate !

– Tant mieux, mais attention : l'aquagym n'est pas non plus la panacée !

– Je n'ai pas dit que c'était la panacée !

– Tu ne l'as pas dit, mais tu l'as pensé !

– Moi, j'ai pensé panacée ?

– Oui, il me semble.

– Comment pourrais-je penser panacée alors que je ne connais pas le mot ?

– Tu ne connais pas panacée ?

– Non, et je ne souhaite pas le connaître. J'ai mes mots à moi et je m'en porte très bien.

– Ne t'énerve pas, Simone, tu es en train de perdre tout le bénéfice de l'aquagym.

– … Embrasse-moi.

À votre tour, amis lecteurs, emparez-vous de la panacée. Plantez-en partout dans votre jardin, et n'oubliez pas d'arroser.

Dès la nuit tombée, nous sauverons, sans faire de bruit, le verbe *tintinnabuler*.

4. Coruscant

Mes chers compatriotes,

Nos efforts pour sauver de l'extinction le mot « panacée » ont été payants. J'ai sous les yeux le rapport du fameux BICMOG, le Bureau International de Comptage des Mots d'Origine Grecque, et ce rapport indique que vous avez été 32,8 % de plus à utiliser le mot panacée vendredi après-midi. Ce chiffre constitue pour moi un vif encouragement à poursuivre mon entreprise de sauvetage et à voler sans plus tarder au secours du mot « coruscant ».

Coruscant, adjectif aux sonorités épicées, signifie, selon le dictionnaire, et nous allons nous ranger à cette opinion : qui brille d'un vif éclat, étincelant. On dira d'un raisonnement qu'il est coruscant, si toutefois il l'est, on le dira d'une plaisanterie, à la même condition, mais on ne le dira pas d'une brouette, ni d'une soupe aux choux. Si la brouette brille d'un vif éclat, on dira qu'elle est rutilante, un mot à surveiller, soit dit en passant. Si la soupe aux choux brille d'un vif éclat, on dira qu'elle est finie, et que c'est par conséquent le fond de la soupière en argent qu'on voit briller.

Dans le dictionnaire, coruscant se place entre le corton, grand vin rouge de Bourgogne, et corvéable, « assujetti à la corvée ». C'est ce qui permet à coruscant, successivement, de se soûler gratuitement, puis de faire faire les travaux par d'autres. Une attitude bien négative qui n'est pas pour rien dans la désaffection dont souffre ce mot. Pourtant, coruscant a, selon moi, et de la ressource, et un bon fond. Coruscant est capable de rimer avec boucan, avec pélican, avec volcan, et tous les mots n'ont pas cette faculté. Échauguette, par exemple, se révèle incapable, même au terme de douloureuses contorsions, de rimer avec pélican. Idem pour cotylédon, qui pavoise quand il s'agit de rimer avec édredon, mais se dégonfle comme baudruche au moment de rimer avec grandiloquent. Rime que réussit parfaitement, de son côté, notre ami coruscant.

Pour vous aider, chers lecteurs, à replacer coruscant dans le contexte d'une conversation courante, je vous invite à vous imprégner de cette jolie saynète singulièrement édifiante.

– Simone, tu as cinq minutes ?

– Oui…

– Alors écoute ce que je viens d'écrire, et dis-moi franchement ce que tu en penses…

– J'écoute…

– Nos efforts pour sauver de l'extinction le mot panacée ont été payants.

– Que c'est coruscant !

– … J'ai sous les yeux le rapport du fameux BICMOG, le Bureau International de Comptage des Mots d'Origine Grecque…

– Mon Dieu que c'est coruscant…

– … et ce rapport indique que vous avez été 32,8 % de plus à utiliser le mot panacée vendredi après-midi.

– C'est follement coruscant, ton truc !

– … Ce chiffre constitue pour moi un vif encouragement à poursuivre mon…

– C'est tellement, tellement coruscant !

– … Simone ?

– Oui ?

– Tu me fatigues !

– Embrasse-moi…

Chers compatriotes, soyez désormais déterminés et rigoureux dans ce qu'il est convenu d'appeler la « coruscant-attitude ». Brillez, brillez tous d'un vif éclat, et revenez, je vous prie, vite et sans manières, pour m'aider à sauver le mot *simagrée*.

5. Libations

Mes chers compatriotes,

Nous avons pris l'habitude, tous ensemble, de sauver, jour après jour, un mot de la langue française menacé d'extinction. Mais, à l'heure où j'écris ces lignes, la situation est exceptionnelle, et, pour ne rien vous cacher, dramatique. Ce ne sont pas, en effet, un, ni deux, ni trois, mais quatre mots, menacés à très court terme, auxquels nous allons devoir porter secours dans la fièvre et dans l'urgence. Il s'agit de « libations », « prégnant », « ingambe », et « spumeux ». Leur état est critique et requiert une mobilisation sans faille de toutes les énergies.

Au travail, donc.

Le mot libation, quand il est singulier et désigne une offrande rituelle à une divinité, a quasiment disparu de la circulation, mais il n'y a pas lieu de s'en émouvoir, il ne servait plus à rien depuis l'Antiquité. En revanche, « les » libations doivent être réhabilitées. Faire des libations, c'est, selon le dictionnaire : boire copieusement, bien s'amuser en buvant du vin, de l'alcool. L'élégante affirmation « nous avons fait des libations » disparaît jour après jour au profit de ces pauvres succédanés que sont : « On était tous bien déchiquetés »,

« On s'est gravement avoiné la gueule », « On a picolé comme des maboules », « On était torchés comme des bourrins et on s'est pissé de rire dessus ». Toutes ces périphrases alambiquées pour dire « nous avons fait des libations ».

Le temps presse, parlons de l'adjectif prégnant : « qui s'impose à l'esprit, qui produit une forte impression ». Triste paradoxe : prégnant se perd, alors même que le mot prégnant est prégnant. Il est à ce point urgent de réintroduire prégnant dans nos campagnes et nos forêts que je décide, dans ma grande mansuétude, d'autoriser jusqu'à fin juin l'emploi de super-prégnant, hyper-prégnant, et grav'-prégnant.

Ingambe, vite. Ce n'est pas sans raison qu'ingambe est menacé. C'est que, avec son faux préfixe privatif in, il semble signifier « qui n'a pas de jambes », alors qu'il signifie au contraire « qui a les jambes lestes ». Remettons donc ingambe sur ses pieds, et dans nos bouches. Très vite.

Ouille ouille ouille, l'heure tourne, mes chers compatriotes, et je réalise qu'il nous faut nous résigner à abandonner spumeux à son triste sort. On doit savoir, pour le salut de quelques-uns, faire le sacrifice de quelques autres. La prochaine fois que nous croiserons un matériau spumeux, nous nous contenterons, la mort dans l'âme, de dire qu'il ressemble à de l'écume.

Pour réaccoutumer nos oreilles à ces trois mots moribonds, lisons à haute voix cette petite saynète vertigineusement pertinente.

– Simone, tu viens manger ?
– Attends, je finis mes mots croisés…
– Je vais t'aider !
– D'accord. Alors, en 9 lettres, « action de se déchiqueter grave en se marrant comme des tordus ». Avec un s à la fin.
– Libations.
– Génial. Ensuite, commençant par le i de libations, « bien en jambes », en 7 lettres.
– Ingambe.
– Hein ?
– Ingambe.
– Connais pas.
– I-N-G-A-M-B-E.
– Oui, ça rentre. Ensuite : « saisissant », en 8 lettres.
– Prégnant.
– J'aurais dû y penser. Et pour finir, en 7 lettres, commençant par s-p, « qui ressemble à de l'écume ».
– Viens manger, Simone, ça va être froid.
– Embrasse-moi.

À vous de jouer, chers compatriotes. Lorsque vous aurez dessoûlé, nous sauverons le mot *pétaudière*, indispensable dans la formule « Mais qu'est-ce que c'est que cette pétaudière ? ». Une formule qui, privée du mot pétaudière, ferait certainement long feu.

6. Flavescent

Mes chers compatriotes,

Vous êtes chaque jour plus nombreux à rejoindre nos lignes pour tenter, sous mon exigeante férule, de sauver nos malheureux mots en voie d'extinction. Pour autant, je le dis tout de suite et avec fermeté, il n'est pas question de sauver tous les mots. Ainsi, depuis que j'ai l'autre jour porté secours à « ingambe », qui a de bonnes jambes, vous êtes des centaines de milliers à m'écrire pour me conjurer de sauver « podagre », qui est un peu le contraire d'ingambe ; un « cacochyme podagre », c'est un cacochyme qui a mal aux jambes, probablement parce qu'il souffre de la goutte. C'est bien triste, mais ça n'entame pas ma résolution, ma réponse est « non ». Non, je ne ferai rien pour podagre, il y a trop de mots plus souriants et plus sympathiques qui ont besoin de moi, je ne peux pas et ne veux pas être partout… podagre finira sa carrière dans l'hôpital de brousse de son choix, gavé d'antibiotiques, je suis désolé… gouverner, c'est choisir, alors au revoir podagre, adieu podagre, bonne route podagre, si tu arrives encore à marcher. Fermons la parenthèse, et volons au secours de « flavescent », un mot à réhabiliter d'urgence, non pas tant parce qu'il est utile, mais parce qu'il est joli.

Fla-ves-cent, qui se situe à égale distance de fla-u-dix et de fla-w-mille, flavescent donc, signifie, je ne vous l'apprends pas : « jaune doré ». Il urge de bien distinguer flavescent de quelques-uns de ses concurrents : safrané, citron, chamois, cuivré, fauve, ocre, isabelle, ou encore nankin. Ce sont ces nuances-là, et particulièrement la nuance flavescente, que Maurice Utrillo se propose d'utiliser pour peindre des couchers de soleil, comme il le dit en 1950 au cours d'une passionnante interview.

Utrillo est malade et il dit ceci : « Si je ne reviens pas à la santé, je demanderai à Dieu, un jour que je m'ennuierai au paradis, de me donner une boîte de pastels, et je tâcherai de trouver pour lui quelques nouveaux couchers de soleil, parce qu'il m'a semblé qu'il se répétait un peu depuis quelque temps. »

Ainsi donc, mes chers compatriotes, vous dédaignez un peu plus chaque année ce joli mot de flavescent. C'est que, me rétorquent certains d'entre vous, le sens en est bien étroit. Et je vous réponds : qu'est-ce qui vous empêche de l'utiliser dans d'autres sens ? Le mot n'étant pas très connu, personne ne vous en voudra de déclarer « j'ai passé des vacances flavescentes », « mon compte courant est un peu flavescent ces derniers temps », ou bien « j'ai rencontré une jeune fille aussi flavescente qu'accorte ». Attiré par accorte, mot rare que nous sauvâmes il y a peu, votre interlocuteur ne prendra pas garde à flavescent, et vous aurez fait, pour la sauvegarde de flavescent, un bon geste qui ne vous aura rien coûté, pas même une pièce d'or flavescente.

Je ne voudrais pas, dans cette circonstance, être le conseilleur sans être le payeur. Aussi vous engagé-je à scruter cette petite saynète colorée, de nature à réacclimater flavescent dans le langage d'aujourd'hui.

– Simone, il faut qu'on choisisse la peinture de notre nouvel appartement !

– Ah oui ! T'as des idées ?

– Eh ben, pour le salon, j'avais pensé bleu…

– Ah non, le salon : flavescent !

– Très bien, comme tu voudras. Alors, la salle à manger, un rouge sombre…

– La salle à manger ? Flavescent !

– Ah d'accord. Notre chambre…

– Notre chambre, ça j'y tiens, ce sera flavescent !

– Bon. Mais les chambres d'enfants…

– Sois logique : dans la mesure où tout le reste est flavescent, les chambres d'enfants, il faut qu'elles soient flavescentes aussi.

– En somme, on aura un appartement 100 % flavescent.

– Ça te contrarie ?

– Non. J'ai juste envie de mourir.

– Embrasse-moi…

Voilà. Je vous souhaite une journée bien flavescente. Bientôt, si rien n'a changé d'ici là, nous nous emploierons à sauver le mot *jambonneau*.

7. Alacrité et Acrimonie

Mes chers compatriotes,

J'avais prévu l'autre fois de sauver de l'oubli le mot « jambonneau ». Mais il semble qu'un sursaut national se soit produit, on me signale, des quatre coins de l'Hexagone, des conversations entières portant exclusivement sur le jambonneau. Il n'y a donc plus d'urgence en ce qui concerne le mot jambonneau, ni du reste le jambonneau lui-même, et nous avons les langues libres pour nous consacrer à deux mots très menacés : « alacrité » et « acrimonie ».

Ces deux mots vivent en couple depuis quelques solides décennies, et c'est même ce qui explique en partie leur situation alarmante : ils se sont, comme souvent les couples, refermés sur eux-mêmes, ils ont coupé le contact avec l'extérieur, et les voici maintenant bien reclus, bien seuls, au point que certains d'entre nous, contre toute évidence, les confondent. Alacrité et acrimonie ont un cri en commun, respectivement comme troisième et deuxième syllabes… l'un est plutôt positif, l'autre plutôt négatif, on s'en souvient, mais lequel ? Lequel est lequel, et lequel est l'autre ? Hmm ?

Le négatif, c'est l'acrimonie : « mauvaise humeur qui se manifeste par un ton, des propos acerbes, mordants ».

Le positif, c'est l'alacrité : « vivacité entraînante, enjouement ».

Le fait que les mots alacrité et acrimonie, pour je ne sais quelle raison secrète, vivent en couple, ne nous facilite pas les choses au moment de leur porter secours. Il suffit en effet qu'alacrité soit décidé à disparaître, il entraînera acrimonie dans sa chute. Et si c'est acrimonie qui a des tentations suicidaires, il sera bien difficile de distraire alacrité des angoisses de son conjoint. J'avais bien imaginé de semer la zizanie entre ces deux oiseaux, mais ils se serrent les coudes, et, au fond, dans un monde où tant de gens oublient de se serrer les coudes, n'y a-t-il pas lieu d'encourager ceux qui se serrent les coudes, en allant au besoin jusqu'à se serrer les coudes avec eux ?

Si ! Il y a lieu.

Bonjour alacrité, bienvenue acrimonie. Salut acrimonie, entre ici alacrité.

S'agissant de rendre popularité et vigueur à des mots oubliés, rien de tel qu'une bonne petite saynète bien quotidienne et bien authentique. Écoutez.

– Simone !

– Oui ?

– C'est amusant, je m'avise à l'instant que tu portes le même prénom que Simone de Beauvoir !

– Et alors ?

– Alors rien, c'était une remarque en passant. Je voulais te parler d'autre chose : tu sais que les

Martin ne nous ont pas rendu le dictionnaire des synonymes que je leur avais prêté il y a deux ans !

– Ah oui, c'est pas normal, il faut leur en parler franchement !

– C'est ce que je me dis, mais je me demande : faut-il le leur dire avec alacrité, ou avec acrimonie ?

– Tu peux le dire avec moi, si tu veux !

– Oui, d'accord, mais avec alacrité ou avec acrimonie ?

– On ne peut pas y aller tous les deux tout seuls ?

– Simone, tu m'étonneras toujours…

– Embrasse-moi, grand fou !

Voilà. Nous avons, je crois, remis notre vieux couple sur de bons rails… Quand reviendra, enfin, l'esprit de sérieux, nous nous efforcerons, et ce ne sera pas facile, de sauver le mot *coquecigrue*.

8. Parangon

Mes chers compatriotes,

Je suis las des pressions incessantes que vous exercez sur moi. Depuis que j'ai entrepris de sauver les mots en voie de disparition, vous vous sentez autorisés à apporter au motil – le motil étant aux mots ce que le chenil est aux chiens – à y apporter toutes sortes de mots menacés, parmi lesquels certains, dont je dirai le nom, ne valent tout simplement pas la peine d'être secourus.

Ainsi, pas plus tard que je ne sais plus quand, un brave valétudinaire est venu cogner à la porte du refuge, serrant dans ses bras étiques le mot « squalide » et me suppliant à genoux, genoux qu'il avait étiques aussi, de secourir l'animal. Que vouliez-vous que je fasse de squalide ? Squalide signifie « sale, malpropre », mais ce n'est pas ça qui le disqualifie à mes yeux, c'est le fait que squalide ne s'applique qu'à des murs, comme dans l'exemple « les murs crasseux, squalides, suent la misère ». Les murs sont squalides, mais pas les plafonds, ni les sols, ni le mobilier, et encore moins les occupants. On ne va quand même pas encourager un mot qui ne sert qu'à qualifier les murs ! Et laisser crever, faute de bras, le mot « parangon », infiniment plus méritant.

Parangon sera notre bonne action du jour. Parangon, nom masculin, de l'espagnol *parangon* : modèle, type accompli. Un parangon de vertu, un parangon de sagesse, un parangon de murs, un parangon de squalidité.

Parmi toutes les qualités du parangon, il en est une que je me permets de souligner pour vous, c'est que le parangon est la plupart du temps l'objet d'une tournure négative. On dit plus souvent « ce n'est pas un parangon » que « c'est un parangon », pour la bonne et simple raison qu'il n'y a pas beaucoup, en ce bas monde, de parangons. On dit plus souvent « c'est une orange » que « ce n'est pas une orange », plus souvent « c'est un téléviseur » que « ce n'est pas un téléviseur », mais pour le parangon, c'est l'inverse.

Mais que vois-je ? l'heure de la saynète a sonné :

– Ah la la, Simone, la famille, quelle plaie !

– Tu l'as dit ! Ils sont tous épuisants !

– Tes parents sont tellement stupides !

– C'est vrai, mais mes parents ne sont pas des parangons… de stupidité.

– Et ton frère. Mon Dieu qu'il est fat !

– Il l'est, c'est vrai, mais ce n'est tout de même pas un parangon de fatuité !

– Et ta sœur ! Comme elle bat le beurre !

– Je l'ai remarqué aussi, mais pour autant elle n'est pas un parangon de baratte.

– Simone, j'ai l'impression que tu as décidé de fleurir tout notre entretien du mot parangon !

– Embrasse-moi, nigaud…

– Mais je ne suis pas un parangon de nigauderie !….

Et voilà, mes chers compatriotes. Une petite mise en garde avant de partir : « parangonner » vient du jargon des imprimeurs, et ne signifie pas « utiliser le mot parangon ». Je ne vous invite donc pas à parangonner. On sera trop nombreux de toute façon.

En dépit de nos penchants pacifistes, nous ferons bientôt un petit tour en fin d'alphabet, où nous nous porterons au secours du mot *zélote*. À l'armoricaine, bien entendu.

9. Captieux

Mes chers compatriotes,

Pas une minute à perdre : les corps décharnés de centaines de mots menacés d'extinction gisent pitoyablement au pied de mon bureau. Je tends la main, et j'attrape le moribond « captieux ». Adjectif, captieux, captieuse, ça tombe bien, je l'adore, cet adjectif : je m'en sers tous les mois, chaque fois que je vais dîner chez mon beau-frère et qu'il tente de me convaincre de voter à droite.

Captieux est menacé, parce que beaucoup d'entre vous croient pouvoir se contenter de deux quasi-synonymes, « spécieux » et « fallacieux », mais qui ne sont synonymes qu'en apparence.

Spécieux : « se dit de ce qui a une apparence de vérité mais qui est susceptible de tromper ». Un argument spécieux ne trompe pas à coup sûr, il est seulement susceptible de tromper.

Fallacieux : « qui vise à tromper ». Des propos fallacieux. Là, l'intention de nuire se profile, mais elle n'est pas avérée. L'orateur a pu se tromper lui-même.

Captieux : « qui cherche à tromper, à induire en erreur ». Un raisonnement captieux est un raisonnement qui consciemment, délibérément, malhonnêtement cherche à vous tromper. Ce n'est pas la même chose, vous le sentez bien.

Un argument spécieux, ça mérite la contradiction. Des propos fallacieux, ça justifie l'ouverture d'une instruction. Mais un raisonnement captieux, c'est directement la paire de claques, en tout cas dans tous les pays où la paire de claques reste autorisée par la loi.

Retour aux origines. Captieux vient du latin *captio*, qui signifie « piège ». C'est dire que, si nous ne sommes pas follement vigilants, captieux sera remplacé dans quelques années par l'horrible néologisme « piégeux », très apprécié des journalistes sportifs. Un parcours est piégeux, de même qu'un coureur n'est plus désormais « rapide » ni « véloce », il est tout simplement « vite », « assez vite » ou « très vite » en fonction de sa célérité. « Martin est très vite sur ce parcours piégeux, à mon avis il va tout faire pour gagner. » Une précision importante, car nous étions persuadés, nous les néophytes, nous les béotiens, qu'il allait tout faire pour perdre. Néophyte, béotien, deux mots qu'il conviendra, en temps utile, de ranimer.

Pour l'instant, contentons-nous de faire revivre captieux, grâce à la petite saynète joyeusement universelle que voici.

– Tu sais, Simone, il ne faut pas m'en vouloir, il m'arrive de me demander si tu n'aurais pas un amant…

– Mais enfin réfléchis ! Si j'avais un amant, sachant pertinemment que tu ne prises guère la position de cocu, je ferais tout ce qui est en mon pouvoir pour qu'aucun soupçon jamais ne t'atteigne. Par conséquent, si tu as des soupçons, c'est que je n'ai pas fait en sorte que tu n'en aies pas, c'est donc que je n'avais pas de raison de vouloir t'éviter les soupçons, c'est donc que je n'ai pas d'amant !

– Simone, ce raisonnement, par ailleurs coruscant, me semble légèrement capt…

– Embrasse-moi.

Voilà. Incessamment et hyper-bientôt, nous sauverons l'expression *super-teuf*, qui tend progressivement à être remplacée par les locutions « fête très sympathique et très animée », ou « soirée passablement arrosée qui laisse un excellent souvenir ».

10. Abscons et Abstrus

Mes chers compatriotes,

C'est un dilemme que je vais, aujourd'hui, vous demander de m'aider à trancher. J'ai en effet repéré deux adjectifs en voie d'extinction : « abstrus », qui donne « abstruse » au féminin, et « abscons », qui donne « absconse » au féminin, et je ne sais pas lequel des deux sauver. Ces deux mots signifient exactement la même chose, à savoir : difficile à comprendre, obscur. D'ailleurs, avant que je vous en parle, admettez que le mot abscons aurait pu vous paraître abstrus, et que le mot abstrus aurait tout aussi bien pu vous sembler abscons.

Notez au passage que le français est paradoxalement riche en mots signifiant, peu ou prou, « incompréhensible ». Parmi eux, quelques jolies raretés qui feront l'objet de soins ultérieurs, comme amphigourique, « dont l'expression est embrouillée et obscure » ; sibyllin/sibylline, « dont le sens est difficile à saisir, obscur » ; un galimatias, qui désigne un discours ou écrit embrouillé et confus ; le charabia, langage inintelligible ou style très confus ; le baragouin, langage incompréhensible ; le sabir, langage difficilement compréhensible… et j'en passe, comme disaient les gens qui, assis à la terrasse d'un café, voyaient passer Cocteau, Gabin ou Vilar : « Et Jean passe. »

Puisqu'il faudra n'en garder qu'un, faute de place disponible dans nos phrases, étudions donc les mérites comparés d'abstrus et d'abscons. Les deux adjectifs comportent 7 lettres, les trois premières et la dernière étant identiques, ce n'est donc pas sur ce terrain qu'on pourra les départager. Ils sont du reste assez voisins dans le dictionnaire, et si abscons a su s'entourer d'abscisse et d'absence, abstrus de son côté a conquis la compagnie d'abstrait et d'absurde. Rien que du beau linge, de part et d'autre. Petit avantage pour abstrus, qui rime avec malotru, alors qu'abscons ne rime avec rien de connu dans nos parages. Mais le match reste serré. Les deux mots sont trop proches, comme le prouve encore la superbe saynète pleine de sens que voici.

– Simone, je te demande deux minutes d'attention…

– Je te les accorde !

– Que penses-tu de cette phrase : « L'apparence induit sa propre duplicité systémique. »

– C'est abscons ! Ne le prends pas mal, mais c'est abscons !

– Et si je dis : « Le visible n'esquive que virtuellement sa scissiparité. »

– C'est abstrus ! Pardon de te le dire franchement, mais c'est abstrus !

– Et si je dis : « Qu'est-ce qu'on mange ce soir, Simone ? »

– Là c'est clair. Et je te réponds : « Du lapin à la moutarde. »

– Et tu ne me demandes pas de t'embrasser ?

– Si ! Embrasse-moi !

Nous voilà donc bien avancés, comme on dit lorsqu'on n'est pas du tout avancé. Je ne vois plus qu'une solution. Pile ou face. Pile, je sauve abscons. Face, j'abandonne abstrus.

…

La pièce est tombée sur la tranche.

Dès la fin du vin d'honneur, nous sauverons les mots *lapin* et *moutarde*.

11. Apocope

Mes chers compatriotes,

C'est, de ce pas léger, à l'« apocope » que je vous demande de bien vouloir porter maintenant secours. Pas à la chose, mais au mot, pour reprendre la fameuse distinction de l'abbé de l'Attaignant, chanoine à Reims, entre le mot et la chose… comprenne qui peut.

Une apocope, c'est la chute d'une ou plusieurs syllabes à la fin d'un mot, je ne vous apprends rien. Pour s'en tenir aux moyens de transport, le métropolitain est appelé métro par apocope, l'automobile auto, même quand elle perd un pneu-(matique) sur le périph-(érique), la motocyclette devient moto, le vélocipède vélo, et l'auto munie d'un taximètre est appelée taxi, autant d'apocopes. Mais si le mot apocope mérite notre assistance, c'est qu'il tend à disparaître de notre vocabulaire alors même que ce qu'il désigne ne cesse de croître et multiplier. Le français fabrique des apocopes comme le prunier des prunes, mais il ne prononce plus le mot « apocope ». C'est aussi effarant que s'il ne prononçait plus le mot « prunes », *horresco referens*. Il faut appeler un chat un chat et une apocope une apocope.

Je vous le dis tout net, je n'aurai pas la même sollicitude à l'égard de l'aphérèse, qui est l'autre forme de troncation – quel vilain mot – par suppression d'un ou de plusieurs phonèmes – quel joli mot – au début d'un mot. Nous utilisons peu d'aphérèses, à part dans la phrase « le pitaine cherche sur le net l'horaire du bus qui va chez les ricains », qui contient 4 aphérèses, mais nous ne disons pas très souvent cette phrase. D'apocopes, en revanche, nos conversations regorgent :

« Avec les allocs, j'ai acheté du champ, et un rétro en alu pour ma moto. Impec, non ? »

Et puis…

« Les ados sont accros à la télé : les infos, la météo, la pub, ils aiment tout. Même après le bac, à la fac, les profs ont beau leur parler maths, géo, sciences nat, c'est pas leur came. Quant à moi, j'ai une préférence perso pour la radio. En stéréo. Et au micro. »

De l'apocope à la pelle, mais toujours sans la nommer. Nommons-la, comme elle est nommée dans cette joyeuse saynète furieusement quotidienne.

– Simone, tu aimes les apocopes ?

– Les apocopes, j'adore !

– Alors prends ton imper-(méable), ferme bien l'appart-(ement), je t'emmène au ciné-(matographe) et au restau-(rant).

– Tu sais, je suis un peu fatiguée, je préférerais aller à l'expo-(sition) de photo-(graphies)… on mangera au self-(service), ce sera tout bénéf-(ice). Et ensuite, un suppo-(sitoire) et au lit.

– T'es maso-(chiste) ou c'est de la provoc-(ation) ?

– Non, ce sont des apos.

– Des appeaux ? Pour attirer les oiseaux ?

– Non, des apo-copes. Des apos !

– Mais c'est une idée sensass, Simone. Comment te remercier ?

– Embrasse-moi…

Eh oui, merci Simone, la voilà la bonne idée. Pour réhabiliter le mot apocope, il faut le moderniser, et pour cela lui faire subir une troncation par la queue, et l'appeler apo.

Aaah, mes chers compatriotes, quelle belle journée bien remplie !

À la première occasion digne de ce nom, nous verrons ce que nous pouvons faire pour le mot *surérogation*. Pas grand-chose, à mon avis…

12. Ataraxie

Mes chers compatriotes,

Avant que de voler au secours de mon mot moribond, admirez au passage l'allitération, je voudrais faire une remarque liminaire, et qui ne concerne pas le mot « liminaire ». Vous êtes en effet nombreux à m'écrire, souvent pour me proposer des mots à secourir, ce dont je vous sais gré, mais plus souvent encore pour me demander de vilipender, de condamner tel ou tel vilain néologisme, tel stupide anglicisme, tel vulgaire barbarisme, ou autres scories envahissantes, particulièrement dans la bouche des journalistes, et plus particulièrement encore dans celle des journalistes sportifs – abusivement nommés ainsi puisque, la plupart du temps, ces journalistes parlent du sport mais ne sont pas sportifs, c'était une parenthèse.

Vous me demandez donc de fustiger, d'épingler, de railler les vilains mots et leur emploi. Je ne puis, en mon âme et conscience, accéder à de telles requêtes. Je suis, ou je m'efforce d'être, un sauveur de mots, je ne suis pas un bourreau, ni même un geôlier, et encore moins un gendarme de la langue, un flic des mots. Le temps passé à brocarder les méchants mots me manquerait ensuite pour encourager les mots méritants. Tel est mon credo, et je m'y tiens, sauf quand je ne m'y tiens pas.

Mais assez glosé : un mot est là, qui attend nos bons soins, il s'agit du mot « ataraxie ». L'ataraxie, c'est la tranquillité de l'âme. C'est l'état d'une âme que rien ne trouble. Tout le contraire de ce que décrit Blaise Pascal chez l'homme oisif :

« Rien n'est si insupportable à l'homme que d'être dans un plein repos, sans passions, sans affaire, sans divertissement, sans application. Il sent alors son néant, son abandon, son insuffisance, sa dépendance, son impuissance, son vide.

Incontinent il sortira du fond de son âme l'ennui, la noirceur, la tristesse, le chagrin, le dépit, le désespoir. »

Ataraxie, toujours : que de jolies sonorités dans ce mot paisible qui désigne l'absence de troubles permettant à l'homme d'atteindre le bonheur en éloignant de soi les souffrances et les excès. Nous aspirons tous à l'ataraxie, il faut par conséquent le dire. Au lieu de s'écrier, avec un zeste de vulgarité : « Arrêtez de m'emmerder, tous autant que vous êtes », on préférera murmurer, suavement : « Laissez-moi donc cheminer vers l'ataraxie. »

Familiarisons-nous, en douceur, avec ce mot, en lisant la touchante saynète délicatement quotidienne que voici :

– Simone, je viens de prendre une décision qui engage durement notre avenir.

– Ah oui ? Laquelle ?

– À partir de demain matin, je pars en quête de l'ataraxie !

– C'est pas vrai ? T'as raté ton taxi ! ! ?

– Non, Simone. Ou plutôt si, je l'ai raté, et ça m'a stressé. D'où ma décision de rechercher désormais l'ataraxie.

– Ça ne va pas être facile, tu ranges tellement mal tes affaires !

– Mais Simone, il ne s'agit pas d'une paire de chaussettes, il s'agit de l'ataraxie.

– Sans mentir ? Tu trouves que j'ai l'air d'une star sexy ?

– …Oui, Simone.
– Alors embrasse-moi…

Voilà. Dans l'avenir, tous ceux qui auront atteint l'ataraxie auront très logiquement cessé de me lire. Les autres s'emploieront avec moi à sauver le mot *morbidesse*. Nous aurons donc du pain sur la planche.

13. Coi

Mes chers compatriotes,

Maintes fois dans ma courte existence j'ai eu à me défendre du soupçon de misogynie. On m'aura mal entendu. J'aime les femmes, et ne puis être tenu pour responsable si, dans les saynètes qu'il m'arrive de vous proposer, les sottises sont le plus souvent proférées par le personnage de Simone. Oui, puisque vous vous acharnez à soulever le problème, oui, Simone est un peu sotte, alors que son compagnon l'est un peu moins. Qu'y puis-je ? Je ne suis pas le père de Simone, ni son frère, ni son fils, et pas davantage son précepteur ni son directeur de conscience. Que ceux d'entre vous que les bévues de Simone agacent se mobilisent pour refaire son éducation.

Quant à moi, je continue de me consacrer au sauvetage des mots menacés, et, par un heureux concours de circonstances, c'est le féminin d'un adjectif que j'entends aujourd'hui défendre. Vous

vous demandez de quoi je parle, eh bien je parle de « coi ».

Dans un monde dominé par la parole, quoi de plus beau qu'un homme parfois coi, quoi de plus élégant qu'une femme par instants coite, ou, à tout le moins, « comme coite », au restaurant chinois notamment. L'adjectif coi ne s'encombre pas de tous les verbes ; il cohabite presque exclusivement avec les verbes dits attributifs, être, paraître, sembler, devenir, demeurer, rester, auxquels il convient d'ajouter le pronominal « se tenir ». Savourez, je vous prie, ces éloquentes bribes :

« On lui demandait où il demeurait, et lui demeurait coi. »

« Assis dans un coin froid, l'enfant roi se tenait coi. »

Mais l'adjectif coi s'enrichit de son féminin, jusqu'à l'extase :

« Assaillie de questions, Jeanne restait coite. »

« Quand vint l'heure de l'aveu, la femme aux mains moites se tint coite. »

L'homme, donc la femme aussi, est le seul animal doué de la parole. Le cheval, par exemple, ne parle pas. Quoi qu'on lui dise, le cheval reste coi, et la jument coite. Est-ce une raison suffisante pour ne pas leur parler ? Ce n'est pas l'opinion de Jules Supervielle, qui n'hésitait pas à parler à l'oreille des chevaux, ce qui lui vaut notre rétroactive affection.

Mais revenons à coi. Qu'y a-t-il avant coi, et qu'y a-t-il après coi ? Dans le dictionnaire, avant coi, il y a la cohue, qui est plutôt bruyante, et après coi, il y a le coiffage, qui est plutôt bavard, c'est d'ailleurs pour cette raison qu'on parle de salons de coiffure, les derniers salons où l'on parle.

Dans les degrés de l'expression orale, avant coi, il y a « taciturne » et son ami « taiseux », cher à Jacques Brel, après coi il y a l'aphasie – un mot à défendre, paradoxalement –, puis la mort. Le mort est coi, définitivement. C'est bien triste, mais c'est comme ça.

Comment faire pour utiliser coi ? Et coite ? Il suffit de le vouloir, et pour cela de s'imprégner jusqu'à la moelle de la plaisante saynète positivement quotidienne que voici.

– Simone, je te préviens, aujourd'hui j'ai décidé de rester coi !

– Eh ben tu vois comme ça tombe bien, moi aussi j'ai l'intention de rester coite !

– Tadada…

– Là, t'es pas vraiment coi !

– Et toi ! t'es pas coite non plus, tu viens de parler.

– J'étais coite, c'est toi qui n'étais pas coi. Tu chantonnais.

– Je chantonnais quoi ?

– Embrassons-nous !

– Quoi ?
– Oui, cois si tu veux…

Que dire de plus ? Rien, bien entendu, si ce n'est que lors d'une prochaine excursion nous volerons à la rescousse du mot *patelin*. Pas le village : le fourbe.

14. Dilatoire

Mes chers compatriotes,

Je n'ai qu'une bouche, comme vous le savez peut-être, et qui ne suffit pas à secourir tous les mots que vous me signalez en danger. Il faut donc que vous preniez vous aussi votre langue en main, et que vous prodiguiez les premiers soins, sur le terrain, aux mots menacés, avec les moyens du bord. Ainsi, je vous abandonne momentanément le chevet d'*agonir*, de *valétudinaire* et de *picaresque*, pour me consacrer aujourd'hui tout entier au grand retour de « dilatoire ».

Dilatoire : « qui vise à gagner du temps ». Des procédés dilatoires, une réponse dilatoire, une manœuvre dilatoire. Vous le sentez bien, dilatoire a mauvaise réputation. L'oreille populaire perçoit la démarche dilatoire comme une démarche sournoise, fourbe, pavée de mauvaises intentions. C'est très injuste. Dilatoire est formé sur *dilatum*, supin du verbe latin *differe* – ne me dites pas que vous avez oublié que le supin est un des temps primitifs du verbe latin, qui s'énonce en dernier, après le parfait de l'indicatif, vous connaissez la chanson : *amo amas amare amavi amatum*, *lego legis legere legi lectum*, et, bien sûr, *differo*, *differs*, *differe*, *distuli*, *dilatum*.

Bref, dilatoire nous vient tout gentiment de différer. Qu'y a-t-il de si affreux, de si noir, dans le fait de différer ? C'est beaucoup moins grave qu'atermoyer, que nous sauverons bientôt. C'est très souvent une bonne idée, de différer. C'est le contraire de la précipitation, c'est la patience, la prudence, la raison même. « J'allais lui rentrer dans le lard, mais j'ai finalement opté pour une attitude dilatoire. – Bravo, monsieur. »

Les mots en -toire, il est vrai, se divisent en deux camps : les bons et les méchants.

Parmi les méchants, on redoute obligatoire, péremptoire, rédhibitoire, expiatoire, diffamatoire, blasphématoire, inflammatoire, purgatoire ou comminatoire. Mais comment oublier les gentils -toires, comme conservatoire, victoire, réfectoire, méritoire, prémonitoire, respiratoire, et surtout auditoire, mes chers compatriotes. Auxquels j'ajoute dilatoire, que nous entendons sonner dans cette saynète sinistre.

– Simone, tu connais la dernière ?
– Je ne pense pas !
– Mon frère…
– Bernard.
– Oui… et sa femme…

– Muriel.

– Oui… ils ont des ennuis avec leur fils…

– Sébastien, ton neveu ?

– Oui… il fait du trafic de drogue…

– Il est dealer, tu veux dire ?

– Oui… tu sais qu'ils habitent dans le département des Deux-Sèvres, à Thouars, précisément.

– Je sais. Mais où veux-tu en venir ?

– Eh bien, Simone, mon neveu deale à Thouars.

– C'est pour me dire ça que tu me fais perdre mon temps ?

– Embrasse-moi.

À la prochaine étape, si vous ne me proposez rien de plus urgent, nous honorerons le mot *thyrse*, mot strictement inutile si on n'est pas botaniste ou si on ne joue pas au Scrabble. Vous savez ce qui vous reste à faire.

15. Pusillanimité et Impéritie

Mes chers compatriotes,

Je vous sens bien gaillards aujourd'hui, et je vous crois pour cette raison capables de sauver avec moi non pas un, mais deux mots menacés d'extinction : « pusillanimité » et « impéritie ». Deux grands et longs mots, dix syllabes à eux deux, pour désigner, avec une précision diabolique, deux formes trop répandues d'insuffisance, de faiblesse. Deux mots qui ne seraient donc pas utiles dans un monde parfait, mais qui, dans le nôtre, malheureusement, le sont, et souvent.

Pour vous donner une idée de la désaffection dont souffrent cependant ces deux mots, je vous livre à l'état brut quelques chiffres que me communique pour l'année 2004 le BICMOV, le Bureau International de Comptage des Mots Vexants : pour la pusillanimité, 3 occurrences par an pour 10 000 citoyens francophones, une misère, et pour l'impéritie c'est pire, 2 occurrences seulement pour la même population. C'est vous dire l'étendue des dégâts. Il est urgent de se secouer.

La pusillanimité, c'est le caractère de quelqu'un de pusillanime, on s'en doutait un peu, et quelqu'un de pusillanime, c'est quelqu'un qui manque d'audace, qui craint le risque et les responsabilités. Sur l'échelle de la gravité, la pusillanimité se situe entre la frilosité et la lâcheté. On pardonnera à quelqu'un d'être frileux. On ne lui pardonnera pas d'être lâche. Entre les deux se situe l'individu pusillanime, et on étudiera au cas par cas l'opportunité de pardonner. Quoi qu'il en soit, pusillanime fait mal, il cause de vives blessures à l'amour-propre, et c'est ce qui fait toute sa saveur. Je vous laisse le soin de le pratiquer dans votre entourage.

Vous ferez bien, en train d'énergie, de reprocher à vos proches leur impéritie. L'impéritie, justement, qui n'a pas d'adjectif. On ne peut pas qualifier quelqu'un d'impéritique, même s'il a fait une grosse bêtise.

L'impéritie, c'est le manque d'aptitude, d'habileté, notamment dans l'exercice de sa profession. Sur l'échelle de la gravité, l'impéritie se situe entre l'incompétence, qui est réversible et qui n'est pas intentionnelle, et la nullité. Un peu plus loin se trouvent la corruption et le sabotage. Pusillanime, je l'ai dit, est un mot qui fait mal, eh bien (*sur l'air de* Félicie) « impéritie… aussi ».

Lisez, pour vous enfoncer ces deux mots dans la tête, cette courte saynète de très mauvais goût.

– Simone, je viens de trouver trois excellents calembours. Puis-je t'en faire profiter ?
– Si tu veux, mais vite.
– Imper ici, parapluie là.
– Mon pauvre chéri…
– J'ai aussi : Un père ici, une mère là-bas…
– Mon pauvre grand loulou…
– Et puis, tu sais que mon patron anime un stage de formation…
– Ouais ? ? ?
– … eh bien plus il l'anime, plus l'ambiance est mauvaise.
– Arrête de boire, et embrasse-moi…

Je n'ai rien à ajouter. Faisant fi des critiques, nous sauverons prochainement le mot *zoïle*. Les vrais zoïles n'ont qu'à bien se tenir.

16. Potin

Mes chers compatriotes,

On pourrait bien classer les mots menacés d'extinction en deux catégories : ceux qui disparaissent parce qu'ils sont un peu trop longs et un peu trop compliqués, comme palimpseste, propédeutique, herméneutique, hiérophante ou échappatoire, et ceux qui disparaissent sans raison apparente, victimes par conséquent d'une aveuglante injustice. Ainsi du mot « potin », au singulier. En effet, au pluriel, les potins restent très présents, c'est ce que dit la rumeur, en tout cas. Mais le potin au singulier, le potin en tant que chef de file d'une belle famille bariolée où figurent le bruit, le tapage, le vacarme, le pétard, le boucan, le raffut, le ramdam, le tumulte, le chambard ?... Pourquoi n'entend-on plus dans nos villes et nos campagnes le joyeux potin ?

Je parle d'une famille, parce que tous les mots que je viens de citer, et j'en ai certainement oublié quelques-uns, sont liés par leur contraire, le même contraire pour tous : le silence. Qui lui, précisément, n'a pas de synonyme. Il n'y a qu'un mot pour désigner le silence, c'est silence.

En revanche, vous l'avez entendu, quelle abondance quand il s'agit de rompre le silence et de faire un peu de potin. Et dans ces moments-là, mon préféré, indéniablement, c'est le potin. Certes il ne paye pas de mine avec ses deux syllabes toutes sèches, certes il rime avec des mots peu fréquentables, comme catin, gratin, butin, rotin, fretin, putain, patin, tintin et rintintin, mais est-ce une raison pour le laisser mourir en silence ?

Je vous en conjure, mes chers compatriotes, ne nous arrêtons pas aux apparences. Le potin, il est comme le rififi, comme le boubou, et le zinzin itou, on dirait des mots pour les gosses, on n'ose pas s'en servir après la puberté… c'est une erreur. Réhabilitons le potin, lançons une belle campagne de promotion du potin, rythmée par ces trois slogans retentissants :

« Le potin, c'est mon copain » ; « Touche pas à mon potin » ; et « Fais du potin mon cousin ».

Et, surtout, quoi de plus pertinent, s'agissant de redorer le blason d'un mot, qu'une bonne petite saynète qui nous touche naturellement, comme celle que voici.

– Chéri… qu'est-ce que ça veut dire, au juste, herméneutique ?

– J't'entends pas, Simone, y a trop de potin !

– Et un palimpseste, c'est quoi, exactement ?

– J'entends rien, avec tout ce potin.

– Et la propédeutique, qu'est-ce que c'est, exactement ?

– Ah, je comprends rien, y a tellement de potin !

– Et un hiérophante, tu connais ?

– Je peux pas me concentrer, avec ce potin !

– Mais quel potin ? Y a pas de potin ! !

– Ah bon ? Alors c'était peut-être simplement une échappatoire…

– C'est quoi, une échappatoire ?

– Comment ? Voilà le potin qui recommence, j'entends rien !

– Embrasse-moi, alors…

– Comment ?

Voilà une affaire entendue. Sitôt le silence revenu, nous sauverons le très vieux verbe *chapechuter* : faire un léger bruit, chuchoter. Chhhutt !

17. Incongru

Mes chers compatriotes,

Comme toute entreprise humaine, mon entreprise de sauvetage des mots menacés d'extinction génère, çà et là, quelques malentendus qu'il me faut dissiper de toute urgence. Pourquoi de toute urgence ? D'une part parce que l'adverbe urgemment a disparu de la plupart des dictionnaires, d'autre part et néanmoins parce que la chose a un caractère urgent. Je me comprends.

De quel malentendu parlé-je ? De celui qui vous fait parfois prendre le centre de premiers secours, que j'anime fièrement au péril de mes siestes, pour une vulgaire fourrière. Ainsi, des pressions plus ou moins sourdes se sont exercées pour m'inciter à recueillir deux mots, certes très menacés, mais qui ne relèvent pas de mes services :

« adamantin » et « hiémal ». Je les considère tous les deux comme inutiles, et je les redirige sur l'organisme compétent, à savoir le CECAMPI, Centre Européen de Conservation et d'Assistance aux Mots Passablement Inutiles. Adamantin, adamantine : qui a la pureté, l'éclat du diamant. Que voulez-vous faire de ce mot-là ? Il n'y a qu'une chose qui ait vraiment la pureté et l'éclat du diamant, c'est le diamant. Et cependant on ne peut pas parler d'un diamant adamantin sans se commettre dans un vilain tour pléonastique.

Je ne veux donc plus entendre parler d'adamantin, ni de hiémal et de son affreux pluriel hiémaux. Hiémal, signifiant « de l'hiver », fait double emploi avec son collègue « hivernal », lequel dépense déjà beaucoup d'énergie à se distinguer d'« hibernal ». Je réserve l'usage de hiémal aux enfants de trois à cinq ans, dans la phrase : « Quand ie tombe sur les ienoux, iémal. »

Embarquez-moi donc tout ce petit monde, direction le CECAMPI, et laissez-moi m'occuper d'un patient méritant en la personne d'« incongru », accompagné de son fidèle antonyme « congru ». Incongru : qui n'est pas convenable, qui est contraire aux usages, à la bienséance. Et quand une chose n'est pas incongrue, elle est congrue.

Oui, mais, drame poignant ! l'adjectif congru a été, dès les années 50, accaparé par un seul substantif, et à son unique profit, le substantif « portion ». Congru n'apparaît plus qu'en compagnie de portion et, ce qui est bien pire, dans un scandaleux contresens, parce que la portion congrue n'est pas, comme on le croit, une portion insuffisante, mais au contraire la portion qui convient exactement. Pas plus, certes, mais pas moins non plus. Ce qui est congru, c'est ce qui convient exactement, ce qui est à la bonne place et dans la bonne quantité.

Et c'est ainsi que congru nous offre un moment d'érotisme torride, ce moment où le signe et le sens se confondent. Car, s'agissant de désigner une chose qui convient parfaitement, le mot congru est lui-même congru. Symétriquement, dans le parler quotidien, le mot incongru est un peu incongru. Pour qu'incongru semble désormais congru, je vous demande de vous imprégner de la saynète admirablement colorée que voici.

– Permets-moi de te dire, Simone, qu'hier, au dîner chez les Martin, j'ai trouvé tes réflexions tout à fait incongrues.

– Ah bon ? Je ne vois pas où était l'incongruité. Moi, j'ai plutôt l'impression de m'être exprimée congrûment.

– Tu plaisantes ! Toute la soirée tu t'es comportée incongrûment. Ç'a été incongruité sur incongruité.

– Tu sais, j'aurais volontiers opté pour la congruité, seulement voilà : le mot congruité n'existe pas. Il y a bien la congruence, mais c'est une affaire de nombres.

– Simone, je te le demande solennellement : ne me prends pas pour un congre.

– Embrasse-moi…

Mes chers petits zouzous, nous nous pencherons aussitôt que possible sur le sort du mot *hypocoristique*. Il faudra donc que nous soyons tous bien affûtés, comme dit le rémouleur.

18. Cauteleux

Mes chers compatriotes,

Il n'y a pas lieu de s'en réjouir : les mots se bousculent à la porte de notre Centre de Sauvetage des Mots en Voie de Disparition. Il n'y a pas de place pour tout le monde, tant sévit la misère lexicologique, et certains mots, en perdition, finissent pas baisser les bras, faute de soins. « Immarcescible » est au nombre de ces infortunés. Immarcescible, « qui ne peut se flétrir ». Immarcescible tambourine à ma porte depuis des mois, il voit passer sous son nez d'autres grands blessés prioritaires, et il cède au découragement. Hier matin, il a eu ce mot très touchant : « J'ai beau être immarcescible », m'a-t-il susurré, avec un seul s et deux r… « j'ai beau être immarcescible, je ne suis pas immarcescible ».

Quelle lucidité, en ces derniers instants, et, pour tout dire, quelle belle mort !

Mais pas le temps de s'apitoyer : déjà se convulsent sur le billard l'adjectif « cauteleux », et sa femme « cauteleuse ». Cauteleux, qui a de la cautèle, la cautèle étant une sorte de prudence rusée. Et, par conséquent, une personne cauteleuse est une personne qui agit d'une manière hypocrite et habile. Il est vital de connaître ce mot, car lui seul permet d'échapper au renard enragé. En effet, le renard, lorsqu'il est atteint de la rage, ne vous saute pas à la gorge, comme semblerait l'indiquer le mot « rage », non… il s'approche de vous d'une démarche cauteleuse, il vient à vous cauteleusement, comme s'il était apprivoisé, mais dans l'intention d'endormir votre méfiance et de vous mordre, pour que se propage la rage. Le renard enragé est cauteleux. Promeneurs sylvestres, ne l'oubliez jamais !

Le renard enragé est cauteleux, je viens de le dire, mais il n'est pas le seul. Le courtier en assurances aussi, et le vendeur d'adoucisseurs d'eau à domicile, et le commissaire divisionnaire quand il a des soupçons, et moi-même, parfois, quand j'ai mal dormi. Je vous engage, vous tous qui me lisez, à recycler l'adjectif cauteleux, quitte à voir, pendant un temps, de la cautèle partout. Au nom de la grandeur du vocabulaire, il est préférable de qualifier, provisoirement, de cauteleux ce qui ne l'est pas, plutôt que d'oublier le mot.

Savourez cette saynète riche et édifiante…

– Je n'aime pas les commerçants du quartier. La boulangère est cauteleuse, le boucher est cauteleux, la pharmacienne est cauteleuse, le type du pressing et le poissonnier sont cauteleux, la crémière et le quincaillier le sont aussi…

– Simone, je ne dis pas que tu as tort, mais j'ai l'impression que tu vois de la cautèle partout.

– Partout dans le quartier, oui !

– Simone, ô ma Simone, il faut te détendre un peu, approche-toi de moi, comme un renard, que je puisse t'embrasser…

– J'allais te le demander…

Voilà. Je crois que nous avons fait du bon travail. Nous n'en resterons pas là, et nous courrons bientôt au secours du mot *vernaculaire*. Mais : qui frappe à la porte ? Oh, c'est encore immarcescible. Il a de la suite dans les idées, celui-là…

19. Munificence

Mes chers compatriotes,

L'hiver est arrivé, et nos bénévoles ne savent plus où donner de la tête. L'hiver, il fait froid, tous ceux qui le peuvent se réfugient à l'intérieur, et là, tout naturellement, ils parlent. Et, sitôt que des gens parlent, la pauvreté lexicologique rampante, qui passait inaperçue aux beaux jours, se dévoile et s'étale sans retenue.

Ici, au Centre de sauvetage des mots en voie d'extinction, la demande de soins et de secours est multipliée par 19 dès le 21 décembre. Hier, c'est *simagrée* et *contondant* qui appelaient à l'aide. Nous les avons aidés dans la mesure de nos modestes moyens. Simagrée, très diminuée à son arrivée au Centre, est repartie au milieu de la nuit, requinquée, lorsque sa synonyme chichi est venue la chercher. Quant à contondant, seul au monde depuis pas mal de temps, nous l'avons patiemment déculpabilisé, car il blesse, c'est un fait acquis, mais il ne coupe ni ne perce, et il s'en est finalement allé, rasséréné, voguer au hasard des rues mal éclairées.

Mais nous, les soignants, n'étions pas au bout de nos peines, car « munificence » gisait, quasiment sans connaissance, sur le carrelage du vestibule. Munificence, nous le savions avant de l'examiner, souffre du syndrome lié à sa gémellité avec magnificence. Tout le monde les confond, et c'est le premier-né, magnificence, qui s'en tire le mieux. Magnificence, « qualité de ce qui est magnifique, beauté pleine de grandeur », éclat, faste, luxe, pompe, richesse, somptuosité, splendeur… allez lutter avec une sœur aussi envahissante. Allez vous faire entendre, lorsque vous n'êtes que munificence, c'est-à-dire, excusez du peu, « grandeur dans la générosité et la libéralité ».

Les bavards se promènent, aperçoivent les deux jumelles, magnificence et munificence, et n'ont d'yeux que pour la première, qui les flatte sans vergogne et ne leur coûte rien. Alors la munificence, humiliée, incline sa grosse tête et, pudiquement, pleure sa mère. Sa mère, *munus muneris* « le cadeau, le présent », si souvent étouffée sous l'algébrique barbarisme qu'est ré-nu-mération, rénumérer… Non, il ne s'agit pas de chiffres, mais de récompenses, ré-munérer, rémunérer sans avarice et sans pingrerie, avec largesse et prodigalité, en un mot comme en dix mille, avec munificence, cette envie de donner qui fait les grandes âmes.

Trop de munificence nuit, c'est vrai. Mais le mot demeure, terriblement érotique, quasiment parnassien, comme le montre l'audacieuse saynète, croquée sur le vif, que voici.

– Simone, si je te dis mu…

– Oui, mu, m-u mû, participe passé du verbe mouvoir, mettre en mouvement… et ensuite ?

– Après mu, si je te dis ni, n-i ni.

– Oui, je vois, la conjonction négative… souvent redoublée, comme dans : Ni Dieu, ni maître…

– Parfaitement. Et fi, maintenant…

– Fi, je connais aussi. Fi l'interjection, la petite sœur de « pouah » !

– Nous sommes d'accord. Et sens ?

– Sens, bien sûr… celui que nous cherchons tous, le bon sens, le sens de la vie, celui de l'histoire…

– C'est parfait. Et que fait-on, Simone, avec ces quatre phonèmes ?

– Mu… ni… fi… cence.

– Simone, ta présence d'esprit le dispute à ta générosité…
– Embrasse-moi, mon vieux lion…

Mes chers compatriotes, je compte sur votre munificence, et sur votre empressement à la nommer.

Un jour prochain, ou peut-être une nuit, tous ensemble, nous marcherons au secours de nos *labadens*, à qui, bien souvent sans le savoir, nous devons tant.

20. Maïeutique

Mes chers compatriotes,

Notre Centre de Sauvetage des Mots en Voie de Disparition et Menacés d'Extinction connaît des problèmes d'identité. C'est l'époque qui veut ça. Ainsi, on nous a souvent pris pour la fourrière en déposant devant nos portes des mots indignes de notre sollicitude, voilà maintenant qu'on nous prend pour une maternité en essayant de nous confier des néologismes ou des revenants.

Je trouve ainsi à nos portes, emmailloté à la va-vite, le vieux « conjouir ». Conjouir, comme symétrique de « compatir ». Celui qui compatit souffre avec moi, celui qui conjouit se réjouit avec moi. Jacques m'annonce qu'il vient d'avoir un enfant : « Je conjouis, mon cher Jacques. » J'annonce à Lucette que je viens de retrouver mes clefs, Lucette conjouit. C'est très bien. Mais, pour audacieux et pertinent que soit cet ancêtre ressuscité, je ne puis, en mon âme et conscience, l'accueillir dans l'établissement. Nous manquons de lits pour les mots malades, je suis contraint de laisser à d'autres le soin d'accoucher les futurs malades.

À propos d'accouchement, entendez, je vous prie, la grêle complainte de la moribonde « maïeutique ». « L'art de faire accoucher »... les parturientes s'il en est question, mais surtout les esprits. Faire naître les idées, susciter la réflexion intellectuelle, telle est la sainte vocation de la maïeutique. Un mot sans lequel nous ne serions pas là, ni vous, chers lecteurs, ni moi : parce que je n'aurais pas d'idées, parce que vous ne seriez pas nés, et parce que l'imprimerie n'existerait pas, trois bonnes raisons de nature à générer une absence d'événement.

Des esprits forts, car il y en a, me signalent que la désaffection dont souffre le mot maïeutique est probablement liée à sa curieuse morphologie qui le rend difficile à retenir. Une étrange accumulation de voyelles au milieu du mot, au point de nécessiter un tréma ; de tréma à trauma il n'y a qu'un petit pas, et voilà comment la maïeutique, à intervalles réguliers, nous échappe. Je vous livre un moyen mnémotechnique imparable. La maïeutique est une discipline parfois fastidieuse, et en cela elle peut être assimilée au tricot, dont les aiguilles, lorsqu'elles s'entrechoquent, contrefont le vénérable tic-tac des pendules. Ainsi, au sud de la Loire, les mamans disent en tricotant : une maille-tic, une maille-tac, une maille-tic, une maille-tac. Il vous suffit à présent d'oublier la maille-tac, et la maïeutique est à vous pour longtemps.

Vous la partagerez cependant avec les acteurs de la stupéfiante saynète hyperréaliste que voici.

– Simone, qu'est-ce qu'on fait ce week-end, t'as une idée ?
– Non, j'ai pas d'idée. J'en cherche une, mais j'en trouve pas.
– Moi non plus. Il va nous falloir utiliser la maïeutique.
– Volontiers, mais je ne sais plus où je l'ai rangée.
– Elle n'est pas dans le garage ?
– La maïeutique, dans le garage ? Tu délires, mon pauvre chéri. Au grenier, plutôt, ou alors dans la buanderie. Ou dans la chambre des gosses. Ah je ne sais plus…
– Eh ben voilà, Simone, maintenant on sait à quoi on va passer le week-end. À retourner toute la maison pour trouver la maïeutique.
– Embrasse-moi, dans un premier temps…

Souhaitons un bon week-end bien fécond à nos amis, et, quant à nous, portons bien haut la maïeutique. Incessamment, nous sauverons le mot *délétère* qui, comme vous le sentez, sent l'hôpital à plein nez.

21. Remugle

Mes chers compatriotes,

Vous n'aurez pas le mauvais goût de me contredire si j'affirme l'urgence de sauver d'une mort annoncée le mot « remugle ». Et pourtant, croyez-le ou non, nous n'aurons peut-être pas le temps de réhabiliter remugle aujourd'hui. Car, dans mon Centre de Sauvegarde des Mots Menacés d'Extinction, je passe désormais plus de temps à éconduire les faux malades et les simulateurs qu'à secourir les vrais nécessiteux. À titre d'exemple, je vous ai informés que le mot immarcescible fait, depuis plus d'un mois, le siège de nos locaux, suppliant qu'on l'assiste. Je l'ai personnellement retoqué une bonne vingtaine de fois, et je pensais être venu à bout de son opiniâtreté. Pensez-vous !

Immarcescible est revenu avant-hier, accompagné cette fois d'un ami proche, infrangible, « qui ne peut être brisé », un costaud qu'immarcescible avait manifestement payé pour plaider, tous muscles dehors, sa cause personnelle. Fermement éconduits par mes soins, les deux oiseaux ont fait retraite en marmonnant « vous aurez de nos nouvelles », et ils ont précisé « nous reviendrons ». Je les attends de pied ferme, fussent-ils accompagnés d'incoercible, indéfectible, intangible ou autres fiers-à-bras de la bande des irréductibles.

Pas plus tard que ce matin, je trouve mon bureau occupé par une délégation de la SAP, la Société des Amis de la Palinodie..., forme littéraire de rétractation à laquelle je n'ai pas l'intention de céder un lit quand on a déjà tant de mal à maintenir une opinion. Là-dessus, coup de fil de l'Association de Défense de Barouf qui pousse son poulain au prétexte que potin a été recueilli chez nous il y a quelque temps, et qui, bien entendu, promet de faire du foin si elle n'est pas entendue. Et pendant ce temps-là, remugle se meurt.

Un remugle, c'est une odeur particulière que prennent les objets longtemps enfermés ou exposés à un air vicié. Un remugle, c'est ce qu'exhalera bientôt le mot remugle si on ne lui ouvre pas la porte. Or ce n'est pas pour ce qu'il évoque que le mot remugle est boycotté, mais pour ce qu'il est physiquement : un mot pas bien joli, un mot tout vilain.

Il est vrai que le remugle n'avantage pas les lèvres ni la langue. Il est aussi vilain que sa seule rime, le bugle, instrument à vent proche du clairon. Le son du bugle est beau, mais la sonorité du mot bugle pourrait vous en dégoûter. Si nous avions le temps, mais nous ne l'avons pas, je vous démontrerais, mes chers compatriotes, que le mot remugle est aussi émétique que le remugle est méphitique. Émétique, méphitique, voilà encore une belle paire de nécessiteux. Mais c'est remugle qui nous intéresse. Il faut le soutenir malgré cette laideur dont il est somme toute innocent.

Dégustons, en guise de praxis, une petite saynète odorante.

– Simone, c'est moi ou je sens comme un remugle ?

– Quel remugle ? Qui parle de remugle ? Où ça, un remugle ?

– Là, du côté de cette boîte. Y a comme un remugle.

– (*Snif.*) Non. Un relent, à la rigueur, mais pas un remugle.

– (*Snif.*) Ah non, c'est pas persistant comme un relent... alors si c'est pas un remugle, c'est peut-être simplement une pestilence.

– Ah oui ! Là d'accord ! Là oui ! Une pestilence, oui ! C'est normal ! C'est la boîte à ordures.

– Eh ben tu vois, Simone, je m'inquiétais pour rien.

– Va te brosser les dents, et embrasse-moi...

Allez, ne m'en veuillez pas, mes chers compatriotes, je ferme la boutique à toute vitesse parce que j'entends rôder la bande à immarcescible.

Dans quarante jours, nous nous pencherons sur le sort désespéré du mot *viduité*, que beaucoup prennent pour la vacuité alors qu'elle n'est que le veuvage, une des nombreuses formes du vide, et je m'y connais pas mal en vide.

22. Létal et Délétère

Mes chers compatriotes,

C'est triste à dire, mais dès qu'on prend l'initiative d'une bonne action, il se trouve des gens malveillants pour tenter de jeter, non pas des cailloux ou des bombes à eau, mais le discrédit, sur ladite bonne action. Ainsi en va-t-il de notre entreprise, ici, au Centre de sauvetage des mots menacés d'extinction. La polémique gronde à nos murs, et les rumeurs les plus fallacieuses se propagent de chambre en chambre.

On nous soupçonne notamment de vouloir, en dépit de nos objectifs fondamentaux, sauver le mot « sarcopte ». J'oppose à cette allégation un démenti formel : nous n'avons pas l'intention de réhabiliter le sarcopte, genre d'acarien, parasite des mammifères, qui provoque la gale en creusant des galeries dans l'épiderme. Le sarcopte est chez nous, c'est exact, mais il y est en transit, en attendant d'être réorienté sur un organisme islandais, le FAJMODATIR, le Foyer d'Accueil des Jolis Mots à l'Oreille qui Dissimulent Adroitement de Tristes et Inquiétantes Réalités.

En revanche, je confirme que nous avons ouvert nos portes, à des fins thérapeutiques, à ces deux amis menacés que sont « létal » et « délétère ».

Je vous présente d'abord létal. Létal s'écrit également avec un h comme dans léthargie, qui n'est pourtant pas de sa famille, même s'il sent un peu le sapin, comme nous disons dans notre jargon médical. Létal peut engendrer une sensation oppressante au contact de son pluriel « létaux »... je vous laisse y réfléchir.

Quoi qu'il en soit, l'adjectif létal a retenu notre attention parce qu'il a été capturé par le substantif dose, pour former « dose létale » dans les mêmes conditions que l'adjectif congru a été capturé par le substantif portion pour former « portion congrue », nous en avons fait état il y a quelque temps. Or, létal mérite mieux que l'esclavage de sa dose. Létal, du latin *letalis*, qui ne désigne pas cette fois-ci les trains à grande vitesse de la ligne Paris-Bruxelles… létal signifie, tout bêtement si j'ose dire, « mortel ». Mortel, qui connaît depuis une dizaine d'années un regain de fréquentation vertigineux, en particulier dans l'expression « trop mortel ».

« Comment t'as trouvé le film ?

– Trop mortel.

– Et ton prof de maths, il est cool ?

– Ouais, il est trop mortel. »

D'où ma suggestion, pour varier les plaisirs, de remettre létal au goût du jour, en disant par exemple : « On a fait une méga-teuf pour l'anniversaire à Julien, c'était trop létal ! »

De létal à délétère, il n'y a qu'un pas, un pas en arrière pour ainsi dire, car délétère signifie : qui met la santé, la vie en danger.

« Comment était la teuf pour le mariage à Julien, trop létale, j'imagine ?

– Non. Délétère. Définitivement délétère. On s'est ennuyés à cent sous de l'heure, et on a mangé du poisson pas frais, on a tous été malades. Vraiment trop délétère. »

Précision lexicologique : « On s'est ennuyés à cent sous de l'heure » est une expression d'autrefois, d'avant le franc et d'avant l'euro, qui signifie : « On s'est fait iech grave, on a zéro kiffé. »

Veuillez à présent, afin de vous familiariser avec délétère, lire la saynète proprement honteuse et heureusement très brève que voici.

– Simone, il règne dans cette salle de bains une odeur délétère !
– Ça m'étonne, je n'utilise que du mercurochrome.

Mes chers compatriotes, j'en suis conscient, nous avons vécu ensemble à travers ces pages des moments bien pénibles. Raison pour laquelle, dans un esprit compensatoire, nous nous occuperons dès la prochaine rentrée littéraire des interjections *youp* et *youpi*.

23. Rodomontade

Mes chers compatriotes,

Je suis tout essoufflé, j'arrive en courant d'une consultation… on m'avait appelé en urgence au chevet du verbe « participer ». C'était une erreur, ou plutôt une affaire qui ne me concerne pas. Participer, en effet, n'est pas menacé d'extinction, tout au contraire, il pullule (avec trois l, deux d'abord et un ensuite), il pullule anarchiquement en raison de sa double construction. « Participer à quelque chose », qui signifie prendre part à quelque chose, et « participer de quelque chose », qui signifie « être de la nature de quelque chose ».

Or, on entend de plus en plus souvent, dans la bouche des cuistres, des tournures comme celle-ci – ici le cuistre est metteur en scène de théâtre : « La bonne entente entre les acteurs a beaucoup participé du succès de la pièce. » Eh non, cher cuistre, la bonne entente a participé « au » succès de la pièce, elle y a concouru si vous préférez, participé « au » succès, mais nullement « du » succès.

Bref, il s'agit d'un phénomène de prolifération qui relève du LEPAV, le Laboratoire d'Endiguement de la Prolifération Anarchique dans le Vocabulaire, LEPAV où nos confrères ont déjà tant fait contre la prolifération, entre autres, des mots génial, initier, littéralement, obsolète, dire, et faire.

Revenons donc à nos ovins, puisque nous ne nous occupons pas des moutons, et accueillons la « rodomontade », ou plutôt « les » rodomontades, car il y en a deux, selon moi. La rodomontade d'oïl, et la rrodomon'tade d'oc.

Tout part de Rodomonte, personnage fanfaron du poème épique *Roland furieux* de l'écrivain italien L'Arioste, 1474-1533. Par antonomase – cette figure de style qui a fait d'Harpagon, de Patelin ou de Labadens des noms communs –, par antonomase donc, Rodomonte a donné un rodomont, un fanfaron. Et de même que le fanfaron se déverse en fanfaronnades, le rodomont se perd en rodomontades.

Apprenons donc, mes chers compatriotes, à bien distinguer les deux rodomontades. Celle d'oïl est dénoncée avec sévérité, comme un écart inadmissible : « Bon ! Francis ! arrête tes rodomontades, t'énerves tout le monde, ça suffit ! »

La rodomontade d'oc, elle, est réprimée avec indulgence, comme une faute bénigne : « Ooh, Francis, arrête tes rrodomon'tades, tu escagasses toute la famille, malheureux ! »

À propos de famille, familiarisons-nous avec rodomontade et ses rimes, grâce à cette saynète septentrionale sauvagement saturée.

– Simone, ça a l'air d'une boutade, mais au stade, la pintade multiplie les incartades et les rodomontades.

– Pose une barricade, mets-toi en embuscade, puis porte l'estocade, et passez muscade.

– T'es malade ! la balade va tourner à la bousculade, puis, après l'escalade, à la dégringolade. Et l'engueulade, ce ne sera pas de la rigolade !

– Écoute camarade, je ne souhaite pas l'algarade, mais quand la parade tourne à la mascarade, il faut arrêter les rodomontades.

– Perdu ! Rodomontade, déjà dit !

– Embrasse-moi, mon vieux Conrad !

Mes chers compatriotes, si cette tirade entre dans la Pléiade, je paye une tournée de limonade.

Après le bain, s'il n'est pas trop tard, nous sauverons de la noyade le mot *échauffourée*, qui signifie « petite baston relativement circonscrite ».

24. Concussion

Mes chers compatriotes,

Une fois n'est pas coutume, parlons d'argent. C'est d'autant plus opportun que nous avons beaucoup parlé du nez, ces dernières semaines, à grand renfort de relents pestilentiels et de remugles délétères, et qu'il sera par conséquent reposant de parler de l'argent qui, pour sa part, du moins le dit-on, n'a pas d'odeur.

On n'en finirait pas d'énumérer les synonymes du mot « argent », fric, blé, braise, pèze, monnaie, picaillons, pognon, thunes, pépettes, oseille, fraîche, flouze, artiche, sous, galette, grisbi… aussi m'en tiendrai-je aujourd'hui à l'argent que l'on gagne, plus ou moins honnêtement, car je souhaite porter secours au mot « concussion ». Joli mot à l'incipit coquin recouvrant une réalité sordide, la concussion est un avatar pécuniaire de la prévarication…

Comment ? ça ne vous dit rien de plus ? Alors, plus simplement formulé, la concussion, c'est la perception illicite par un agent public de sommes qu'il sait ne pas être dues. Si donc le mot est rare, la chose, elle, l'est nettement moins, et je ne vise personne, du moins personne en particulier, du moins personne en particulier dont je vous fournirais le nom et l'adresse.

Je suis passé un peu vite sur les mille et une appellations des revenus : la rémunération, pour tous ; le salaire, pour les salariés ; le traitement, pour un fonctionnaire ; les gages, pour les domestiques ; les appointements, pour les employés ; les piges, pour les journalistes ; les émoluments, pour les officiers ministériels ; la solde, pour les militaires ; les cachets, pour les comédiens ; les honoraires, pour les professions libérales ; les vacations, pour les experts ; et la bien nommée prébende, pour les ecclésiastiques – c'est une plaisanterie de mauvais goût, je sais.

La prébende que vous ne confondrez pas avec la provende, la provision de vivres. C'est le jour et la nuit.

Mes chers compatriotes, nous devons, en citoyens responsables, bien faire la différence entre la forfaiture, l'exaction, la fraude, la malversation, la grivèlerie, la prévarication, citée tout à l'heure, l'extorsion, le vol, le rançonnement, l'escroquerie, le détournement, l'arnaque, l'appropriation et la concussion. Toutes et tous peuvent mener en prison, c'est là leur plus fort point commun. Mais, de cette longue liste non exhaustive, la concussion est, je le confesse, ma préférée. Vous aurez acquis, mes chers compatriotes, une meilleure maîtrise du mot lorsque vous aurez lu la torride saynète formidablement illustrative que voici.

– Simone ! Tu as lu dans le journal l'histoire de ce fonctionnaire de police qui faisait verser le montant des contraventions directement sur son compte personnel ?

– Oui, j'ai lu.

– Et qu'est-ce que ça t'inspire ?

– Un mot, un seul : concussion.

– Eh bien disons-le… (*Ensemble.*) Concussion concussion…

– Ouvre la fenêtre, Simone ! (*Ensemble.*) Concussion concussion concussion…

Voilà qui est manifesté. Un de ces quatre, nous nous pencherons sur l'adjectif *tubuliflore*, et il ne faudra pas longtemps pour que nous nous résolvions à l'abandonner en plein champ.

25. Ratiociner

Mes chers compatriotes,

Si vous avez la gentillesse de suivre mes travaux d'année en année, vous savez que mon entreprise de réhabilitation des mots en voie de disparition me vaut pas mal de pressions émanant de tous les azimuts. De puissants lobbies, militant chacun pour leur champion, font le siège de mon burlingue, mot que j'ai plaisir à recycler au passage. Parmi les turbulents prétendants figure, je vous en ai informés à plusieurs reprises, le mot immarcescible, qui multiplie les tentatives d'infiltration dans nos locaux.

Avant-hier, à court d'arguments, j'ai usé d'une ruse un peu grossière je l'avoue : j'ai dit à immarcescible que je l'hébergerai à condition qu'il soit accompagné du verbe marcéder qui, c'est là que réside la ruse, n'existe pas. Mais après tout, inaccessible correspond au verbe accéder, inconvertible à convertir, inextensible à étendre... alors immarcescible n'a qu'à trouver son verbe, marcéder, marcessir, marcendre, qu'il se débrouille... en attendant, je vous propose un cas plus urgent : celui du verbe « ratiociner », qu'il m'est arrivé, second aveu, de prononcer « rat-tiociner », par attirance de l'ion positif, le cation.

Les terminaisons en -tion débouchent d'ailleurs sur de douloureux dilemmes phonétiques, analogues à celui que génère la phrase « les poules du couvent couvent », qu'il ne faut pas lire « les poules du couve kouvan ». Ainsi, lorsque deux clercs de notaire à la retraite décrivent leur activité d'autrefois, il ne faut pas lire « nous dassions les dattions », mais au contraire « nous dations les dations ».

« Quoi qu'il en soie », comme disent les magnanarelles..., ratiociner, c'est se perdre en raisonnements, en considérations, en discussions interminables. Admettez que, dans notre France bavarde, ce verbe ratiociner ne manque pas d'applications pratiques, ainsi que ses dérivés que sont le ratiocineur et la ratiocination.

Mes chers compatriotes, je suis un vieux singe, vous le savez, et je ne tomberai pas dans le piège du galimatias. Ainsi, pas plus que je n'ergoterai sur l'ergotage et pas plus que je ne pérorerai sur la péroraison, je ne ratiocinerai sur la ratiocination. De même que l'emphase doit être traitée avec simplicité, la ratiocination doit être traitée avec concision, et voilà pourquoi je n'en dirai pas plus, et voilà pourquoi votre fille est muette.

Passons à l'application pratique de la leçon du jour, et repaissons-nous de la saynète cruellement misogyne que voici.

– Simone, puis-je te parler franchement ?
– Quand ça ?
– Maintenant.
– Maintenant, oui, tu peux. Tout à l'heure, ce ne sera pas possible, mais maintenant tu peux.
– Eh bien Simone, ton frère, Gaspard, mon beau-frère, donc, me hérisse. Il passe son temps à ratiociner.
– C'est son droit !
– Je ne dis pas le contraire, je dis que ça me hérisse.
– Tu sais, Gaspard a toujours adoré le cinéma, il est au chômage en ce moment, et probablement que cette salle dont tu me parles, le Rassiot Ciné, c'est la plus proche de chez lui, ce n'est donc pas étonnant qu'il passe son temps à Rassiot Ciné.
– En effet, Simone, vu comme ça, c'est pas étonnant.

– Puisque tout est arrangé, embrasse-moi, vieux hérisson.

Voilà, ça c'est fait. Au printemps, nous nous attarderons sur le sort peu enviable du verbe *bavocher*, dont je vous signale d'ores et déjà qu'il est de nature à causer des bavochures.

26. Rémanence

Mes chers compatriotes,

Manta, Manence, Opaje et Dubusse, ce sont là les quatre espèces les plus répandues de la raie, poisson cartilagineux sélacien au corps aplati en losange, à grandes nageoires pectorales, à queue hérissée de piquants et à la chair délicate. La raie Manta, la rémanence, l'aréopage, et l'arrêt du bus. C'est ainsi que je comptais ouvrir ma plaidoirie de ce jour visant à sauver de l'oubli le mot « rémanence », mais je suis l'objet d'un rappel à l'ordre émanant, et non pas rémanent, émanant du CRCL, le Comité de Répression des Calembours Lamentables. Je ne m'étendrai donc pas davantage sur la raie Colt, également appelée raie Volver, je ne vous dirai pas, car j'affectionne la prétérition, je ne vous dirai pas comment sur la glace la raie glisse et comment sur la pierre la raie ponce.

La rémanence est un joli mot, comme beaucoup de mots qui se terminent en ence, évanescence, adolescence, efflorescence, marcescence, la grand-mère d'immarcescible, le fameux casse-pieds qui tente de forcer ma porte… quintessence, incandescence, réminiscence, et… tasse à thé, qui elle aussi se termine en anse…

Ah, nouveau rappel à l'ordre du CRCL… Je disais donc que rémanence est un joli mot pour désigner un fait très charmant : la persistance partielle d'un phénomène après disparition de sa cause. En particulier, c'est la persistance d'une impression lumineuse sur la rétine après disparition de l'image qui l'a produite : c'est cette rémanence qui fonde le cinématographe. Autre exemple, un peu plus compliqué : les jours, et la lumière de ces jours, qui témoigne de mon existence… les jours s'en vont, et moi, je continue cependant d'exister. « Les jours s'en vont, je demeure », vous connaissez le poème de Guillaume Apollinaire.

Sous le pont Mirabeau coule la Seine
Et nos amours
Faut-il qu'il m'en souvienne
La joie venait toujours après la peine
Vienne la nuit sonne l'heure
Les jours s'en vont je demeure.

Afin d'offrir au joli de mot de rémanence un espace à sa mesure dans nos conversations, je propose d'en élargir, sans violence, le sens.

Par exemple : mon voisin est venu me bassiner tout à l'heure avec des problèmes de mur mitoyen, et ça m'a énervé. À présent, mon voisin est parti, il a disparu de chez moi, et pourtant je suis toujours énervé : c'est de la rémanence.

Bernard est timoré à cause de sa mère qui n'avait pas confiance en lui. La mère de Bernard est morte, mais Bernard demeure timoré : cas flagrant de rémanence.

J'ai perdu mes clefs l'an dernier à cause de ma myopie. Depuis, je me suis acheté des lunettes. La cause a donc disparu, mais mes clefs ne sont pas revenues : rémanence.

Sylvie est tombée amoureuse d'Olivier parce que Olivier était beau. Trente ans plus tard, Olivier est devenu moche, mais Sylvie est toujours amoureuse : rémanence encore.

Vous en saurez autant que moi, mes chers compatriotes, dès que vous aurez appris par cœur la pittoresque saynète provençale que voici.

– Simone, je ne sais pas ce qu'il y avait avec ton gigot, mais j'ai une haleine épouvantable !

– C'est la purée d'ail, je pense…

– Eh ben c'est une sacrée cochonnerie, ta purée d'ail ! Ne me la ressers jamais !

– Pas de danger, je l'ai jetée, y en a plus ! disparue la purée d'ail !

– Je veux bien te croire, Simone, mais alors comment se fait-il que j'aie encore une haleine fétide ?

– Rémanence, mon chéri, rémanence !…. Allez ! Embrasse-moi…

– Maintenant ? T'es sûre ?

Voilà. C'est tout pour aujourd'hui. Je ne vous parlerai plus de rémanence, mais j'espère que le mot vous restera. Par effet de rémanence, en somme.

Alors, forts de cet acquis, nous secourrons le mot *casuistique*, préparez vos consciences… toujours cette fameuse terminaison.

27. Jocrisse

Mes chers compatriotes,

Comme vous le savez, les mots se bousculent au portillon de notre Centre de Sauvetage des Mots Menacés de Disparition, et nous avons d'ailleurs l'intention, si le ministère nous accorde une rallonge budgétaire, de remplacer ce portillon par un portail. On se bouscule moins au portail qu'au portillon car le portail est plus grand que le portillon, comme le gravier est plus gros que le gravillon et l'écrivain plus respectable que l'écrivaillon.

Mais la question n'est pas là. Pour arbitrer cette bousculade quotidienne des mots, je m'appuie sur un certain nombre de critères, tous plus subjectifs les uns que les autres puisque c'est moi le directeur du Centre. L'initiale des mots peut faire partie de ces critères de choix, et c'est le cas aujourd'hui. Je constate que l'initiale J, qui nous donne pourtant des mots aussi excitants que les deux je, le jeu auquel on joue et le je qui joue quand je joue, cette initiale J est atrocement sous-représentée dans notre langue et par conséquent dans nos dictionnaires : une vingtaine de pages de J, suivant les éditions, quand le S en occupe 160 et le P plus de 230. Aussi ai-je collégialement décidé de secourir un J aujourd'hui, ce sera une sorte de jour J du J, nous allons parler du « jocrisse ».

Le jocrisse, c'est un benêt qui se laisse duper. On peut vous traiter de jocrisse, par erreur ou à juste raison, c'est vous qui pouvez le dire, mais en tout cas cela a du sens. « Va donc, eh, jocrisse ! » se disait souvent autrefois, il n'y a pas de raison que ça ne se dise plus aujourd'hui, puisque, aussi bien, le nombre de jocrisses n'a pas baissé dans la population, seul le mot s'est raréfié. Il n'y a pas si longtemps, le mot jocrisse était encore chanté par l'ami Georges Brassens.

Je me fais vieux, gémissait-il
Et, durant le cours de ma vie
J'ai vu bon nombre de nombrils
De toutes les catégories
Nombrils d'femmes de croque-morts, nombrils
D'femmes de bougnats, d'femmes de jocrisses
Mais je n'ai jamais vu celui
D'la femme d'un agent de police.

On peut vous traiter de quatre autres noms commençant par un J, il est utile de ne pas les confondre avec jocrisse. J'en profite d'ailleurs pour signaler à tous les moins de dix-sept ans que l'expression « il m'a traité » ne signifie pas « il m'a insulté », et ne concerne éventuellement que le médecin, le médecin traitant, qui m'a traité. Mais au chapitre de l'insulte, il faut dire « il m'a traité "de" ceci ou "de" cela ». Enfin… il ne faut pas dire « ceci » ou « cela », ce n'est pas une insulte de se faire traiter de « ceci », ni de se faire traiter de « cela », il faut remplacer ceci ou cela par des mots désobligeants, comme « crétin » ou « vieux radoteur ». Exemple : « Les jeunes de moins de dix-sept ans m'ont traité de vieux radoteur. »

Quoi qu'il en soit, voici les quatre J que je vous ai promis : jean-foutre, je-m'en-foutiste, jobard et janissaire.

Le jean-foutre est un incapable sur qui on ne peut pas compter. Le jean-foutre est un ami de l'impéritie, que nous avons défendue ici même.

Le je-m'en-foutiste, c'est celui qui manifeste une indifférence totale à l'égard de ce qui devrait l'intéresser ou le préoccuper, c'est par exemple le jeune de moins de dix-sept ans qui ne me lit pas, c'est probablement celui qui m'a traité il n'y a pas cinq minutes de vieux radoteur.

Le jobard, c'est le frère du jocrisse, crédule jusqu'à la bêtise.

Le janissaire enfin, c'est, ou plutôt c'était, un soldat d'élite de l'infanterie turque qui appartenait à la garde du sultan. Les janissaires avaient mauvaise réputation, ils se sont illustrés au cours des siècles dans d'assez basses et serviles besognes. Le despote Jean entretient une meute de janissaires : est-ce que Jeanne y sert ?

Question suivante : peut-on se faire traiter d'autre chose qui commence par un J ? Vous le saurez à l'issue de la saynète alphadélirante que voici.

– Simone, bouge-toi un peu ! T'as l'air d'un jabiru joufflu en train de jaboter joyeusement sur un jeune jacaranda.
– Et toi d'un jockey jurassien sans jugeote jasant comme un janséniste jaloux sur son jangada jauni !
– Va donc, eh, vieille jubarte, va cuver ton jujube dans les jamborees jamaïcains !
– Tu peux parler, judas junior, avec ta tête de judoka jouisseur en jodhpurs juxtaposant des jambonneaux juteux dans le jardin japonais.
– Simone, je crois que nous sommes en train de nous faire du mal inutilement…
– Embrasse-moi, Jeannot…

Rideau !
À la prochaine représentation, nous nous pencherons sur l'adjectif *pelvien*, *pelvienne*, qui ne sert pas à grand-chose sinon à former la fameuse ceinture pelvienne sans laquelle nous serions tous en deux morceaux.

28. Argutie

Mes chers compatriotes,
J'étais sur le point de sauver de l'oubli le joli mot « argutie ». Ce mot menacé d'extinction pré-

sente la particularité rare de se partager entre un sens péjoratif, celui d'un raisonnement pointilleux, chicaneur et vétilleux, et un sens mélioratif, celui d'une subtilité de langage, un tour fin et coruscant. Je fourbissais mes outils, m'apprêtant notamment en guise de prolégomènes à éclairer les mots « prolégomènes », « mélioratif » et « vétilleux », et à rappeler à votre bon souvenir « coruscant », déjà traité ici. Et voilà qu'au moment même où je m'apprêtais, sur les conseils de Boileau, à remettre mon ouvrage sur le métier et ceci jusqu'à la vingtième fois, voilà que frappe à la porte du Centre un grand mot bizarre, un peu dégingandé mais plutôt beau garçon, et qui supplie qu'on le secoure : « indéhiscent ».

Je le fais entrer, puis asseoir, et je le questionne sur son sens. « Je suis un terme de botanique, m'explique-t-il, et je signifie "qui ne s'ouvre pas spontanément à l'époque de la maturité".

– Avez-vous de la famille ? m'enquis-je.

– Je suis le contraire de déhiscent, me répondil. Déhiscent se dit des organes clos qui s'ouvrent d'eux-mêmes pour laisser passage à leur contenu. Le colchique, l'iris, le pavot et le tabac ont des fruits déhiscents. »

J'étais perplexe ; on frôlait l'argutie, à moins qu'il ne s'agisse d'une arnaque. « Pour qui travaillez-vous ? » demandai-je tout à trac à mon indéhiscent. Sa réponse dura plusieurs minutes. Il en ressortait qu'il qualifiait principalement deux grands inconnus, les samares, fruits secs indéhiscents du frêne ou de l'orme, et les akènes, fruits secs indéhiscents de la renoncule ou du rosier. J'ai parlé franchement à indéhiscent : « Si vous concernez si peu de choses, lui ai-je dit, comment pouvez-vous prétendre aux soins de mon Centre ? »

Indéhiscent demeura coi. Fidèle à sa définition, il restait sec et refusait de s'ouvrir… tant et si bien que, subodorant un coup fourré, j'ai commencé à le cuisiner un peu brutalement. Il ne m'a pas fallu moins de six heures d'interrogatoire serré pour tirer à indéhiscent les vers du nez et découvrir le pot aux roses déhiscentes : indéhiscent avait été dépêché chez moi comme sous-marin à la solde d'un copain de sa famille botanique, le fameux immarcescible, que j'ai retoqué sous vos yeux à mille et une reprises, immarcescible qui pensait pouvoir infiltrer chez nous la taupe indéhiscente et préparer ainsi son entrée dans nos services.

J'ai viré le traître manu militari, mettant fin aux bavardages, aux arguties, aux ratiocinations, au radotage, en somme à la parlote.

J'allais en oublier l'argutie, notre patiente du jour. L'argutie se compose de paroles, de flots de paroles bien souvent, mais l'argutie a surtout un air. Chantez donc cette saynète argutiante, vilain néologisme de mon cru, cette saynète dont les paroles ont été volontairement distordues pour mieux en faire ressortir l'air.

– Simone, je te fais remarquer que le sens de l'Histoire ne coïncide pas forcément avec l'histoire des sens…

– C'est possible, mais le sens a un sens, tandis que l'Histoire n'a pas d'histoire…

– Tu noteras quand même que la vérité d'un sens de l'Histoire compense rarement l'absence d'histoire du sens des vérités.

– Embrasse-moi.

Attention, cette dernière réplique n'était pas chantée sur l'air de l'argutie mais sur l'air de la rage.

Voilà, nous avons bien travaillé. À défaut d'être réhabilitée, l'argutie, du moins, revit. À partir de tout de suite, je compte sur vous pour dénoncer ou applaudir nommément les arguties, suivant qu'elles sont plus proches de la polémique stérile ou de l'argument percutant. « Assez d'arguties, les chéris, je vous en supplie ! », ou, au contraire, « Que de belles arguties, cher ami, vous m'avez conquis ! ».

Si vous n'avez pas peur des mots, nous encouragerons bientôt l'interjection *bigre*, qui atteint un sommet de pertinence dans l'échange suivant :

« Il paraît que les tigres migrent ? !

– Bigre ! »

29. Superfétatoire

Mes chers compatriotes,

Je dois beaucoup à la ville de Thouars, chef-lieu de canton des Deux-Sèvres. Je lui dois notamment deux pathétiques calembours, proférés sans honte, le premier parlant de la probabilité d'aller à Thouars, qui ne tient qu'en s'abstenant de la liaison, car on ne s'étonnerait pas outre mesure d'aller « ra » Thouars, et le second concernant un supposé mien neveu mouillé dans le trafic de drogue et qui, pour gagner du temps, deale à Thouars.

Je dois tant à cette commune et aux quelque 11 200 Thouarsais qui la peuplent que je ne puis plus longtemps passer sous silence les deux églises en partie romanes, le château du XVIIe et les restes de fortifications médiévales qui, entre autres richesses, font la renommée de Thouars. Pour remercier Thouars de ses bons offices, j'ai donc décidé d'organiser une super-fête à Thouars. Et voici, comme par enchantement et payé d'avance, le mot que nous allons séance tenante sauver de l'extinction : « superfétatoire ». Un adjectif un peu long il est vrai, mais ce n'est pas par hasard puisqu'il signifie : « qui s'ajoute inutilement à une autre chose utile ». On ne saurait mieux illustrer ce mot en voie de disparition qu'en racontant l'histoire édifiante et par conséquent authentique que m'a racontée autrefois Roger Hanin en personne. Henri IV se rend en visite officielle dans sa ville natale de Pau, et il est d'usage, pour saluer la venue du roi, que soient tirés à son arrivée quelques joyeux coups de canon. Cette fois-là, de coups de canon, point. Mais une estafette, assurément déléguée par l'autorité locale, qui court au-devant de la délégation royale et explique au roi :

« Sire, nous n'avons pas tiré le canon, il y a à cela douze raisons. Premièrement, nous n'avions plus de poudre… »

Et Henri IV l'interrompt : « C'est bon, ça suffit. »

Oui, Henri IV avait raison, les onze autres raisons étaient superfétatoires. Elles s'ajoutaient inutilement à une chose utile, en l'occurrence la première et suffisante raison. Quant à nous, lorsque nous ferons cette super-fête à Thouars, nous nous efforcerons de prévoir de la poudre. Pour poudrer nos perruques, bien entendu, comme au XVIIe.

Ne confondons pas superfétatoire et surnuméraire, « qui est en surnombre, en trop ». Il y a quelque chose d'actif dans le superfétatoire : il s'ajoute, il est donc en train de créer le trop. Le surnuméraire est passif : il est en trop, avant que d'avoir rien fait. Le premier se présente en trop, le second est déjà en trop… et le cheval va au trot, c'est une autre histoire.

Distinguons aussi superfétatoire de superflu. Superflu : qui est en plus de ce qui est nécessaire. De proches parents, donc. Mais, si je puis me permettre, il y a dans superflu une nuance de reproche qui n'est pas dans superfétatoire. On constate qu'une chose est superfétatoire, alors qu'on dénonce, qu'on stigmatise ce qui est superflu. On se contentera d'ignorer ce qui est superfétatoire, mais on voudra retirer ce qui est superflu. Un argument superfétatoire, un commentaire superflu. Je viens de vous donner un exemple superfétatoire, toute autre considération serait désormais superflue.

Une super-saynète, voilà ce que vous attendez ? La voici.

– Simone, avons-nous bien fait le tour de Thouars ?

– Pas tout à fait. Nous n'avons pas parlé de ce qui se conserve à Thouars, en matière de musique notamment, ni surtout de l'art à Thouars, mariage de la culture et de l'agriculture.

– Oui, et nous aurions pu trouver de l'or à Thouars, à condition de prier, ou acheter des piles à Thouars, des piles pour ton dépilateur.

– J'ajoute une pensée pour les chirurgiens qui opèrent à Thouars, et pour ceux de leurs patients qui sont morts à Thouars, et qu'il ne faut pas oublier.

– En tout cas, tu étais divine à Thouars, et ça je ne m'en serais pas douté !

– Embrasse-moi…

Merci à tous de votre indulgence. Hier, ou, mieux, avant-hier, nous défendrons le mot *diamidophénol*, qui désigne un corps cristallisé incolore dérivé du pyrogallol et dont le chlorhydrate est utilisé en photographie sous le nom d'amidol. Nous nous battrons bec et ongles pour le diamidophénol. Ou pas.

30. Baliverne

Mes chers compatriotes,

Je le confesse, je n'ai jamais été très attiré par l'œuvre de Jules Verne. À mon goût, et je n'oblige personne à me suivre, cette œuvre manque cruellement de sentiments. Vous ne serez donc pas surpris qu'ici, au Centre de sauvetage des mots menacés de disparition, nous saluions l'année Jules Verne à notre façon, par un biais légèrement iconoclaste, en nous mobilisant en faveur du mot « baliverne ». Jules Bali, Jules Verne, Jules Baliverne. Ça vaut ce que ça vaut, ce sera notre hommage en tout cas.

Une baliverne, un propos futile et creux. Débiter des balivernes, c'est inutile, sans aucun doute, mais c'est tellement agréable à dire. « Ah, cesse je t'en supplie de débiter des balivernes, de plates balivernes, cesse de te répandre en balivernes éculées, je t'en conjure à genoux, Jean-Claude, assez de balivernes, et méfie-toi, Jean-Claude, ne pousse pas le bouchon trop loin, nous avons supporté patiemment tes balivernes depuis des années, mais notre patience a des limites, et nos limites ont des bornes, Jean-Claude, ressaisis-toi, mon vieux, tu dérapes, tu dérives, je dirais même plus, tu délires, mon vieux Jean-Claude, tu dis n'importe quoi et tu ne sais même pas ce que tu dis, gare, Jean-Claude, gare, tu es en roue libre, mon petit pote, tu commences des phrases et tu ne sais même pas comment les finir, respire, mon garçon, respire… »

Bien. Or donc, mes chers compatriotes, gloire et honneur à la baliverne, digne représentante d'une flamboyante fratrie où figurent les bonnes vieilles sornettes, les extravagantes calembredaines, les invraisemblables fariboles, les légendaires fadaises, notamment celles d'Étretat, les archaïques coquecigrues et les pétulantes billevesées. Non, les mots ne manquent pas, à condition d'en avoir auparavant fait provision, les mots ne manquent pas pour désigner les sottises, les sempiternelles sottises.

Et quand je pense, quand je pense ! que tous ces mots avenants et colorés ont été supplantés par l'hégémonique vocable « connerie ». « Arrêtez vos conneries », c'est très clair, mais « trêve de calembredaines », c'est clair aussi et ça change un peu. Je ne suis pas contre les conneries, j'en ai moi-même commis un certain nombre, mais il faut se battre pour que les conneries n'assèchent pas la source pure et cristalline des billevesées, des coquecigrues, des balivernes et des autres.

La baliverne est, je l'ai dit, un propos futile et creux. En vertu de quoi les exemples de balivernes ne manquent pas. J'en ai sélectionné trois à votre intention.

1) Quelquefois, on n'a pas très faim, et une heure plus tard, on a faim.

2) Moi je trouve que les vacances y a du pour et y a du contre.

3) Je trouve que quelquefois en vacances on est pour avoir faim et une heure plus tard on est contre ne pas avoir très faim.

Mais ce n'est pas tant le libellé de la baliverne qui nous intéresse, c'est le mot, que vous boudez chaque année un peu plus, mes chers compatriotes. L'usage du mot baliverne décroît de 2,45 % tous les 3,27 ans. Remédions-y dare-dare en nous imprégnant de la saynète que voici.

– Simone, je ne veux plus voir Jean-Claude ici. Hier soir, il nous a encore assommés de balivernes !

– Je sais, et je suis de ton avis. Mais que veux-tu que j'y fasse ?

– Parle-lui !

– Mais je lui en ai parlé !

– Et qu'est-ce que tu lui as dit ?

– Je lui ai dit : « Ah, Jean-Claude, cesse je t'en supplie de débiter des balivernes, de plates balivernes, cesse de te répandre en balivernes éculées, je t'en conjure à genoux, Jean-Claude, assez de balivernes, et méfie-toi, Jean-Claude, ne pousse pas le bouchon trop loin, nous avons supporté patiemment tes balivernes depuis des années, mais notre patience a des limites, et nos limites ont des bornes, Jean-Claude, ressaisis-toi, mon vieux, tu dérapes, tu dérives, je dirais même plus, tu délires, mon vieux Jean-Claude, tu dis n'importe quoi et tu ne sais même pas ce que tu dis, gare, Jean-Claude, gare, tu es en roue libre, mon petit pote, tu commences des phrases et tu ne sais même pas comment les finir, respire, mon garçon, respire… »

Bien bien bien. Au prochain match, nous nous agripperons à l'adjectif *inchoatif*. Plus précisément, nous commencerons de nous y agripper, vous comprendrez pourquoi quand on en sera là. Bonne nuit à tous.

31. Apoplexie

Mes chers compatriotes,

On ne peut pas rigoler tous les jours. Tôt ou tard, il fallait que nous parlions ici d'« apoplexie ». Le moment est venu, c'est d'apoplexie que je vais vous entretenir. Je sais ce que vous allez me dire. Vous allez me dire : « Quel dommage, il y a tant de jolis mots commençant par apo, pourquoi fallait-il que nous tombions, c'est le cas de le dire, sur l'apoplexie ? » Je partage votre avis. Nous avons secouru ici l'apocope, mais il reste l'apophtegme, l'apostille, l'aposiopèse et l'aporie, il reste apodictique, apocryphe, apologétique et aporétique. Faites-moi confiance : nous nous occuperons de tous ces apos, comme disent les chasseurs de canards. Mais il fallait bien commencer par un bout. J'ai choisi l'apoplexie. Ceux qui ne sont pas contents n'ont qu'à écrire au ministère. Quel ministère ? Tous les ministères. Ça vous occupera.

L'apoplexie est un arrêt brusque et plus ou moins complet des fonctions cérébrales, avec perte de la connaissance et du mouvement volontaire, sans que la respiration et la circulation soient suspendues. On est frappé d'apoplexie. Au sens propre, c'est embêtant, je vous le concède. Mais c'est au figuré que je veux réhabiliter l'apoplexie, au sens de la surprise paralysante, de la stupeur. Si vous étiez là lorsque nous avons sauvé la baliverne, vous pourrez dire avec moi : « En entendant de telles balivernes, j'ai été frappé d'apoplexie. » Évitez, si vous m'en croyez, d'adjoindre, comme le font les journalistes sportifs, l'adverbe « littéralement ». Évitez de dire « j'ai été littéralement frappé d'apoplexie ». Cela supposerait que vous avez, au sens littéral, perdu connaissance, ce qui n'a pas été le cas, même si les balivernes étaient vraiment des balivernes. « Ce coureur cycliste a littéralement explosé dans l'ascension. » Non, pas littéralement, sinon on aurait retrouvé des morceaux de cycliste disséminés dans la montagne !

« Ils ont littéralement écrasé leurs adversaires. » Non, pas littéralement, justement. Ce n'est que du sport. « Le coureur de 800 mètres s'est littéralement envolé à deux tours de l'arrivée. » Non, pas littéralement, il a fini les pieds bien sur terre, sinon il aurait probablement été disqualifié. Fermons la parenthèse, car tant d'impropriétés m'ont fait frôler l'apoplexie pas du tout littérale.

D'apoplexie, il est question dans une chanson du grand Charles Trenet, *Le Revenant* : un ténor de l'Opéra répare un marteau à tour de bras, « puis il meurt d'apoplexie, comme une vraie tomate farcie ».

Là, j'avoue que je suis un peu circonspect. Je me suis pas mal renseigné : les tomates farcies, et même les vraies tomates farcies, ne meurent pas d'apoplexie. D'ailleurs les tomates farcies ne sont pas vivantes, elles n'ont donc pas l'occasion de mourir. Finalement, je me demande si tout ça ne serait pas un peu de la poésie sur les bords. Passons.

Ou plutôt ne passons pas, revenons-y, avec cette émouvante saynète pleine de rien du tout et farcie d'une absence totale de farce.

– Simone, je termine ma thèse sur l'apoplexie, et je cherche une comparaison frappante pour une attaque d'apoplexie mortelle.
– Tu veux dire, quand quelqu'un meurt d'apoplexie ?
– Oui, ça te fait penser à quoi ?
– À une tomate.
– Une tomate ordinaire ?
– Non, une tomate farcie.
– Une tomate farcie factice ?
– Non, une vraie tomate farcie.
– Merci, Simone, qu'est-ce que je te dois ?
– Embrasse-moi…

À 15 h 32, nous volerons littéralement au secours du mot *tomate-farcie*, en un seul mot, comme pot-au-feu.

32. Homoncule

Mes chers compatriotes,
Animer, comme je le fais depuis déjà soixante-quatre ans, ou un peu moins, le Centre de Sauve-

tage des Mots Menacés de Disparition ou en Voie d'Extinction, c'est naturellement une lourde tâche, j'ai assez souvent pleurniché pour vous le faire comprendre, mais c'est aussi parfois, comme aujourd'hui, une grande joie, une véritable *liesse*, pour reprendre un vieux mot au passage. Aujourd'hui en effet, ce n'est pas un mot que je vais avoir le plaisir de mettre en lumière, mais toute une famille de mots, la famille en -cule. Oh, je vous entends déjà éclater du légendaire rire gras des betteraviers, mais je reprends ce rire au bond, car c'est précisément à cette tragique assonance avec la clique du verbe enculer que la famille en -cule doit sa relative disgrâce. Vous me pardonnerez de ne pas m'étendre sur le verbe *enculer* ni sur son participe passé, qui figurent tous deux dans les dictionnaires les plus respectables et qui se sont éloignés de leur sens originel, qui déjà n'était pas particulièrement distingué, pour se commuer en insulte, en grossièreté, en méchanceté. Ne soyons pas bégueules, il en faut bien un peu !

La désinence, que je salue au passage, car elle non plus n'est pas au mieux de sa forme dans nos conversations, la désinence en -cule, donc, implique presque toujours, nous allons le constater, la notion de petitesse. Presque toujours, mais pas toujours, car le tentacule n'est pas une petite tente, il est bien ce que vous savez et que l'octopode possède en huit terrifiants exemplaires. Vous avez noté au passage le genre masculin de tentacule, objet de régulières controverses qui n'ont désormais plus lieu d'être.

L'opercule, également masculin, ne semble pas non plus être de petite origine ; un opercule, c'est un couvercle, en botanique notamment. Mais, hormis ces deux-là et quelques autres que j'oublie certainement, toute la famille en -cule est teintée de petitesse. Je vous en cite quelques-uns, prenez toujours garde au genre, qui ne va pas de soi.

Un animalcule, c'est un petit animal ; un corpuscule, c'est un petit corps ; une radicule, une petite racine ; un édicule, c'est un petit édifice ou une petite construction ; un utricule, c'est une petite outre ; un homoncule, c'est un petit homme… c'est un mot qui nous vient de l'alchimie, voyez qu'il n'y a pas de quoi glousser.

Une cuticule, c'est une petite peau, comme une particule est une petite part ; une pellicule, c'est encore une petite peau ; un ventricule, un petit ventre ; un monticule, une petite montagne ; un pédoncule et un pédicule, c'est un petit pied ; un opuscule, un petit ouvrage ; un fascicule, un petit paquet ; un réticule, un petit filet, vous aviez reconnu dans la racine du mot le filet, les *rets* dans lesquels il advint qu'au sortir d'une forêt le lion de la fable fût pris ; une clavicule, c'est une petite clef, avant d'être l'os qui porte son nom ; et un follicule est un petit sac. Notons au passage que les folliculaires, ces mauvais journalistes que chanta Brassens, tirent leur nom du follicule… mais par erreur, pour ainsi dire, par confusion avec la racine de *folium*, avec un seul l, qui désigne la feuille, en l'espèce la feuille du journal.

Une mention spéciale pour trois membres de cette famille en -cule injustement méprisée : d'abord pour tubercule, un tubercule, qui est une petite bosse, parce qu'il vient du latin *tuber*, qui désigne une excroissance, une excroissance très recherchée lorsqu'il s'agit de… *Tuber melanosporum*, la bonne vieille truffe. Mention aussi pour la renoncule, dans laquelle vous reconnaissez le radical de la rainette, la petite grenouille. D'après moi, le bouton-d'or est une variété de renoncule, mais j'accepte d'être contredit s'il y a lieu.

Mention spéciale enfin pour la canicule, de triste mémoire, qui n'est pas, à l'origine, une grande chaleur mais bien une petite chienne. La Petite Chienne, c'est l'autre nom de l'étoile Sirius, qui se lève et se couche avec le soleil du 22 juillet au 22 août, période précisément de la parfois catastrophique canicule.

Une saynète pédagogique ? Bien volontiers !

– Simone, que fais-tu ?
– J'écris des poésicules ! Des petites poésies.
– Par exemple ?
– Par exemple : « Dans sa cellule pullulent les libellules. »
– C'est joli…
– J'ai aussi : « Gudule simule comme une mule. »
– C'est poignant. Une dernière, pour la route ?

– Oui. « Une crapule sans scrupules manipule des papules. »

– Sinon… qu'est-ce que je veux dire… Simone… ton grand-père va mieux ?

– Embrasse-moi…

« Voilà », comme je dis souvent.

Ayant entendu parler de crapule, je ne résiste pas à la tentation de vous citer, non pas des noms, bien qu'il n'en manque pas, mais le joli palindrome en majuscules « ÉSOPE RESTE ÉLU PAR CETTE CRAPULE ET SE REPOSE », que je n'aurai malheureusement pas le temps d'écrire dans les deux sens.

Lorsque les enfants seront couchés, nous ne nous éloignerons pas trop du séant, et nous sauverons le mot *callipyge*.

33. Caudalie

Mes chers compatriotes,

Que personne ne bouge. Alerte rouge. Comme le vin du même nom. Je m'explique : le mot que je m'apprête à sauver céans n'est pas seulement menacé d'extinction, il est presque éteint, et vous allez voir l'étendue du paradoxe. Il s'agit de « caudalie », dont vous connaissez la racine : *cauda*, la queue, d'où vient la nageoire caudale, dont peu d'entre nous sont équipés, il m'arrive de le regretter… et d'où vient le caudataire, celui qui porte la queue de la robe du pape dans les cérémonies, ce qui ne me semble pas être un boulot à plein temps.

La *cauda*, mot latin, nous a légué la précieuse expression *in cauda venenum*, « dans la queue le venin », qui décrit la nature du scorpion et qui, par extension, se dit d'un discours qui commence gentiment pour finir très méchamment : *in cauda venenum*. Cette locution sert même de mise en garde à celui que l'orateur est en train de couvrir de louanges et qu'il vouera, dans quelques instants, je devrais dire dans quelques caudalies, aux redoutables gémonies, nom féminin pluriel qui désigne l'escalier, au flanc nord-ouest du Capitole, où l'on exposait les corps des suppliciés avant de les jeter dans le Tibre… le Capitole, le Tibre, vous avez déjà déduit que l'action se situe à Rome, la Ville éternelle à laquelle mènent tous les chemins, la Ville ouverte selon Roberto Rossellini, la ville aux sept collines, qui peut me citer les sept collines de Rome ? Personne ? Alors je m'en occupe : l'Aventin, le Palatin, le Capitole, déjà nommé, le Quirinal, le Viminal, ça se complique, l'Esquilin, ça se complique encore, et le Caelius, fermez le ban.

Bref. La *cauda* latine a donné en italien la *coda*, la queue d'un morceau de musique, sa fin, sa conclusion. « Rendez-vous à la coda », c'est ce que disent les musiciens qui n'ont pas assez répété et qui se lancent, à notes perdues, dans l'exécution du morceau.

Mais j'en reviens à ma caudalie. Elle a disparu de la plupart des dictionnaires, c'est vous dire comme elle est menacée, alors qu'elle concerne un des fleurons de notre patrimoine national, juste après la langue : le vin. Rouge éventuellement, d'où la couleur de l'alerte. La caudalie, c'est la persistance aromatique ou longueur du vin en bouche, mesurée en secondes. Les plus grands sauternes compteraient, selon les experts, jusqu'à 25 caudalies, 25 merveilleuses secondes pendant lesquelles le vin continue de s'exprimer, de réjouir les papilles, de distiller ses notes aromatiques et ses *flaveurs*, autre mot en voie de disparition qui désigne l'ensemble des sensations ressenties lors de la dégustation d'un aliment, solide ou liquide. La persistance du vin se compte en caudalies. Il faudrait inventer une unité pour mesurer la persistance de la douleur car, comme l'a si bien dit Marcel Proust, « la force qui fait le plus de fois le tour de la terre en une seconde, ce n'est pas l'électricité, c'est la douleur ». Je m'en occuperai à mes prochaines vacances.

In cauda venenum. J'étais parti bien gentiment avec mes caudalies, je vais maintenant, mes chers compatriotes, dénoncer. Dénoncer une invasion, celle de la préposition « sur » dans tous les discours concernant le vin. Vous ne l'avez peut-être pas encore noté, mais ça ne saurait tarder, et vous penserez à moi… depuis quelques années, tous les spécialistes qui parlent du vin saturent leur propos de « sur », et même de l'obsédante expression « on est sur ». « On est sur un bordeaux, on est sur un cépage merlot, par conséquent on est sur un vin très fruité, on est sur une note boisée, on est sur un vin qui est assez rond, mais je vous recommande aussi notre cabardès, là on est sur de la syrah, donc on est sur un vin plus charnu, on est sur un rouge évidemment », sur, sur, sur, on est sur, et tralala, on est vraiment totalement sur.

Quelle école hôtelière, quelle congrégation de sommeliers, quelle assemblée d'œnologues, quel GIE de cavistes, quelle coopérative vinicole a donc réussi à propager, comme une traînée de poudre, ce tic verbal inélégant et réducteur ? Un tic qui a réussi à s'infiltrer jusque chez les particuliers, comme en témoigne la saynète gastronomique et conjugale que voici.

– Simone, qu'est-ce qu'on boit avec la pintade aux morilles ?

– Eh bien j'ai pensé qu'il serait judicieux d'aller sur un madiran, sur un vin assez tannique, on sera sur un cépage tannat mais aussi sur du cabernet franc, donc on est sur un vin hybride…

– … Oui mais qu'est-ce qu'on boit ?

– Je te l'ai dit, on sera sur un vin rouge, sur un rouge solidement charpenté en bouche, sur un nez fruité un peu fermé mais très velouté, on est sur un vin bien équilibré et sur une robe grenat très intense, on est sur 5 à 6 caudalies à mon avis…

– Simone, remplis mon verre !

– Embrasse-moi, d'abord…

À la bonne vôtre, mes chers compatriotes. La digestion passée, nous réhabiliterons le mot *modération*. Non, le mot *éthylomètre*, plutôt.

34. Ribote

Mes chers compatriotes,

Nous avons bien travaillé depuis quelques mois, nous avons réussi à sauver de l'oubli une bonne soixantaine de mots précieux, nous avons défendu de toutes nos forces une belle poignée de bijoux en péril, nous pouvons, je crois, nous accorder un peu de répit, et partir en ribote.

La « ribote » : joyeux excès de table et de boisson, selon le dictionnaire, qui s'y connaît. Le mot vient, toujours selon le dictionnaire qui s'y connaît, de l'ancien français *riber*, qui signifie « se livrer à la débauche ». *Riber* qui a donné l'adjectif et substantif ribaud, ribaude : débauché. Et c'est notre bonne vieille ribote qui aurait donné la ribouldingue, autre partie de plaisir.

Il faut impérativement réhabiliter le mot ribote, parce que chacun des mots qui désignent la fête comporte son lot de nuances et de saveurs particulières. On ne part pas indifféremment faire la bombe ou faire la java. On n'a pas tout à fait le même projet quand on s'apprête à faire la bringue ou quand on se dispose à faire la nouba. On n'a pas vécu exactement la même nuit suivant que l'on a fait la foire, la fiesta, la noce ou la bamboula. On ne s'habille pas strictement de la même façon pour partir en ribouldingue ou en ribote.

Et on n'a pas précisément la même voix quand on en revient. Quand on revient de ribouldingue, on est quasiment aphone. Quand on revient de ribote, on a une voix de rogomme. Une voix de rogomme, c'est une voix d'ivrogne, une voix rauque, enrouée par l'abus d'alcool. C'est assez sexy, selon moi, une voix de rogomme. Selon moi, j'ai bien dit.

Là encore, le vocabulaire nous offre une jolie palette pour qualifier les voix. Une voix de stentor, du nom de Stentor, héros de la guerre de Troie célèbre pour sa voix puissante ; une voix de gorge ; une voix de fausset, également appelée voix de tête ; une voix de basse ; une voix blanche ; une voix grasse ; une voix de crécelle ; et j'y ajoute une voix d'eau, c'est celle des maîtres nageurs, une voix de garage, c'est celle des mécaniciens quand ils vous expliquent qu'il faut tout changer, même la tête de delco, une voix de fait, c'est celle qui arrive quand la ribote tourne mal, une voix ferrée, si bien chantée par le grand Léo, Ferré, et enfin une voix zine, qui est la voix avec laquelle on parle dans l'escalier. Ça, quand je vous ai dit que nous partions en ribote, je ne vous ai pas menti, nous voilà en roue libre, mûrs pour consommer cette saynète intitulée « Variations Ribote », rythmée par une voix de rogomme.

– Simone, qu'est-ce qui te ferait plaisir samedi soir ?

– Je voudrais partir en ribote.
– Dis-le-moi sur un ton implorant…
– Je voudrais partir en ribote.
– Enthousiaste, maintenant…
– Je voudrais partir en ribote.
– Pleurnichard (…) comminatoire (…) timoré (…) catégorique (…) confidentiel (…) rêveur (…) badin (…) lascif…
– Je voudrais partir en ribote.
– Eh bien, Simone, la réponse est non. Tu restes à la maison.
– Embrasse-moi…

Voilà. La prochaine fois, nous sauverons le mot *immarcescible*. Non, je plaisante, bien sûr. Nous préférerons le mot *béjaune*, et nous citerons des exemples, avec les noms, les adresses et les numéros de téléphone.

35. Impavide

Mes chers compatriotes,

Je vous l'ai dit, redit et redidit, diriger le Centre de Sauvetage des Mots Menacés de Disparition n'est pas une sinécure (tiens, voyez comme je suis mobilisé en permanence, je viens de donner un coup de pouce à la sinécure), ce n'est pas une sinécure, c'est une activité à risques, un peu comme pompier, mais quand même moins que pompier, car les pompiers ont un métier à haut risque, et le fait qu'ils aient de jolis camions rouges qui font pimpon ne peut pas être tenu pour une contrepartie suffisante du risque encouru. Je parle bien des sapeurs-pompiers, ceux qui éteignent les feux, car le pompier est aussi, chez un tailleur, la personne chargée des retouches, et dans ce cas il s'agit d'un métier à risques mais vraiment beaucoup beaucoup moins que les pompiers pompiers, ceux qui tirent leur nom de la pompe alors qu'ils ne pompent plus depuis longtemps, ils ont des pompes électriques, en revanche ils font des pompes, pour se maintenir en forme, car il faut être en pleine forme pour monter à la grande échelle, déjà une petite échelle ce n'est pas toujours commode…

Oui ? Bonjour, mes chers compatriotes, quel bon vent vous amène ? Vous vouliez me demander quelque chose ? Ah oui, non, pardon, c'est moi, je vous disais que le sauvetage des mots est une activité à risques, et pourtant je monte toujours au créneau bravement, sans sourciller ni mollir, il convient alors de dire que je suis « impavide », et c'est le mot du jour. Impavide : « qui n'éprouve ou ne trahit aucune peur ». Impavide est très proche d'intrépide, mais l'intrépidité suggère une humeur plus bagarreuse, une impatience d'en découdre, un besoin d'affronter le danger et de s'y mesurer pour s'affirmer… alors qu'il y a dans le qualificatif impavide un parfum de sérénité, de flegme impérial, un air de celui qui n'a tellement pas peur qu'il n'a besoin ni de dire ni de montrer qu'il n'a pas peur. C'est tout moi : quand il s'agit de secourir un mot, de se battre bec et ongles contre l'usage et contre la déréliction de la langue (nous reviendrons un de ces jours sur la déréliction), quand il s'agit de lutter contre l'anglais, l'appauvrissement lexicologique et le complot des barbaristes, alors je me montre impavide, comme un pompier, comme un soldat. Et je ne dis pas ça pour me vanter.

Pour mieux défendre un mot, mes chers compatriotes, il est bon de s'intéresser un peu à ses origines et à sa famille. Les origines d'impavide sont limpides : le préfixe privatif in-, et la racine latine *pavor*, la peur, pahouor si l'on adopte la prononciation moderne, qui permet de mieux remonter la filière en entendant dire : « J'aé euhu traé paouor. » Ce qui est de toutes façons incorrect, car il faudrait dire : « J'ai eu grand-peur. »

La famille sonore d'impavide, c'est la petite famille en vide, avec son leader éponyme, « vide », comme un verre vide, avec « avide », comme un gars impatient de remplir son verre, avec « livide », comme un gars qui a trop vidé son verre et qui ne se sent pas très bien, et avec « gravide », comme une femelle enceinte. La lionne gravide est impavide. Comme un pompier.

Rien de tel qu'un bon radotage pour remettre en selle un mot. C'est ce que vous propose la saynète familière que voici...

– Simone, à ton avis, lequel de nos amis est impavide ?

– Impavide ? Vraiment impavide ? Je n'en vois pas...

– Bernard, peut-être…

– Bernard, impavide. Non. Il a peur de tout.

– Jacques ?

– Non, Jacques non plus n'est pas impavide. Il a moins peur que Bernard, mais pas au point d'être impavide.

– Roger est impavide !

– Ah non, s'il y en a bien un qui n'est pas impavide, c'est Roger !

– Alors Léon ?

– Léon non. Léon impavide ? Non ! Léon poltron !

– Gaston ? Raymond ? Philémon ? Poltrons aussi ?

– Laisse-moi faire le tour : Gaston n'est pas impavide… Raymond n'est pas impavide… et Philémon n'est pas impavide.

– D'accord. N'en parlons plus…

– Embrasse-moi, si tu n'as pas peur !

Voilà, je pense qu'on a bien entendu… à vous de jouer, n'ayez pas peur d'accommoder impavide à de multiples sauces. Quand ce sera fait, nous nous pencherons sur le sort de *torpide*, et ce ne sera pas du gâteau.

36. Alliciant

Mes chers compatriotes,

Votre lecture attentive de cette somme, je le dis sans ambages, me fait chaud au cœur, et j'en ai bien besoin, tant il est vrai que, accomplissant ma sainte mission de sauvetage des mots menacés de disparition, je me sens, parfois, terriblement seul. Voilà une phrase bien alambiquée pour vous dire, ce que vous saviez déjà, que rien ne va de soi au royaume du vocabulaire.

Imaginez ainsi mon désarroi lorsque, ce matin même, au moment de signaler à votre aimable attention et sollicitude le mot « alliciant », je m'avise, les larmes aux yeux, que ce mot ne figure plus ni dans l'un, ni dans l'autre, ni dans le troisième des dictionnaires empilés à mon chevet.

J'en profite pour rafraîchir les mémoires en ce qui concerne le chevet. Chevet : du latin *caput*, *capitis*, « la tête »… le chevet. C'est la partie du lit du côté de laquelle on pose la tête. C'est donc là qu'on entrepose les livres qui nourrissent la tête, tandis qu'on abandonne, au pied du lit, les livres qui ne parlent qu'à nos pieds, et il y en a. Veuillez noter également que ceux qui ont choisi *Le Capital* de Karl Marx comme livre de chevet, ceux-là dorment dans le pléonasme.

Bref. Maigre consolation que ce chevet, quand il faut déplorer l'imminente extinction du mot alliciant, qui signifie aguichant, excitant, et que quelques barbares ou bourgeois bedonnants ont cru pouvoir supplanter par son cousin « alléchant ». Quelle confusion ! Alléchant a certes des mérites, mais c'est un mot passablement trivial, inspiré de fonctions alimentaires, tandis qu'alliciant, avec ses fragrances libidineuses et son exotisme gourmand, alliciant explore un espace du désir et du plaisir qu'alléchant ne soupçonne même pas.

Évidemment, en temps de guerre, lorsqu'il faut faire flèche de tout bois et économiser le rutabaga, nous pourrions nous contenter d'alléchant. Mais puisque, aussi bien, nous avons le bonheur de vivre en paix, ne laissons pas mourir la nuance, ne laissons pas disparaître le racé et raffiné vocable d'alliciant. Une proposition alliciante, une affiche alliciante, un geste alliciant, devinez lequel !... des sourires alliciants, et même une voix alliciante, n'est-ce pas, Simone ?

– Tout à fait, mon cher ami, tout à fait.

Si nous baissons la garde, mes chers compatriotes, si nous ne nous battons pas pour la survie de tous les mots, même ceux qui ne sont pas strictement indispensables, alors nous verrons bientôt les verbes fourre-tout monopoliser la conversation après avoir ruiné les petits commerces de proximité. Le verbe « mettre », par exemple, grand fourre-tout devant l'Éternel. On peut sans inconvénient mettre son pantalon, mettre son manteau, et mettre ses lunettes. Mais n'est-il pas plus alliciant d'*enfiler* son pantalon, d'*endosser* son manteau et de *chausser* ses lunettes ?

C'est ici que j'ai choisi de placer, et non de mettre, la traditionnelle saynète pédagogique :

– Plutôt que mettre le couvert, ne devrait-on pas, Simone ?

– Dresser le couvert !

– Plutôt que mettre au dossier ?

– Verser au dossier !

– Plutôt que mettre son veto ?

– Opposer son veto !

– Au lieu de mettre par écrit…

– Coucher par écrit !

– Et, mieux que mettre une note au candidat…

– Attribuer une note au candidat !

On peut bien sûr mettre une piquette à l'équipe adverse, mais il est plus réjouissant… d'infliger une piquette à l'équipe adverse.

Il n'est pas interdit de mettre ses économies à la banque de son quartier, mais tellement plus judicieux de… placer ses économies à la banque de son quartier.

N'importe qui est capable de mettre les chaises autour de la table de réunion du conseil d'administration, mais seuls quelques esthètes sauront… disposer les chaises autour de cette table.

L'adjudant le plus borné, excusez cet autre pléonasme, pourra sans difficulté mettre une sentinelle à l'orée du bois pour prévenir les copains en cas d'attaque de l'ennemi féroce, mais seul un fin stratège saura… poster une sentinelle.

Mardi en quinze, alliciante perspective, nous sauverons le mot *comburant*, ça nous réchauffera.

37. Oblatif

Mes chers compatriotes,

J'ai mené une petite enquête *urbi et orbi*, c'est-à-dire dans les bistrots et dans les champs, pour demander aux gens, du moins à ceux qui connaissent mon entreprise de sauvetage des mots menacés d'extinction, pour leur demander s'ils considèrent que je suis, oui ou non, d'un naturel « oblatif ». J'ai obtenu 0,5 % de oui, 0,5 % de non, et 99 % de « je ne connais pas ce mot-là ». Vous voyez ce qui me reste à faire.

Oblatif, oblative, adjectif en voie de disparition, signifiant : « qui fait passer les besoins d'autrui avant les siens propres ». Autrement dit, en changeant de dictionnaire : « qui s'offre à satisfaire les besoins d'autrui au détriment des siens propres ». Un amour oblatif, c'est un amour généreux, altruiste jusqu'à l'abnégation, c'est le contraire de l'égoïsme, ou de son cousin l'égotisme.

Égoïsme et égotisme, voilà encore deux mots qui parlent à peu près de la même chose, à une subtile et précieuse nuance près. L'égoïsme, c'est la tendance qui porte un individu à se préoccuper exclusivement de son propre plaisir et de son propre intérêt sans se soucier de ceux des autres. L'égotisme, c'est le culte du moi, l'intérêt excessif porté à sa propre personnalité.

Encore que le véritable contraire d'oblatif soit, non pas égoïste ni égotique, mais le trop rare

« captatif ». Captatif : « qui cherche à accaparer quelqu'un, à prendre pour soi ». Il y a ainsi trois sortes d'amour, l'amour oblatif, l'amour captatif et l'amour alternatif, de loin le plus répandu, alternativement oblatif et captatif. Quand on dit que le courant passe entre deux êtres, c'est très probablement de courant alternatif qu'il s'agit.

Je crois pouvoir considérer oblatif comme sauvé de l'oubli, aussi vous proposé-je, si Simone est d'accord, et elle est d'accord, de reprendre un petit jeu, que vous adorez, concernant les verbes fourre-tout. Prenons, si Simone le veut bien, et elle le veut bien, l'hégémonique verbe « faire ». Et réhabilitons, grâce à une saynète sur mesure, ses concurrents terrassés.

– Plutôt que faire une facture, disons donc…
– … établir une facture.
– Ne disons pas faire un procès, mais…
– … intenter un procès.
– On ne fait pas un discours, on…
– … prononce un discours.
– Plutôt que faire une enquête ou, pire encore, faire faire une enquête, on parlera de…
– … diligenter une enquête.
– Faire une erreur, c'est moins bien que…
– … commettre une erreur.
– Faire une objection, c'est moins fort que…
– … opposer une objection.
– Faire un effort, c'est moins sympa que…
– … concéder un effort.

– Faire un projet, c'est un peu court, lorsque l'on peut…

– … échafauder un projet.

– Faire un complot, ça n'effraie personne, alors que…

– … fomenter un complot !

– Il ne suffit pas de faire des excuses, il est préférable de…

– … présenter des excuses.

Tout le monde peut, comme Simone, faire un exploit, mais… accomplir un exploit ! !

Au lieu de faire un match, prenez la peine de… livrer un match.

Plutôt que l'allitérant faire une affaire, disons : réaliser une affaire, et plutôt que de faire un pot-au-feu, choisissons de… cuisiner un pot-au-feu.

Au tribunal, ne faites pas appel ; vous serez mieux entendus si vous… interjetez appel.

Qu'il est ordinaire de faire des représailles, quand on peut… exercer des représailles.

Faire un vœu, c'est gentil, mais former un vœu, c'est tellement mieux.

Si vous faites une réparation, elle ne tiendra pas longtemps. Il est préférable… d'effectuer une réparation.

La liste n'est pas exhaustive, vous pouvez m'aider à la compléter, mais, d'ores et déjà, je remercie Simone d'avoir non pas fait un personnage, mais… campé un personnage.

Aux premiers beaux jours, nous tenterons de protéger la nature en même temps que le vocabulaire, et nous soignerons le *rémiz*, petit oiseau dentirostre de la famille des mésanges. Un rémiz, avec un z à la fin, comme gaz, nez, raz ou riz. Faites chanter le rémiz, s'il en reste.

38. Nycthémère

Mes chers compatriotes,

Ce beau dimanche me trouve d'humeur badine, espiègle, joyeuse, folâtre, enjouée, taquine, futile, railleuse, guillerette, et mutine, parce que chez moi on ne fait pas les choses à moitié. Et ladite humeur me conduit à réhabiliter avec vous, non pas un mot utile, mais un mot rigolo. Amusant, comique, drôle, marrant, poilant, tordant, bidonnant, bouffon, boyautant, burlesque, cocasse, drolatique, désopilant, fendant, gondolant, hilarant, impayable, et roulant… vous voyez ce que je veux dire.

J'avais bien pensé au mot « nyctalope », mais vous le connaissez déjà pas mal, et il a été si copieusement galvaudé au cours des pince-fesses chez la comtesse que je lui préfère un proche voisin, encore moins utile et encore plus rigolo : le « nycthémère ». Le nycthémère est une unité physiologique de temps, d'une durée de vingt-quatre heures, comprenant un jour et une nuit, et incluant, pour l'homme et la plupart des animaux, une période de veille et une période de sommeil. Malheureusement, il serait impropre, si on va passer vingt-quatre heures chez sa mère, de dire « je vais passer un nycthémère chez ma mère ». Le nycthémère ne mesure pas le temps de la pendule, mais le temps physiologique. À la rigueur, on pourra dire « j'ai eu une semaine très éprouvante, il me faudra bien un ou deux nycthémères pour m'en remettre ».

Ou alors, quand mon cousin revient de Los Angeles, il peut se plaindre du jet-lag en affirmant « j'ai le nycthémère tout chamboulé ». Mais mon cousin ne va jamais à Los Angeles, et il ne connaît pas le mot « chambouler ». Et d'ailleurs je n'ai pas de cousin. Et je me demande si Los Angeles existe réellement. Que reste-t-il ? Rien, dans l'immédiat.

Bon. Je ne suis pas plus têtu que ça, je vois l'étroitesse de l'impasse dans laquelle je me suis fourvoyé avec ce nycthémère. Je descends donc quelques marches, je passe sur la nymphe, sur la nymphette et sur la nymphomane, et je me penche sur le dernier des N : le nystagmus. Un nystagmus, c'est une succession normale ou pathologique de petits mouvements involontaires et saccadés des yeux, souvent dans le sens horizontal. Voilà un mot bien commode et facile à employer, comme le prouve la saynète que voici.

– Ben dis donc Simone, te gêne pas !
– Quoi ? Qu'est-ce que j'ai encore fait ?
– Fais l'innocente en plus !
– Mais non ! Sincèrement je ne vois pas !

– Tu crois que je n'ai pas repéré ton petit manège avec le maître nageur ?

– Quel manège ? Je ne l'avais même pas vu, ton maître nageur !

– Menteuse, tu lui as souri, et il t'a répondu par un énorme nystagmus. On sait ce que ça veut dire !

– Ah c'est ça ? ! Mais mon chéri, ce n'était pas un nystagmus volontaire… c'est une pathologie très courante chez les maîtres nageurs… à force de regarder les nageurs qui vont et viennent dans le bassin, ils sont atteints de nystagmus. Je crois même qu'on appelle ça le nystagmus terminal du maître nageur, le NTM. Comme le groupe « Nychtémère ».

– Bon, admettons. On ne va pas y passer le nycthémère, je passe l'éponge, mais que je ne t'y reprenne pas.

– Embrasse-moi…

Parlons clair : les jours où nous avons bien travaillé, je termine mon intervention en vous disant : « Nous avons bien travaillé. » Aujourd'hui, nous avons mal travaillé, et je tiens par conséquent à conclure en vous disant « nous avons mal travaillé », mais je précise : c'est de ma faute. Je n'étais pas dans mon assiette. Ce que j'ai tout d'abord pris pour une humeur badine n'était que les traces du rosé d'hier soir. Je me croyais Pégase, et je n'ai fait que pédaler dans la vase. Dès ma guérison, nous traiterons les mots *abstinence*, *végétarien*, *sobriété*, *retraite*, *pantoufle* et *cancérologue*. Encore pardon d'exister.

39. Affidé

Mes chers compatriotes,

C'est très important, l'amitié. Je sais que je choque beaucoup de gens en l'affirmant, mais je le maintiens : l'amitié, c'est rudement important. Un ami, c'est, au gré des nuances, un acolyte, un adepte, un allié, un alter ego, un amant, un aminche, un amoureux, un bien-aimé, un camarade, un chéri, un coalisé, un compagnon, un compère, une connaissance, un copain, un familier, un fiancé, un flirt, un frère, un intime, un partenaire, un partisan, un pote, un poteau, une relation, ou une vieille branche.

Et un affidé ? Car voici le mot du jour, à la fois adjectif et substantif : « affidé ». Autrefois, je vous aurais répondu « oui », un affidé est une espèce d'ami, quelqu'un à qui on peut se fier, un confident. Mais le temps et la violence ont fait leur œuvre et, aujourd'hui, un affidé n'est plus un ami. Plutôt un complice. Quelqu'un qui se prête en agent sûr à tous les mauvais coups. Un homme de main, un janissaire, un exécuteur des basses œuvres. Je change de dictionnaire, et le tableau n'est pas moins sombre : un affidé, c'est une personne à qui l'on se fie pour commettre une action répréhensible ; un tueur à gages, par exemple. C'est aussi un membre d'une société secrète ou d'un complot. Un ami peu recommandable, à tout le moins. J'en déduis que, vous qui me lisez, et qui êtes si gentils, n'avez pas d'affidés, pas plus que je n'en ai. Les méchants, en revanche, en ont. Les méchants sont entourés de sales types qui font tout bas ce que les méchants n'ont fait que dire tout haut. Ce sont leurs affidés. Ce sont des pourris. Fidèles, mais pourris.

Ne nous voilons pas la face, mes chers compatriotes, ne succombons pas à la tentation de l'angélisme : oui les méchants existent, oui ils sont parmi nous, non ils ne sont pas loin, et oui ils peuvent compter sur leurs affidés. L'affidé est pire, selon moi, que le méchant lui-même. Il n'est même pas chef-méchant, il n'est qu'un sbire malfaisant, une petite main sale, un nervi boursouflé de haine et de frustration, un alguazil miteux.

Que dire encore des affidés ? Ah les fumiers, ah les chiens galeux, ah les sombres bâtards, esclaves du mal, sinistres pingouins, chacals cauteleux, vils cafards, hyènes serviles, ignobles sous-fifres ! Des noms, des noms, des noms ! Mais de qui voulez-vous les noms ? Des meneurs, ou de leurs affidés ? Des crapules, ou de leurs dégoûtants serviteurs ? Des deux ? Qu'à cela ne tienne ; voici, par ordre alphabétique, la liste des… Allô ? Je vous demande pardon, on me signale l'imminence d'une saynète définitivement représentative et vertigineusement édifiante, on la lit, et on délationne ensuite.

– Simone, je te prie de bien vouloir déférer les affidés de tous les méchants !

– Volontiers, mon chéri, mais je n'ai compris qu'un seul des mots de ta phrase, le mot méchant.

– Tu es dans le vrai, Simone, c'est le méchant qui est le pivot du système. C'est le méchant qu'il faut dénoncer. Ses affidés ne sont jamais que ses affidés.

– Je comprends, chéri. Ou plutôt non, je ne comprends pas. Mais ça m'est égal. Je sens bien que tu as un bon fond, tu voudrais le bonheur de l'humanité, mais tu n'y parviens pas, alors tu alignes des mots, comme les sorciers africains alignent des cailloux sur le sable, tu parles pour conjurer le diable, mais le diable s'en moque, chéri, aussi prends-je la liberté de te proposer, à titre conservatoire, cette issue toute bête mais terriblement charnelle : embrasse-moi…

– Simone, tu ne cesseras jamais de m'épater.

Mes chers compatriotes, nous nous amouracherons tôt ou tard du mot *syzygie*, terme d'astronomie dont je me demande comment nous avons pu, depuis si longtemps, nous passer.

40. Sorite

Mes chers compatriotes,

Le bon maître d'école, c'est celui qui attache autant de soin à instruire et à édifier l'enfant qui ne lui est pas sympathique qu'à instruire et édifier ceux qui se trouvent lui être sympathiques. Le bon maître d'école républicain se garde de toute espèce de discrimination, et, même s'il n'a pas de sympathie pour le petit Jules, il mettra tout en œuvre pour faire du petit Jules « aussi » un bon citoyen bien instruit. Je suis ce bon maître d'école. Je n'aime pas le mot « sorite », le sorite n'a pas ma sympathie, je peux même vous avouer que ce mot me hérisse, et cependant je vais, séance tenante, le sauver d'une mort annoncée.

Qu'est-ce qu'un sorite ? Une sorte d'écumoire ? Un dignitaire musulman ? Une pierre volcanique ? Un coléoptère d'Amérique du Sud ? Non, non, non, et non.

Un sorite, c'est un raisonnement composé de plusieurs syllogismes, enchaînés entre eux de telle sorte que l'attribut de la majeure devienne le sujet de la mineure, l'attribut de la mineure le sujet de la proposition suivante, et ainsi de suite jusqu'à la conclusion, qui a pour sujet le sujet de la première proposition, et pour attribut l'attribut de l'avant-dernière. Ça paraît compliqué, dit comme ça, mais ça ne l'est pas. Le plus célèbre des sorites est celui par lequel les Stoïciens démontraient que le sage est heureux et que la sagesse suffit au bonheur.

« Qui est sage est tempérant ; qui est tempérant est constant ; qui est constant est sans trouble ; qui est sans trouble est sans tristesse ; qui est sans tristesse est heureux : donc le sage est heureux, et la sagesse suffit au bonheur. »

À titre personnel, je trouve ce sorite très contestable, et dans sa conclusion, et dans sa construction, notamment parce qu'il suppose la transitivité de la relation « être », qui à mon sens n'est pas établie strictement. La transitivité, vous connaissez, mes chers compatriotes, c'est la propriété d'une relation qui permet de déduire de « A est en relation avec B » et de « B est en relation avec C » que « A est en relation avec C ». Par exemple, la relation d'égalité est transitive, de telle sorte que si A = B et B = C, alors A = C. Mais, comme je vous le disais il y a un instant, la relation d'être n'est pas aussi impérialement transitive. Par exemple, de « Paul est mon frère », puis « mon frère est pharmacien », vous ne pouvez pas déduire avec certitude que « Paul est pharmacien », parce que c'est peut-être mon second frère, Pierre, qui est pharmacien.

Il y a beaucoup moins loin du sorite au syllogisme que de la coupe aux lèvres. Vous connaissez, mes chers compatriotes, « le » syllogisme phare de la pensée grecque : « Tous les hommes sont mortels, tous les Grecs sont des hommes, donc tous les Grecs sont mortels. » Au passage, il me semble qu'on n'avait pas besoin de tant de contorsions pour trouver que tous les Grecs sont mortels. Et, de surcroît, le syllogisme en général achoppe sur ce sublime syllogisme savoyard : « Plus il y a de gruyère, plus il y a de trous, plus il y a de trous, moins il y a de gruyère, donc plus il y a de gruyère moins il y a de gruyère. »

Bref. Nous ne sommes pas là pour ergoter. Voici une saynète en forme de sorite alterné.

– Simone, faisons un sorite tous les deux !
– Maintenant, ici, dans la cuisine ?
– Oui. Simone, tu es auvergnate…
– Oui, et les Auvergnats sont têtus…
– Les têtus sont opiniâtres…
– Les opiniâtres sont irréductibles…
– Les irréductibles sont une élite…
– L'élite est une minorité…
– La minorité est opprimée…
– Donc Simone est opprimée.
– Mon Dieu que les sorites sont captieux…
– Embrasse-moi…

Mes chers compatriotes, méfiez-vous des sorites, méfiez-vous des syllogismes, et traversez dans les clous. En 2046, à la demande d'un ami qui habite Boulogne-Billancourt, nous sauverons l'adjectif *germanopratin*.

41. Fuligineux

Mes chers compatriotes,

Ici, au Centre de Protection et de Sauvetage des Mots Menacés d'Extinction, vous êtes chez vous. Vous venez quand vous voulez, si le cœur vous en dit et si vous connaissez notre adresse, qui est confidentielle. Nous sommes à votre service, à tel point que le mot que nous allons sauver aujourd'hui, c'est vous qui l'avez choisi. Vous avez été des centaines à m'écrire pour me demander de secourir « fuligineux », et je réponds « oui », comme un seul homme, vu que je suis tout seul. Vous aviez également été des centaines à m'écrire pour me demander de secourir « immarcescible », et j'avais répondu « non », et je m'en étais expliqué, et je n'ai pas changé d'avis. Immarcescible, non. Fuligineux, oui.

Fuligineux vient du latin *fuligo*, « la suie », et signifie donc « qui rappelle la suie, qui donne de la suie, qui a la couleur de la suie ». La teinte fuligineuse est une des variétés du noirâtre, caractéristique malheureusement de certaines maladies, ce qui m'a permis de lire quelque part sur le Net que « la fuliginosité de la langue et des lèvres est un symptôme des affections typhoïdes ». C'est possible, mais le mot « fuliginosité » n'existe pas, ou pas vraiment, et c'est tant mieux, car il est difficile à prononcer.

Fuligineux, bien sûr, ne doit pas être confondu avec « ferrugineux », qui contient du fer. On se souvient de Bourvil dans « l'alcool, non ; l'eau ferrugineuse, oui ». C'est le pendant du slogan que j'énonçais plus haut : « Immarcescible, non. Fuligineux, oui. »

La suie et le typhus n'évoquent rien de bien gai, et pourtant la couleur fuligineuse est une très jolie couleur, surtout lorsqu'elle est portée par des oiseaux. Ils sont deux à ma connaissance à posséder une variété fuligineuse : le puffin et l'albatros, et, une fois n'est pas coutume, ni l'un ni l'autre ne sont en voie d'extinction. Pour le moment.

Le puffin fuligineux, avec deux f pour mieux voler, est un gros zozio, dont la taille atteint 50 centimètres et l'envergure plus de 1 mètre. Il niche dans l'hémisphère Sud et hiverne pendant l'été boréal dans les eaux nordiques, le long des côtes néerlandaises notamment.

L'albatros fuligineux, quant à lui, n'a qu'une seule et même partenaire dans toute sa vie, c'est un choix, et il peut vivre, pense-t-on, jusqu'à quatre-vingts ans, ce qui est très vieux pour un zoizeau.

Mais je ne suis pas là pour faire l'ornithologue, j'en serais d'ailleurs bien incapable… Revenons à l'adjectif fuligineux et à son sens figuré, celui de « fumeux, obscur », qui l'apparente donc à une famille secourue ici même il y a quelque temps, la famille d'abstrus, d'abscons, d'amphigourique, de sibyllin, la famille du galimatias, du charabia, du baragouin et du sabir. Fuligineux est un autre avatar de l'incompréhensible, une variante plutôt noire et repoussante, à l'image de la suie qu'elle suinte. Le Robert cite Romain Rolland : « la rhétorique fuligineuse de ces orateurs révolutionnaires », et moi je cite François Rollin : « Les explications fuligineuses du charbonnier confortèrent les soupçons du commissaire. » J'espère que tout le monde suit. Suie. Suie ! *Fuligo !*

Mes chers compatriotes, accrochez-vous au bastingage, car voici venir une saynète bigrement effrayante.

– Simone, tire la langue…
– Keskèlamalangue ?
– Viens me montrer cette langue de plus près !
– Mainonc'estrient'inquiètepas !
– Tu as la langue fuligineuse !…
– C'estparcequej'aimangéducassis…
– Tu as attrapé le typhus, Simone !
– Non, c'estparcequej'aimangéducassis !
– Rentre ta langue, et explique-toi !
– C'est parce que j'ai mangé du cassis ! ! !
– Ouf, tu me rassures !
– Embrasse-moi !
– Avec la langue ?

Mes chers et doux compatriotes, vous êtes mieux équipés à cette heure-ci que vous ne l'étiez il y a trois minutes, et je m'en réjouis. Nous pourrons bientôt nous pencher au chevet du *milouin* et du *morillon*, qui sont les deux principales variétés de canards fuligules.

42. Giboyeux

Mes chers compatriotes,
Tout se tient. Lorsqu'une chose disparaît, le mot qui la désigne disparaît peu à peu avec elle.

Ainsi du *bollon*, sorte de cuve qui sert à charrier la vendange, du *sabaron*, un gros chausson de cuir qu'on mettait dans les sabots, de l'*areau*, une ancienne charrue dans le Berry, ou du *jabloir*, outil de tonnelier. À notre époque de tracteurs, de matière plastique et de machines-outils, il sera de plus en plus rare d'entendre prononcer les mots sabaron, areau, jabloir et bollon.

De la même façon, le gibier se raréfie, en France métropolitaine, en sorte que le charmant adjectif qui signifie « riche en gibier » se raréfie parallèlement. « Giboyeux » est en péril. C'est dommage. Ici, au Centre de Sauvegarde des Mots Menacés d'Extinction, il y aura toujours une place pour giboyeux, même après que le dernier faisan et le dernier chevreuil auront quitté nos sous-bois.

Giboyeux, tu es notre ami. Tu sonnes bien, clair et joyeux, on aurait presque envie de t'appeler bi-joyeux, tu annonces de plantureux banquets bien arrosés dans de pittoresques pavillons de chasse en pierre apparente, tu fleures bon la terre humide et la sauce grand-veneur, tu exhales un délicat fumet de civet de lièvre et de perdrix aux choux, tu es un bon petit gars, giboyeux.

Oui, c'est ainsi : j'ai horreur de la chasse, mais j'adore le gibier. Le gi-gi, le bier-bier, le gibier, et tout ce qui est giboyeux. J'ai des envies de néologismes que j'ai du mal à dominer ; j'aimerais qu'un patelin riche en plombiers, ce qui est très rare, soit qualifié de plomboyeux. Que Séville soit surnommée, en souvenir de Beaumarchais et Rossini, la Barboyeuse. Et que les régions où abondent l'aubier, le jujubier, le sorbier et le caroubier soient réputées, au gré de l'humeur, auboyeuses, jujuboyeuses, sorboyeuses ou carouboyeuses. Mais je me domine. Je ne m'aventurerai pas sur des terrains bourboyeux.

Mes chers compatriotes, votre fibre patriotique va vibrer de bonheur en lisant l'édifiante saynète sylvestre qui va suivre, car vous entendrez résonner les noms de quelques-unes des plus belles forêts de France, et je sais que cela va vous émouvoir aux larmes. Aux larmes, citoyens, puisque nous sommes entre Gaulois.

– Simone, est-ce que la forêt de Messarges est plus giboyeuse que la forêt de Corgebin ?

– Plus giboyeuse, je ne crois pas. On manque de statistiques fiables. Brocéliande, les Ardennes et Villandry, par exemple, c'est très giboyeux, mais Iraty, Eperlecques et Saint-Trojan sont moins giboyeuses que Fontainebleau, Compiègne et Rihout-Claimarais…

– Certes, mais plus giboyeuses que les forêts d'Argonne, de la Grande Charnie, d'Halatte et de Brotonne…

– Pas sûr… Par exemple, Champornot, Réno-Valdieu et Calenzana sont plus giboyeuses qu'on ne croit, et c'est l'inverse pour les forêts de Haye, de La Guerche, de Rambouillet, du Haut-Vallespir et d'Arc-en-Barrois.

– Et Haguenau, Paimpont, Chantilly, Moléans… c'est giboyeux ? Et Retz, et Bonnevaux, et les Ardennes, et les Landes, et la forêt d'Arcy ? C'est giboyeux tout ça ?

– Encore assez. Tout comme Machecoul, la Loubatière, l'Ospédale et les Andelys. Mais en ce qui concerne Donzy, la Joux, Mormal et Sélestat-Illwald, je ne sais pas.

– Et la forêt de Cheverny, si giboyeuse, où nous nous embrassâmes pour la première fois ?

– C'est là que tu voulais en venir ? ! Embrasse-moi…

Voilà un tour d'Hexagone qui nous a bien oxygénés, nos cerveaux en auront profité pour augmenter leur capacité vocabularistique, et le Centre ne peut que s'en réjouir. Nous sommes bien armés désormais pour revigorer dès que possible le mot *récipiendaire*, qui ne désigne pas une casserole vide.

43. Gongorisme

Mes chers compatriotes,

Nous avons, depuis la création de ce Centre de Sauvetage des Mots Menacés d'Extinction, été d'un grand secours pour tous les mots désignant un propos difficilement compréhensible, notamment les adjectifs amphigourique, abstrus, sibyllin, abscons, et les substantifs galimatias, baragouin ou sabir. Nous ne pouvions pas, par conséquent, ignorer plus longtemps le « gongorisme ».

Le gongorisme tire son nom du poète espagnol Luis de Gongora y Argote, né et mort à Cordoue, 1561-1627.

Il se définit comme une préciosité, une recherche dans le style faisant un usage abusif des images, métaphores, métonymies et autres tropes. Trop de tropes, en somme.

Le gongorisme est aussi appelé cultisme, ou cultorisme ou cultéranisme, comme quoi rien n'est jamais simple au royaume de Gongora. Le gongorisme a du reste un cousin anglais, de la même époque, qui est l'*euphuisme*, et un cousin italien, le *marinisme*. Toute l'Europe, à l'époque, était précieuse. Les choses ont bien changé.

Écoutez, mes chers compatriotes, Gongora lui-même nous exhorter à l'« Art de penser et d'écrire avec esprit » :

« Veillez à ce que les propositions décorent votre style, qu'il s'avive de leurs difficultés mêmes, que son obscurité pique l'intérêt, qu'il s'élève par les hyperboles, que les gradations lui donnent de la profondeur, les allusions du mystère, les images de la finesse, l'ironie du sel, l'indignation du fiel, les sentences de la gravité et qu'à tout cela se joigne cette justesse prudente qui est l'assaisonnement du discours. »

C'est encore Gongora y Argote qui appelait les oiseaux des « cloches de duvet sonore », admettez qu'il y a des métaphores plus claires, c'est Gongora qui écrivait d'une jolie fille que « de ses deux soleils elle pourrait incendier la Norvège et de ses deux mains blanchir l'Éthiopie », je vois bien le compliment mais il n'est pas facile à recaser en boîte de nuit, et c'est encore Gongora qui affirmait magistralement : « C'est pauvreté d'esprit que le naturel, c'est minutie que la pureté, c'est négligence que la clarté. » C'est dire que le gongorisme n'est pas un vain mot.

Le gongorisme peut-il être français ? Déchiffrez, pour vous en convaincre, la charmante saynète qui suit.

– Simone, je crois que j'ai une crise de gongorisme…
– C'est-à-dire ?
– J'ai péché par folle emphase au visage émacié du prince des lilas, et le torrent amer de mes sens assoupis gronde comme tonnerre au fond des gorges noires.
– Qu'est-ce que tu racontes ?
– Les astres flavescents de mon âme en-allée naviguent, telles de scintillantes ombres, au gré des pavés éternels qui jalonnent l'empire des brumes.
– T'es sûr que t'as pas un peu picolé, plutôt ? !
– Simone, l'exquise langueur de tes lèvres purpurines manque au glacis confus de l'hivernal désarroi de ma bouche esseulée.
– Tu veux m'embrasser, c'est ça ? Eh bien embrasse-moi…

Voilà le tableau. Lorsque nous aurons cinq minutes, mes chers compatriotes, nous sauverons de l'oubli des mots simples, comme *bonjour* et *merci.*

44. Cambuse

Mes chers compatriotes,

Nous allons secourir aujourd'hui un mot dont l'utilité ne vous sautera pas aux yeux, car ce n'est pas une utilité belliqueuse, elle ne saute pas à la figure des gens, c'est une utilité plutôt tranquille et discrète que l'utilité du mot « cambuse ».

La cambuse, je suis sûr que ça vous revient au moment même où je vous en parle, c'est le « magasin d'un navire contenant les vivres et le vin ». Les vivres et le vin, c'est-à-dire l'avitaillement, terme spécialement adapté aux navires, alors que, pour tout ce qui n'est pas un navire, les vivres et le vin s'appellent le ravitaillement. On avitaille un navire comme on ravitaille un village… Bref, la cambuse, c'est l'endroit du navire où l'on entrepose l'avitaillement.

Navire… navire à voiles, plutôt, et plutôt grand navire à voiles, ce qui fait que, compte tenu de l'avènement de la vapeur, dont vous avez sans doute entendu parler, il n'y a plus guère de cambuses dans nos parages. De cambuses à proprement parler. Mais si on ne parle pas proprement, alors il reste la cambuse en tant que « chambre ou maison sans confort ». D'où l'expression : « Viens donc faire un tour dans ma cambuse, mignonne, je te ferai voir du pays. » Expression très peu usitée au demeurant, et c'est tant mieux.

Bref *bis*. Cambuse rime avec abuse, ce n'est pas une surprise, avec arquebuse, mais les arquebuses aussi se font rares, et, plus simplement, cambuse rime avec buse.

Je me suis penché sur la buse, notamment pour savoir de quelle buse on parle lorsqu'on parle de triple buse. Buse au sens du mot wallon, signifiant « échec à un examen » ? Non. Buse au sens de tuyau généralement de fort diamètre assurant l'écoulement d'un fluide ? Au sens de tuyau dont l'extrémité étranglée augmente la vitesse de sortie d'un fluide ? Au sens de dispositif canalisant l'encre d'une imprimante à jet d'encre, et crachant les petites gouttelettes qui réalisent l'impression ? Non, toujours non.

Mais bien plutôt buse au sens de « rapace diurne aux formes lourdes, au bec et aux serres faibles, se nourrissant de reptiles, de rongeurs et de petits oiseaux », car c'est à la même rubrique du dictionnaire qu'on déniche la buse au sens de « personne ignorante et sotte ». Il resterait à savoir pourquoi on parle de triple buse alors qu'on ne parle jamais de double buse, c'est une question que nous étudierons dans huit ans.

En chantant la cambuse, je pensais, comme quoi personne n'est à l'abri d'une erreur grossière, je pensais qu'il existait « un mât de cambuse ». Je me trompais, bien sûr. Il existe un mât de beaupré, dit « le beaupré », qui prolonge l'étrave. Un mât d'artimon, mât situé à l'arrière d'un voilier qui en comporte deux ou plus, mâts. Et un mât de misaine, situé à l'avant du navire, entre le grand mât et le beaupré. Et c'est tout.

Mes chers compatriotes, il y a, ou il y avait, des cambuses sur les deux-mâts, sur les trois-mâts, sur les quatre-mâts, car tous ces mots existent, mais le mot cinq-mâts n'existe pas, alors qu'il a existé un voilier à cinq mâts. Il s'appelait *La France*, il a été construit à Bordeaux en 1911, c'était le plus grand voilier du monde… 126 mètres de long, 6 300 mètres carrés de voilure, jaugeant 6 250 tonneaux, il fut perdu la nuit du 11 au 12 juillet 1922 en Nouvelle-Calédonie.

« Que c'est beau, la voile ! » comme disait mon grand-père qui était sensible à la beauté de la voile, et qui adorait les saynètes maritimes dans le genre de celle-ci :

– Simone, hisse le petit perroquet…
– Petit perroquet hissé !
– Hisse le grand perroquet !
– Grand perroquet hissé !
– Hisse le cacatois !
– Cacatois hissé !
– Hisse l'artimon !
– Artimon hissé !
– Hisse la misaine !

– Misaine hissée !

– Hisse les huniers !

– C'est fait, capitaine !

– Borde le foc, affale la trinquette et la brigantine !

– Foc bordé, trinquette et brigantine affalées !

– Maintenant, rejoins-moi dans la cambuse !

– Embrasse-moi ! ! !

Mes chers compatriotes, à marée basse, persistant dans la marine à voiles, nous sauverons le mot *étambot*, ce mot étant beau. Je vous dispense de vos ricanements.

45. Holistique

Mes chers compatriotes,

Il s'est passé bien des choses, pendant l'année qui vient de s'écouler, il s'est passé bien des choses un peu partout, ce qui n'est pas exceptionnel au demeurant, car il est peu de périodes de l'histoire au cours desquelles il ne soit pas passé bien des choses un peu partout… Mais il s'est également passé bien des choses ici, au Centre de Sauvegarde des Mots Menacés d'Extinction. En particulier, au milieu de l'été, nous avons vu affluer à nos portes des mots qui ne nous apparaissaient pas spécifiquement menacés, comme bureau, horaires, patron, boulot, stress, compétition, facture, sanction, rendement, ou chef… L'explication, vous l'avez devinée : la plupart des

Français étant en vacances, ils n'avaient plus l'occasion d'utiliser tout ce vocabulaire lié au travail, et les mots concernés, paniqués par la chute brutale de leur fréquence d'emploi, ont cru leur mort prochaine. Nous les avons rassurés, nous leur avons montré, statistiques à l'appui, la régularité de cette baisse saisonnière, et leur avons promis un retour en force dès la rentrée, phénomène dont on peut d'ores et déjà garantir les effets.

C'est à peu près au même moment que le mot immarcescible, expulsé de chez nous à mille et une reprises l'an dernier, a pensé pouvoir profiter d'une estivale baisse de vigilance de notre part pour s'infiltrer parmi nos effectifs. Mais nous ne dormions que d'un œil, et c'est à coups de fusil que nous avons refoulé ce petit prétentieux d'immarcescible aux frontières de nos plates-bandes.

Ces événements ont laissé des traces ; je me suis demandé si je n'avais pas été un peu dur, un peu intransigeant, voire rigoriste. Je me suis fait de lourds reproches, j'ai même songé à pratiquer la pénitence intérieure selon saint Ignace de Loyola, pénitence qui consiste, je cite scrupuleusement, à « faire souffrir au corps une douleur sensible en portant des cilices » – le cilice, à ne pas confondre avec la silice… le cilice est une chemise ou ceinture de crin, voilà un mot que je ne suis pas près de réhabiliter –, donc « des cilices, des cordes, des chaînes de fer sur la chair ; en prenant des disciplines » – il s'agit là bien entendu du premier sens du mot discipline, à savoir une « sorte de fouet fait de cordelettes ou de petites chaînes utilisé pour se flageller, se mortifier » –, je poursuis : « ou en se faisant des plaies et en pratiquant d'autres genres d'austérités ».

Et le brave homme ajoute : « Ce qui paraît le plus convenable et le moins dangereux en ce point, c'est que la douleur ne soit sensible que dans la chair, et qu'elle ne pénètre pas jusqu'aux os, de sorte que la pénitence cause de la douleur et non quelque infirmité. Aussi semble-t-il à propos de faire usage de disciplines faites de petites cordes qui causent extérieurement de la douleur, plutôt que d'employer un instrument qui puisse causer une infirmité notable. »

J'ai renoncé, mes chers compatriotes, au bon Loyola, et j'ai opté pour une pénitence plus douce, celle qui consiste à sauver aujourd'hui un mot dont je ne suis pas certain qu'il le mérite, et nous voilà sur nos rails, je veux parler de l'adjectif « holistique ».

Holistique, qui signifie : relatif à l'holisme. L'holisme, comme chacun l'ignore, c'est cette doctrine qui ramène la connaissance du particulier et de l'individuel à celle de l'ensemble, du tout, dans lequel elle s'inscrit.

Du grec *holos*, qui veut dire « tout, en entier », comme dans l'holographie, qui permet de voir le sujet dans son entier, ou dans le sinistre holocauste, où on brûle entièrement les victimes.

Passons à la pratique, avec la saynète très pratique que voici :

– Simone, qu'est-ce qu'on mange ce soir ?
– Blanquette de veau à l'ancienne !
– Oui, mais ma question s'inscrivait dans une perspective holistique du dîner !
– Ah, il fallait le dire. Dans ce cas, sache que la blanquette de veau fera partie d'un tout comprenant des carottes râpées, du fromage de brebis et une tarte à la rhubarbe.
– Parfait. J'adore les dîners holistiques.
– Chéri, ne le prends pas mal, mais j'ai l'impression que tu emploies des mots dont tu ne maîtrises pas bien le sens.
– C'est parce que tu n'as pas une appréhension holistique de ce que je dis !
– OK. J'ai rien dit. Bon appétit.
– Merci Simone.

Mes chers compatriotes, à nos prochaines vacances, sur la lancée de notre démarche holistique, nous sauverons le concept de *tarte à la rhubarbe*, accompagné d'une bolée de cidre brut.

46. Picaresque

Mes chers compatriotes,

Une fois encore je vais m'occuper d'un mot qui n'en a pas tellement besoin, mais que je voudrais mettre bien à sa place afin qu'il n'embête plus son cousin. Il s'agit du mot « picaresque », que j'ai plusieurs fois entendu utiliser, par erreur cela va sans dire, dans le sens de pittoresque. Le dernier que j'ai entendu perpétrer cette confusion grotesque s'appelle Jean-Jacques Pétrieux, il habite au 121, rue du Stade, à Issy-les-Moulineaux, et son téléphone privé est le 01 42 09 03 67. Vous pouvez l'appeler jour et nuit pour vous moquer de lui.

Car, tandis que pittoresque signifie ce que vous savez et vient de l'italien *pittore*, qui veut dire « peindre », l'adjectif picaresque vient de l'espagnol *picaro*, qui signifie « vaurien », et ne s'applique qu'à des œuvres littéraires ou théâtrales et, par extension, filmographiques. Un roman picaresque, nous instruit le dictionnaire, c'est un roman dont le héros est un aventurier issu du peuple et volontiers vagabond, voleur ou mendiant.

Il y a des gens qui passent leur vie à polémiquer sur le point de savoir si le *Don Quichotte* de Cervantès doit ou non être classé parmi les romans picaresques, si le roman *Moll Flanders* de Daniel Defoe est ou non le seul roman picaresque écrit en dehors de l'Espagne, si le *Gil Blas* de Lesage est plus ou moins picaresque que le *Panna Maria* de Jérôme Charyn. Ces querelles byzantines nous sont étrangères, ce qui est normal puisqu'elles sont de Byzance, qui n'est pas chez nous. Pour le moment.

Quant à nous, nous voulions juste préciser que les sentiers de randonnée de la Balagne, en Haute-Corse, sont souvent pittoresques, mais en aucun cas picaresques. Voilà, mon cher Jean-Jacques Pétrieux, 01 42 09 03 67.

Cela étant, il n'est pas interdit de prendre des libertés avec les mots en -esque. On se souvient de l'audacieux « abracadabrantesque » d'un président récent ; cela constitue un formidable encouragement à étendre cette terminaison méprisante, qui figure déjà dans clownesque, simiesque, vaudevillesque, éléphantesque ou charlatanesque, à l'étendre à d'autres formes de mépris goguenard, par exemple académiesque, chauvinesque, salonnesque, germanopratinesque, jetsetesque, TF1-nesque, ou encore footballesque. Une affèterie jetsetesque, un reality-show TF1-nesque, une raideur académiesque, des gesticulations footballesques.

Les dictionnaires ne sont pas tous d'accord, mais, au gré des différents auteurs, on est autorisé à qualifier des œuvres ou des styles de rembranesques, en référence à Rembrandt, de moliéresques, d'aristophanesques, de hoffmannesques, de florianesques, et même de michelangesques. Dès lors, je ne vois pas ce qui nous retient de pousser encore un peu plus loin le bouchon, comme dans la saynète télévisionnesque que voici :

– Simone ! On regarde la télé ce soir ?

– Écoute, franchement, entre les déballages ardissonesques, les minauderies fogielesques, les révélations darvoresques, les indiscrétions delaruesques, les loteries foucaultesques, les dithyrambes druckeresques, les enfantillages lagaffesques et les flonflons sébastianesques… je ne me sens pas très attirée. Je préférerais écouter la radio.

– Ah non, on va encore tomber sur des ratiocinations franceculturesques ou des sibyllineries francemusiquesques !

– Bon. Alors allons nous coucher, et embrasse-moi.

Ainsi s'achève, mes chers compatriotes, ma contribution rollinesque.

Elle ne s'arrêtera pas en si bon chemin puisque, pour assurer à nos mémoires l'apport de phosphore nécessaire, nous ferons bientôt un tour du côté des jolis noms de poissons courants, *chevesne*, *lamproie*, *omble*, *silure*, *vairon*, *alose*, *orphie*, *brème*, *trigle*, et peut-être *loche* et *vieille* si nous sommes d'humeur badine. Faites chauffer le court-bouillon.

47. Potée

Mes chers compatriotes,

N'en déplaise à quelques esprits chagrins toujours prompts aux voluptés du dénigrement, notre Centre de sauvegarde a pour mission de sauver les mots menacés d'extinction, même lorsque ces mots ne sont pas particulièrement élégants ou savants. Ainsi, j'observe, avec chagrin, car les esprits chagrins n'ont pas le monopole du chagrin, que les francophones boudent de plus en plus nettement le mot « potée ». Le mot n'est pas bien joli, je le concède. Il sent la corvée, il sent le trop, comme ses frères charretée, brouettée, assiettée, tripotée, pelletée et platée.

Pourtant, le mot potée recouvre une réalité si exaltante qu'il ne mérite pas d'être, comme il l'est désormais trop souvent, prononcé avec distance, quand ce n'est pas avec dégoût. Une potée, c'est, à l'origine, le contenu d'un pot. Un peu plus tard, c'est une grande quantité. Mais ces deux acceptions usées s'effacent respectueusement lorsqu'il s'agit de désigner la merveille gastronomique, parangon de fantaisie et de liberté, qu'est la potée, qu'elle soit limousine, champenoise ou lorraine. D'ailleurs, la potée, si vous voulez m'en croire, est de toutes les régions, la potée est un concept universel, la potée relie les hommes de bonne volonté et les femmes de bon appétit, la potée, comme l'avait pressenti Henri IV, est le ciment des nations, le Noël des braves gens, la muse du « poète » qui n'a qu'une lettre à déplacer pour se transformer en « potée ».

Qu'on en juge. Pour faire une potée, il faut un pot, une marmite, un chaudron, un récipient de bonne contenance et qui va au feu sans rechigner. On remplit ce récipient d'eau salée, et puis, et c'est là que le mot liberté s'affiche en caractères lumineux, on jette dans l'eau tout ce qu'on voudra, pourvu que ce qu'on jette fasse partie de la famille des viandes ou de celle des légumes. Côté viande : une poule, bien sûr, mais tout aussi bien une saucisse de Morteau ou de Montbéliard, un morceau de palette, une épaule d'agneau, un jambonneau, un canard sauvage, une paire de Francfort, un pavé de lard, un pied de veau, un os à moelle, du gîte, du paleron, du flanchet, de la longe, de la macreuse, de l'éclanche, de la fraise, de l'aloyau, de la rouelle, du quasi, de la pointe ou des ris. Ou un peu de tout ça à la fois, c'est la liberté de la potée.

Côté légumes, je vous suggère… ou plutôt je vous laisse en compagnie de deux fins gastronomes :

– Je peux t'aider, chéri ?

– Volontiers, Simone, j'en étais à me demander quels légumes j'allais jeter dans le pot de la potée…

– C'est très libre, chéri ! C'est extraordinairement libre ! Tu peux bien sûr aligner les grands classiques, carottes, oignons, poireaux, pommes de terre, navets…

– … Céleri branche, chou vert, chou blanc ou chou chinois, salsifis ?

– Sans problème ! Mais tu peux aussi utiliser des légumes plus rares, cardons, bardane, crosnes, bourrache, panais, salicorne, épinards fraise, scorsonères ou arroche rouge…

– Et puis une belle racine de gingembre, du raifort, des blettes ou bettes, car l'un et l'autre se disent, blettes à côtes jaunes ou bettes à côtes roses, du potimaron, du giromon, du pâtisson, et même une zucchette, également appelée courge d'Italie…

– Parfaitement, mon chéri. Et, chaque fois, de ta libre inspiration naîtra une nouvelle potée, inédite et fatalement délicieuse, forte de tous ces ingrédients aux noms si poétiques et si évocateurs, une potée que tu dégusteras entre amis, à l'automne par exemple, car les soirées d'automne sont…

– Excuse-moi, Simone, je t'interromps, car j'ai l'impression que nous dérangeons ces messieurs dames.

Ainsi donc, messieurs dames et chers compatriotes, faites des potées, mangez des potées, dites « potée », la langue et la gastronomie françaises en ont besoin, et elles ne l'oublieront pas. La prochaine fois, nous sauverons le mot *immarcescible*. Je plaisante, évidemment.

48. Incomplétude

Mes chers compatriotes,

Notre entreprise de sauvetage des mots menacés d'extinction restera incomplète tant que nous n'aurons pas secouru le joli mot « incomplétude ».

Ce mot recouvre deux notions d'utilité immédiate inégale. La première est une notion de psychologie, qui définit le sentiment d'incomplétude comme un sentiment douloureux d'inachevé, d'insuffisant, que certaines personnes éprouvent à propos de leurs pensées, de leurs actes, de leurs émotions.

Exemple : « En me dirigeant vers ma chambre à coucher, j'étais envahi par un pénible sentiment d'incomplétude. » Solution triviale : j'avais oublié de fermer le gaz, et je ne m'en rendis compte que le lendemain matin.

L'autre facette de l'incomplétude est épistémologique et décrit un système hypothético-déductif qui contient des propositions indécidables. Le pape de l'incomplétude est bien sûr le logicien autrichien Kurt Gödel, qui a énoncé en 1930 les deux célèbres théorèmes d'incomplétude que voici :

Premier théorème : dans n'importe quel système finiment axiomatisé cohérent et capable de formaliser l'arithmétique, on peut construire une proposition qui ne peut être ni prouvée ni réfutée dans ce système. Une telle proposition est appelée « indécidable » du système.

Le second théorème d'incomplétude précise que si T est une théorie cohérente, tout énoncé de T qui affirme la cohérence de T est un indécidable de T.

N'est-il pas merveilleux, mes chers compatriotes, qu'un de nos semblables ait pris soin de démontrer formellement qu'il existe des propositions indécidables ? Que l'incomplétude est toujours, quoi que nous fassions, à portée de nos pensées ?

Si, c'est merveilleux, et maintenant jouons à rendre leur complétude à de célèbres séries incomplètes. Ou plutôt, laissons Simone et son époux jouer, comme des enfants…

– Simone ?

– Présente !

– Voici six des sept nains, lequel est le septième ? Prof, Joyeux, Atchoum, Grincheux, Timide, Simplet et…

– Dormeur !

– D'accord. Les sept péchés capitaux sont l'Avarice, l'Envie, la Gourmandise, la Luxure, l'Orgueil, la Paresse et…

– La Colère.

– Bien. Plus difficile : voici six merveilles du monde, quelle est la septième ? Le temple d'Artémis à Ephèse, les pyramides d'Égypte, les jardins suspendus de Babylone, le phare d'Alexandrie, le colosse de Rhodes et la statue de Zeus à Olympie par Phidias…

– Le mausolée d'Halicarnasse.

– Bravo. Voici sept muses, il en manque deux : Clio, Euterpe, Thalie, Melpomène, Erato, Polymnie et Uranie. Alors ?

– Il manque Calliope et Terpsichore.

– C'est vrai. Je t'épargne les dix plaies d'Égypte, les dix crus du Beaujolais, les Dix Commandements et les dix disciplines du décathlon, j'oublie les douze travaux d'Hercule et les sept collines de Rome, mais j'attends de toi les cinq du « Groupe des cinq »…

– Balakirev, César Cui, Borodine, Moussorgski et Rimski-Korsakov.

– Et les six du « Groupe des six » ?

– Georges Auric, Louis Durey, Darius Milhaud, Francis Poulenc, Arthur Honegger et Germaine Tailleferre.

– Simone, tu crées en moi une délicieuse sensation de complétude.

– Embrasse-moi…

Mes chers compatriotes, comme je vous l'ai dit et répété, je ne veux pas d'embrouilles, c'est dans la clarté que je souhaite avancer, aussi nous pencherons-nous prochainement sur le mot *désambiguïsation*, qui n'est autre que l'action de désambiguïser.

49. Stipendier

Mes chers compatriotes,

Notre Centre de Sauvegarde des Mots Menacés d'Extinction est un organisme indépendant, et cela ne plaît pas à tout le monde. Aussi a-t-on plusieurs fois tenté de nous corrompre en nous proposant des sommes d'argent faramineuses, qui s'écrit indifféremment avec un f ou avec ph, pour assurer la sauvegarde de tel ou tel mot qu'en notre âme et conscience nous jugions indigne de notre sollicitude. Nous avons refusé systématiquement de céder à ces pressions scandaleuses, sauf lorsque le niveau du faramineux dépassait cent euros, (nous disons bien cent t euros, et non pas cen h euros et encore moins cent z euros)… ce qui fut le cas cette semaine en ce qui concerne le verbe « stipendier » et son participe passé pris comme adjectif « stipendié », pour la défense desquels un correspondant mystérieux vêtu d'un jean et d'un manteau nous a offert 134,80 euros, sous le manteau.

Par commodité, la somme avait été placée dans un pot-de-vin cacheté à la cire de plante cérifère, adjectif qualifiant une plante dont certaines glandes sécrètent de la cire, comme le *Myrica cerifera* qu'on appelle aussi arbre à cire, étant bien entendu que cérifère a le même sens que l'adjectif cirier, au féminin cirière, et qu'il ne faut pas le confondre avec séricigène, qui s'écrit non plus avec un c mais avec un s, au début tout du moins, signifiant qui produit de la soie et non de la cire, et allez donc cacheter un pot-de-vin avec de la soie, fermons la parenthèse.

Stipendier, c'est tout simplement corrompre pour de l'argent, et c'était pire dans un sens plus ancien : payer pour une besogne méprisable, ignoble. Dans ce vieux sens, et tenant compte du caractère ignoble et méprisable de la chose, nous ne nous serions pas laissé stipendier, nous ne fûmes pas devenus, je vous remercie moi non plus je ne fume pas, nous ne fûmes pas devenus les stipendiés de l'étrange bonhomme dont je vous parlais tout à l'heure, et si je vous ai précisé qu'il était vêtu d'un jean, c'était pour vous amener avec douceur à ne plus confondre les deux assertions complémentaires que voici : « je me méfie de stipendier », et « je me méfie de c'type en jean ».

Les stipendiés ne sont jamais bien loin des affidés, dont nous avons parlé ici même, sachant que les stipendiés agissent pour une solde, même en dehors de la période des soldes, alors que les affidés sont prêts à agir gratuitement, ce qui est assez ridicule quand il suffit d'un geste sous le manteau pour devenir un bon stipendié bien faramineux, ce qui nous ramène dans le voisinage des concussionnaires, également traités ici, avec le plus grand mépris, cela va sans dire.

Mais je parle, je parle, et j'allais oublier de vous présenter une saynète hypermoderne visant à susciter en chacun d'entre vous le désir d'utiliser au moins une fois tous les cinq ans le verbe stipendier.

– Simone, qu'est-ce que tu fais ?
– J'essuie les verres !
– Au fond du café ?
– Non, au fond de la cuisine.
– Note qu'il vaut mieux essuyer les verres qu'essuyer une rebuffade, une tempête, les plâtres ou un échec cuisant…
– Oui, chéri, je le note. Et sinon ?
– Sinon quoi ?
– Tu voulais me demander quoi ?
– Comment ça ?
– Ben, si tu es venu me voir jusqu'au fond de la cuisine, c'est bien que tu voulais me demander quelque chose !

– Oui, en effet, probablement…
– Alors quoi donc ?
– Ah oui, ça me revient ! Je voulais te demander si tu ne voyais pas d'inconvénient à ce que nous remettions à plus tard la conversation que nous avions projeté d'avoir toi et moi sur le thème des différents usages courants et/ou commodes du verbe stipendier.
– Pas de problème ! De toute façon je ne me sentais pas très stipendieuse ce soir…
– Ça existe, ça, stipendieuse ?
– Prends un verre et embrasse-moi…

Voilà. Mes chers compatriotes, et je m'adresse là plus particulièrement aux plus incorruptibles d'entre vous, nous sauverons *zavtra*, c'est-à-dire demain, le mot *nagaïka*, qui désigne le fouet de cuir des cosaques, et qui est menacé par la disparition des cosaques, du cuir et des fouets.

50. Componction

Mes chers compatriotes,
Nous allons aujourd'hui tirer du pétrin un mot qui a l'air enrhumé et qui pourtant ne l'est pas, il s'agit de « componction ». La componction, terme religieux, désigne, selon Larousse, un regret d'avoir offensé Dieu, et, selon Robert, un sentiment de tristesse éprouvé devant notre indignité à l'égard de Dieu. Si c'est Larousse qui a raison,

les croyants ne doivent éprouver ou manifester de la componction que dans les cas, rares je l'espère pour eux, où ils ont offensé Dieu.

Mais si c'est Robert qui a raison, un individu peut parfaitement passer toute sa vie dans la componction, pour peu qu'il se sente en permanence indigne à l'égard de Dieu. Certains visages que nous croisons, blafards, froissés et tristes, dans les couloirs du métropolitain ou dans les allées du supermarché, pourraient être ceux de chrétiens en pleine componction, occasionnelle ou perpétuelle. À mon sens, il s'agit plus souvent de gens contrariés.

Mais laissons, comme à notre habitude, ces spéculations byzantines aux byzantinologues, et parlons du sens païen de la componction, qui est alors une « gravité recueillie et affectée, un air de gravité affectée, un air sérieux et solennel ». La componction, dans ce cas, atteint souvent le ridicule. On voit, notamment à la télévision, beaucoup de gens, parmi lesquels quelques humoristes ou soi-disant tels, énumérer et déplorer avec componction les misères du monde, dans l'espoir de démontrer leur exceptionnelle et courageuse sensibilité auxdites misères. Ces gens-là échappent rarement au soupçon de démagogie et de racolage, jamais au ridicule. Ils se reconnaîtront.

Mes chers compatriotes, je vous propose un petit jeu. Si on ne garde du mot componction que la première et la dernière syllabe, combien de mots peut-on former en faisant varier la syllabe centrale ? Vous avez compris le système ? J'enlève le ponc, et je le remplace par tri, j'obtiens « contrition », qui est d'ailleurs cousine de la componction. Combien de mots puis-je former sur ce mode ? 5 ? 10 ? 15 ? Ça fait beaucoup, 15... Et pourtant c'est plus ! J'ai même dans l'idée que cette série constitue un record dans la langue française, vous m'écrirez s'il le faut pour me démentir. C'est 24 mots différents que l'on peut fabriquer en commençant par con et en terminant par -tion. Componction et contrition, je les ai cités. Mais voici con-fes-sion, pour rester dans le même esprit, con-ver-sion, si on change de religion, con-vic-tion, pour ceux qui croient à quelque chose, puis com-pas-sion, la mère de la pitié, con-ces-sion, centenaire ou lâche, com-pression, pour les moteurs, con-ven-tion, de Genève en particulier, con-cré-tion, calcaire notamment, con-fec-tion, pour s'habiller pas cher, con-traction et con-vul-sion, pour ceux qui ont mangé du poisson pas frais ; con-cus-sion, vilenie traitée récemment dans notre Centre, con-scrip-tion, qui appartient désormais à l'histoire, con-torsion, sous le chapiteau du cirque, con-duc-tion et con-vec-tion, suivant la façon de se chauffer, con-jonc-tion, de coordination ou de subordination, con-di-tion, pour une red-di-tion sans con-dition, con-ges-tion, contestable pour ce qui est de la prononciation, et trois curiosités pour finir : la con-ten-tion, bien utile en orthopédie, la con-coction, variante de la décoction, et la com-plé-tion, qui désigne l'ensemble des opérations qui précèdent et permettent la mise en production d'un puits de pétrole.

Con-sultation d'une saynète de col-lection :

– Simone, tu dors ?
– Non, je ne dors pas.
– Alors devine combien il y a de mots français de trois syllabes commençant par con et finissant par tion.
– 2 ?
– Plus !
– 5 ?
– Plus !
– 12 ?
– Plus !
– 14 ?
– Plus !
– 18 ?
– Plus ! Il y en a 24 !
– Tu m'en diras tant…
– Non, je t'en dirai 24 !

Mes chers compatriotes, lorsque nous aurons terminé la lecture du présent ouvrage, nous nous courberons au chevet du *nervoir*, cet outil à l'aide duquel le relieur détache les nerfs de l'encollage sur le dos d'un livre. Ah ben non, c'est fait, plus besoin !

51. Écholalie

Mes chers compatriotes,

C'est le rouge au front que je le confesse, et non l'inverse, j'ai envie d'un mot nouveau. Comme si nous n'avions pas déjà assez de soucis avec les mots existants menacés d'extinction, voilà que j'aspire à en créer un de plus, qui sera sans doute, comble d'infortune, à son tour menacé un jour de disparaître, mais qu'à cela ne tienne : j'ai besoin de ce mot, et pour le créer j'ai besoin de votre aide.

Voici de quoi il s'agit. Vous connaissez certainement la sale manie qu'ont un certain nombre de gens, lorsque vous leur posez une question ou tout simplement lorsque vous leur donnez une information, de répéter vos derniers mots comme s'ils étaient incompréhensibles, pour finir, après deux ou trois répétitions inutiles, par en découvrir le sens, pourtant lumineux dès la première exécution. La saynète qui vient vous en donne l'illustration alternée.

– Chéri, tu n'as pas vu mon petit sac rouge ?

– Ton ptisakrouje ? Ton ptisakrouje ? ? ? Ah, ton petit sac rouge ! Si si, bien sûr, il est dans la chambre des enfants, sur le lit du fond…

– Le lidufon ? Qu'est-ce que c'est ça, le lidufon ? Sur le lidufon ? ! ? Ah, le lit du fond, tu veux dire ! ! Ah d'accord, eh ben dis-le ! !

– Il me semblait l'avoir dit !

Je rêve donc d'un mot qui désignerait cette attitude agaçante et qui permettrait de sécher le coupable en lui disant : « Ah non, s'il te plaît, pas de… ? ? ? »

Il pourrait s'agir d'un mot en -lalie, et du reste les trois mots en -lalie que je connais sont menacés de disparition.

La palilalie, avant tout, qui est la répétition involontaire, involontaire, d'un ou plusieurs mots, mots. Ce n'est pas le bégaiement, ce n'est pas le bégaiement, c'est autre chose, autre chose, comme le signe d'une pensée ralentie, ralentie, c'est la palilalie.

Je passe rapidement sur la coprolalie, généralement associée à l'étonnant syndrome de Gilles de la Tourette, et qui est une tendance morbide à utiliser des mots scatologiques, une tendance pathologique à proférer des mots orduriers, par bordées subites et irrépressibles. Je n'aurai pas la complaisance de vous en donner un exemple, la chose est suffisamment tragique comme ça, pour les malades et pour leur entourage.

Il y a bien sûr le plus banal et le moins inquiétant des mots en -lalie, « écholalie », qui consiste, comme son nom l'indique parfaitement, à répéter les derniers mots de l'interlocuteur.

Saynète, donc ! (saynète, donc) :

– Simone, qu'est-ce que tu as fait cet après-midi ?

– Oh pas grand-chose, j'ai fait la sieste jusqu'à 3 heures…

– … jusqu'à 3 heures…

– … et puis j'ai pris le bus…

– … le bus…

– … je suis allée à la mairie voir une exposition…

– … exposition…

– … c'est une amie de Jean-Paul qui fait des photos d'oiseaux…

– … qui fait des photos d'oiseaux…

– … c'est très intéressant, elle a vraiment un regard particulier…

– … regard particulier…

– … j'y suis restée une heure et demie environ…

– … environ…

– … et puis je suis rentrée tout simplement…

– … rentrée tout simplement.

– Voilà.

Mais comment nommer, pour la mieux pourfendre, la manie que j'évoquais plus haut ? Négatolalie ? Surdolalie ? Dilatorolalie, puisqu'il s'agit en somme de gagner du temps ?

Réfutolalie serait plus approprié, encore que l'attitude ne se limite pas à réfuter, et c'est bien là le plus irritant, ce moment où le coupable formule vos mots toujours à l'identique et pour la n-ième fois, comme s'il les avait soudain éclairés d'un jour nouveau et enfin lisible…

Mais non, c'était lisible dès le premier coup ! C'était déjà très clair ! Ce n'est pas moi qui m'exprime mal, c'est lui qui est bouché, ou qui feint de l'être pour gagner le temps dont sa comprenette engourdie a besoin !

Mes chers compatriotes, j'attends vos suggestions. Après quoi nous sauverons de l'oubli le verbe *langueyer*, bien connu des vétérinaires. Des vétérinaires ? des vétérinaires ? ! ? Ah, des vétérinaires ! ! D'accord.

52. Odoriférant

Mes chers compatriotes,

Nous allons maintenant parler du nez.

Veuillez me pardonnez cette facétie, déjà esquissée en page 69, je n'ai pas su me retenir… il n'en est pas moins vrai – j'aurais pu dire néanmoins, mais vous me l'auriez reproché –, il n'en est pas moins vrai, donc, que nous allons parler olfaction, la fonction qui permet à l'odorat de s'exercer. Plus précisément, nous allons établir un distinguo, qui s'écrit uo, comme ex aequo, et non pas o comme le dingo, le chien sauvage, ou comme l'impétigo, la maladie bactérienne de l'enfant, ou comme l'embargo, le lumbago, ou la virago, mais je m'égare du Nord… un distinguo, donc, et même, ne soyons pas chiches, deux distinguos.

Le premier entre les adjectifs « odorant », et « odoriférant ». La nuance est subtile, écoutez plutôt… pas le chien Pluto qui est un ami de Dingo, mais le plutôt d'aussitôt :

Odorant signifie « qui exhale, répand une odeur », sans autre précision, alors qu'odoriférant signifie « qui répand une odeur, en général une odeur agréable ». Dans la vie comme dans le dictionnaire, c'est l'odorat qui permet de séparer odorant et odoriférant, odorant comme un camembert ou odoriférant comme une rose.

C'est à présent avec les yeux, et non avec le nez, que je vous propose de lire ce court poème de Guillaume Apollinaire, qui est né à Rome et non arôme.

ANNIE

Sur la côte du Texas
Entre Mobile et Galveston il y a
Un grand jardin tout plein de roses
Il contient aussi une villa
Qui est une grande rose
Une femme se promène souvent
Dans le jardin toute seule
Et quand je passe sur la route bordée de tilleuls
Nous nous regardons
Comme cette femme est mennonite
Ses rosiers et ses vêtements n'ont pas de boutons
Il en manque deux à mon veston
La dame et moi suivons le même rite

Ce poème nous parle de roses, mais il contient également le mot « mennonite », que vous verrez peut-être pour la première et dernière fois car ce mot ne m'intéresse pas, je ne le tirerai pas de l'oubli s'il y tombe, les mennonites sont les membres d'une branche issue de l'anabaptisme, fondée au XVIe siècle par le réformateur néerlandais Menno Simonsz. D'après Apollinaire, les mennonites ne portent pas de boutons, allez savoir pourquoi. Il faudra poser la question à un spécialiste, je vous laisse vous en charger.

L'autre distinguo est à établir entre « déodorant » et « désodorisant ». Là encore, la nuance est précise. Déodorant se dit d'un produit qui atténue ou supprime les odeurs corporelles. Désodorisant se dit d'un produit qui supprime ou masque les mauvaises odeurs dans un local. « Dans l'atelier exigu et confiné où s'échinent douze menuisiers aux glandes sudoripares généreuses, Simone a vaporisé un produit désodorisant, car ces menuisiers n'utilisent pas de déodorant, et leur transpiration odorante masque les effluves odoriférants du bois de rose qu'ils travaillent. »

Ce que Simone ne vous dit pas, c'est que le bois de rose est un palissandre d'Amérique tropicale, de couleur jaune-blanc veiné de rose, dont une espèce est utilisée en ébénisterie. Lorsque le palissandre a brûlé, il ne reste que les cendres. Veuillez maintenant orthographier « des palissandres jaune-blanc et des palétuviers rose pâle ».

Mes chers compatriotes, il nous reste encore beaucoup de pain sur la planche en ronce de noyer. La prochaine fois, nous verrons comment il convient de classer le verbe *subsumer*, qui signifie « penser quelque chose comme compris dans un ensemble », ce en quoi il rejoint le mot holistique étudié à cette table il y a quelques semaines, mais subsumer signifie surtout, en termes de logique : classer un objet particulier dans la catégorie dont il doit logiquement dépendre. Nous nous efforcerons donc de subsumer le mot subsumer, et cela nous promet de festives empoignades.

53. Feuler

Mes chers compatriotes,

Nous nous sommes assidûment, depuis longtemps, préoccupés de nos mots à nous, honorant d'une cour empressée notre belle langue, ses champions, ses moribonds, ses têtes de pioche et ses coquetteries. Il est temps à présent de donner la parole aux bêtes. Les animaux, en effet, ont leur langue, notamment le bœuf et sa célèbre langue de bœuf à la diable, et ce sont ces langues que nous allons passer en revue. À tout seigneur tout honneur, commençons par le tigre, que fait le tigre ? Il feule. On dit aussi qu'il miaule, qu'il râle ou qu'il rauque, mais c'est quand il feule que personnellement il m'impressionne le plus.

Et les autres ? Je me suis servi pour faire le tour du monde des bêtes d'un site web que je vous recommande, qui s'appelle « le linguophile », et qui du reste s'ouvre sur cette citation un peu niaise d'Anatole France le bien nommé : « La langue française est une femme. Et cette femme est si belle, si fière, si modeste, si hardie, si touchante, si voluptueuse, si chaste, si noble, si familière, si folle, si sage, qu'on l'aime de toute son âme, et qu'on n'est jamais tenté de lui être infidèle. »

Mais revenons à nos moutons, qui bêlent. Le cerf brame, mais surtout, pour le plus grand bonheur des cruciverbistes, il rée, ou rait. L'âne brait, le chameau blatère, le cheval hennit, l'éléphant barrit, la hyène rit, le renard glapit, le lapin clapit, le lièvre vagit, la panthère rugit, le rat couine, la souris chicote, la vache mugit, meugle ou beugle selon les saisons, le chacal jappe, le crapaud coasse, et pendant ce temps le tigre feule et feule encore.

Le chien, lui, est plus bavard. Il aboie, hurle, clabaude, gronde, jappe, grogne ou glapit. Tous les chiens font ça, sauf Pif le chien, à mon grand dam.

Mais bien sûr, et on s'y attendait, c'est la langue des oiseaux qui est la plus riche. À vos lexiques, sans lesquels la saynète qui suit relèverait, au choix, de l'hébreu ou du chinois :

– Simone, viens là que je te dise quelques noms d'oiseaux !

– Me voici, je cours, je vole !

– Que fait l'aigle, Simone ?

– L'aigle glatit, ou alors il trompette, c'est selon.

– Le hibou ?
– Il ulule, bien entendule…
– La mésange ?
– La mésange zinzinule… d'où l'expression « qu'est-ce que tu zinzinules ? »…
– La caille cacabe ou margotte, mais l'oie ?
– L'oie cacarde, l'alouette grisolle, et la bécasse croule.
– Le paon braille, la perdrix glousse, le pinson pépie, nous sommes d'accord ?
– L'hirondelle trisse, la cigogne claquette ou craquette, le dindon glougloute…
– Plus rare : le geai cajole, et le cygne drense…
– Et, bien entendu, le perroquet parle…
– Le perroquet parle ?
– Oui, le perroquet parle.

En effet, mes chers compatriotes, le perroquet parle, et c'est de lui que nous vient le psittacisme…

… le psittacisme…

… le psittacisme, mal voisin de l'écholalie décrite ici, et sur lequel nous reviendrons, c'est bien normal.

C'est bien normal.

En attendant, dès notre prochain congrès, nous sauverons la *fasce*, terme de la science héraldique désignant une pièce honorable qui coupe l'écu horizontalement par le milieu et en occupe le tiers. Indispensable, donc.

54. Ancillaire et Morganatique

Mes chers compatriotes,

Ne vous moquez pas de moi : j'ai le vertige. Les choses ne se sont pas passées comme je l'entendais. Voilà ce qui m'arrive…

Je voulais sauver aujourd'hui l'adjectif « ancillaire », qui vient comme vous le savez de la servante latine *ancilla*. Je voulais, comme je l'ai fait pour les adjectifs congru et létal, respectivement inféodés aux substantifs portion et dose, portion congrue et dose létale, stigmatiser l'inféodation de l'adjectif ancillaire au substantif pluriel « amours » : des amours ancillaires.

J'étais encouragé en cela par mes deux dictionnaires de référence, le Robert pour qui ancillaire « se dit d'amours, de liaisons avec des servantes », et le Larousse qui mentionne sans plus de précision les amours ancillaires comme des amours avec une ou des servantes. Un concept bien étroit et bien circonscrit en somme, que Robert Lamoureux aurait résumé en disant tout simplement : « Papa se tape la bonne. »

Mais voilà que, poussant un peu plus loin l'investigation, je m'aventure sur la Toile. Vous le savez, j'ai décidé de vivre avec mon temps, et je ne rechigne pas à faire un tour du côté du Net quand il s'agit d'en avoir le cœur du même métal. Et là, ô vertige, pas ou très peu d'amours ancillaires, mais une flopée de références à deux acceptions du mot ancillaire que les dictionnaires m'avaient cachées.

La première concerne la chirurgie orthopédique, qui recourt, avec beaucoup de constance, au mot ancillaire, l'adjectif étant du reste souvent substantivé dans cette matière. Pour dire quoi ? Pour parler de je ne sais quels appareillages ou outils utilisés en orthopédie réparatrice. Je vous livre l'exemple le plus significatif, il concerne une étude ayant pour but d'apprécier, je cite, la cinématique du coude normal et de deux types de prothèses de coude.

« Nous avons fait, nous disent les auteurs de cette étude, des mesures avec et sans le système ancillaire, en fixant l'émetteur et les récepteurs à l'aide de broches, ancrées dans l'os. Nous avons fait une série de mesures sur dix sujets sains. Huit prothèses GSB et quinze prothèses KUDO ont été étudiées. »

Résultat, et je cite toujours cette étude manifestement fort sérieuse : « L'ancillaire était adapté pour mesurer la flexion et l'extension. Il limitait la pronosupination au cours de la pronosupination. » Et maintenant conclusion, j'avoue que je ne m'y attendais pas : « La mesure de l'abduction était majorée par notre ancillaire lors de la flexion-extension. La majoration par l'ancillaire de l'abduction et de l'emboîtement lors de mouvements de flexion-extension était liée à la décoaptation de l'ancillaire par rapport au membre. »

Nous voilà donc bien loin de l'amour, tel que je le conçois en tout cas.

Mais il reste, là encore bien loin des auberges de campagne où l'accorte servante accorde parfois ses faveurs au voyageur solitaire, il reste la « statistique ancillaire ». J'en trouve la définition dans un rapport, et non plus une étude, un rapport ayant pour but d'étudier le problème de l'estimation d'un signal *f* dû à un certain bruit : « On suppose que *f* appartient à un espace de Sobolev. Ce bruit est représenté par la fonction $t \mapsto (1/\sqrt{n}) \int_0^t \sqrt{V_s} dW_s$, où *V* est un processus aléatoire indépendant du mouvement brownien *W*. Ainsi, conditionnellement à *V*, *f* est un bruit blanc gaussien. »

Ces rudiments étant connus, il ne vous reste plus qu'à apprendre qu'une statistique ancillaire est une variable aléatoire observable dont la distribution ne dépend pas du paramètre inconnu *f*.

Les servantes n'ont qu'à bien se tenir.

Fou de rage, je me rabats sans vergogne sur l'adjectif « morganatique » qui qualifie un mariage, une union, une épouse ou des descendants, et là le Web n'en sait pas plus que les dictionnaires : morganatique se dit du mariage d'un prince avec une personne de rang inférieur qui reste exclue des dignités nobiliaires. Se dit de la femme ainsi épousée et des enfants nés de ce mariage.

Dans le meilleur des cas, des amours ancillaires peuvent déboucher sur un mariage morganatique, sans aucun recours à l'orthopédie et aucune référence à l'immense génie que fut Carl Friedrich Gauss… sa formule, dite formule de Gauss, pour calculer la somme de n premiers nombres entiers, sa courbe statistique, dite courbe de Gauss, sa double pesée, dite pesée de Gauss, l'unité d'induction magnétique qui porte son nom, le gauss, et son bruit blanc cité plus haut, dit bruit blanc gaussien. Je n'ose ajouter son influence sur les rapports conjugaux, synthétisée dans la formule : « Si tu ne le fais pas pour moi, fais-le pour les gauss. »

Orageuse saynète que la saynète que voici :

– Simone !
– Quoi encore ?
– C'est toi qui as renvoyé la bonne ?
– Oui c'est moi !
– Pour quelle raison ?
– Tu te gausses, je suppose !
– Non, pourquoi ?
– Eh bien, pour cause de prévention de l'ancillarisation. Voilà pourquoi.
– C'est bon, j'ai compris.

Mes chers compatriotes, lorsque nous serons un beau dimanche au bord de l'eau, nous sauverons le mot *pironneau*, non pas quand il signale une variété de dorade, mais quand il désigne un petit canot employé pour la pêche aux coquillages.

55. Fatuité

Mes chers compatriotes,

La modestie dût-elle en souffrir, nous allons aujourd'hui secourir ses contraires, les sœurs « fatuité » et « infatuation ». Deux quasi-synonymes, dont l'avenir n'est certes pas aussi compromis que celui du verbe *faucarder*, mais que j'ai choisi de mettre à l'honneur en me disant que nous aurions, dans les années qui viennent, davantage besoin de dénoncer la fatuité ou l'infatuation que de manier le faucard, cette grande faux pour faucher les herbes des rivières et des marais, c'est-à-dire faucarder. Il n'est du reste pas impossible de surprendre, en flagrant délit de fatuité, un jeune faucardeur prétentieux. Un faucardeur, ce n'est pas, comme le croient souvent les cheminots, une vingtaine de minutes… un faucardeur, c'est un travailleur en train de faucarder avec son faucard.

Bref, ne coupons pas plus longtemps les herbes en quatre, et cherchons la nuance qui sépare la fatuité de l'infatuation. La fatuité, c'est une satisfaction de soi-même qui s'étale d'une manière insolente, déplaisante ou ridicule. L'infatuation, c'est une satisfaction excessive, injustifiée que l'on a de soi. La fatuité, pour insupportable qu'elle soit, peut donc être vaguement légitime. Le fat, puisque c'est de lui que viennent évidemment nos deux mots, le fat qui n'est ni plus ni moins qu'un sot, un grand sot ou un petit sot, le fat qui peut se dire fatte ou fa, au choix, le fat peut avoir d'honnêtes raisons d'être satisfait de lui-même mais étaler cette satisfaction avec insolence. Il sera alors convaincu de fatuité. Mais si la satisfaction qu'il a de lui se révèle sans fondement valable, alors le fat souffre d'infatuation, ce qui est légèrement plus grave.

Pour respecter la susdite gradation, je recommande de rabattre le caquet à la fatuité, mais de clouer carrément le bec à l'infatuation. Le caquet, c'est le gloussement de la poule au moment où elle pond. Le rabattre, c'est en faire baisser l'intensité sonore. Mais si le bec est cloué, avec des clous à bec, alors plus de caquet, et, partant, plus d'infatuation, et encore moins de sotte fatuité… « sotte fatuité », pléonasme fréquent, et dans le même temps allitération en t, ce qui n'excuse rien.

J'ai parlé des poules, et je vous demande de bien vouloir noter que nombre d'expressions liées à la fatuité renvoient à la famille des gallinacés : prendre son caquet, enfler son jabot, faire son coq, sûr de lui comme un jeune coq, lever la crête, fier comme une bartavelle, ou comme la poule qui a pondu un œuf, etc.

Il semble admis par tout le monde que les poules et les coqs sont bouffis de prétention. Or, moi qui les ai longtemps fréquentés, je puis vous dire qu'il n'en est rien. J'ai connu beaucoup de coqs d'une grande humilité, et autant de poules chez lesquelles la retenue le disputait à la modestie. Leur réputation de fatuité procède de ragots de basse-cour. Fermons la parenthèse, et la porte du poulailler, et ouvrons les guillemets d'une saynète bien pédagogique :

– Simone, j'ai un problème !
– Toi ? Un problème ? Tu m'étonnes…
– Et pourtant c'est vrai, j'ai un problème…
– Lequel ?
– Eh bien voilà : je suis beau, jeune, intelligent, cultivé, comme tu le sais…
– Tu me l'as souvent dit, en tout cas…
– Je suis séduisant, brillant, très vif et très drôle, très pointu dans la plupart des domaines…
– Oui, en somme, tu sais tout sur tout…
– Eh bien justement non, je ne sais pas tout… figure-toi que je ne connais pas, et c'est étonnant de la part d'un homme aussi érudit que je le suis, je ne connais pas la différence entre fatuité et infatuation…
– Tu veux savoir ce que j'en pense ?
– Je l'exige !
– Eh bien pour moi c'est kif-fif bourricot ratapolo.
– Pardon ?
– Je dis : c'est kif-fif bourricot ratapolo.
– Moi qui ai bu tant de choses… j'ai jamais bu de ça…

Mes chers compatriotes, après la mousson nous sauverons le mot *callopsitte*, qui s'écrit avec un ou deux l, qui signifie étymologiquement « beau perroquet », et qui ne s'applique guère qu'à la perruche callopsitte, oiseau rare, d'où la rareté du mot. On me suit ?

56. Picrocholine

Mes chers compatriotes,

Mon premier est la seizième lettre de l'alphabet grec, mon deuxième précède Magnon, mon troisième est peut-être l'Aventin, et mon tout est le mot que nous allons sauver pas plus tard que tout de suite : « picrocholine ». Cet adjectif ne s'emploie que pour qualifier des guerres ou des querelles, il signifie en grec « bile amère », et il nous vient bien sûr du grand François Rabelais et de son récit des guerres picrocholines dans *Gargantua*, des guerres stupides opposant Picrochole à Grandgousier et à Gargantua pour quelques malheureuses galettes de froment appelées fouaces chez Rabelais et plus répandues de nos jours sous le nom de fougasses.

Par extension, une guerre picrocholine est un conflit entre des institutions ou des individus, aux péripéties souvent burlesques et dont le motif apparaît obscur ou insignifiant. Autant dire des querelles de Clochemerle, si l'on préfère la référence au village éponyme du livre de Gabriel

Chevallier et aux nombreuses adaptations théâtrales ou cinématographiques de ce livre.

Il est vrai que Rabelais est déjà bien servi, au regard du nombre de ses héros qui sont passés dans le langage courant ou presque courant. Pour n'en citer que quelques-uns, Pantagruel qui nous a légué son appétit pantagruélique, Gargantua ses festins gargantuesques, le berger Panurge qui nous a, bien malgré lui, transmis le panurgisme, et bien entendu Rabelais soi-même, qui nous offre l'adjectif « rabelaisien » signifiant, comme on s'en doute : truculent, plein de verve et de verdeur.

En revanche, la langue française n'a pas tiré profit du pseudonyme anagrammatique sous lequel Rabelais publia *Pantagruel* en 1532, à savoir Alcofribas Nasier. Ce pseudo est en effet sans rapport avec la nasière, espèce de pince que l'on passe dans les naseaux du bœuf pour le guider.

Revenons aux guerres picrocholines, notez bien l'origine du mot dans votre calepin, en vous souvenant que le calepin tient son nom de M. Ambrogio Calepino, savant italien, religieux augustin (1435-1511), dont le dictionnaire latin a connu une très large diffusion dans toute l'Europe, et bonjour au maréchal Plessis Praslin, au duc de Mirepoix, à Eugène René Poubelle, à monsieur Silhouette, à John McAdam, à Joseph Marie Jacquart et son métier, à Nicolas Chauvin, au peintre Vittore Carpaccio, à Nicolas Appert, à

François Barrême, et à quelques autres qui ont bien voulu nous laisser leur nom.

Bonjour aussi à Simone, personnage récurrent de nos saynètes formatrices…

– Simone ?

– Je suis sous la douche !

– C'est pas grave, j'attendrai que tu sortes !

– Voilà, je suis sortie. Qu'est-ce que tu me voulais ?

– J'aimerais savoir si tu as, toi Simone, un rapport avec la simonie…

– Tu me rappelles ce que c'est que la simonie, ça va me revenir, mais pas tout de suite…

– Oui, la simonie, c'est la volonté réfléchie d'acheter ou de vendre à prix temporel une chose spirituelle.

– Oui, eh ben alors non, je n'ai pas de rapport avec ça…

– Ni avec la simonie, ni avec les entreprises simoniaques ?

– Non, et pas davantage avec la simonologie…

– Qu'est-ce que c'est, la simonologie, je ne connais pas ce mot-là ?

– C'est un des nombreux trucs qui n'ont pas de rapport avec moi.

– La douche est libre ?

– Oui, puisque je suis là.

– J'allais le dire.

Mes chers compatriotes, au cours d'un prochain épisode, nous secourrons le mot *sabretache*, qui ne sert qu'aux cavaliers, mais après tout les cavaliers ont eux aussi le droit de parler. Non ?

57. Coalescence

Mes chers compatriotes,

J'espère que vous ne verrez pas d'inconvénient à faire un petit tour aujourd'hui du côté de coalescence. La coalescence qui, sur le plan orthographique, ne rime pas avec essence, ni avec quintessence, mais rime avec la chouette famille d'alcalescence, de déhiscence, d'incandescence, de déliquescence, d'intumescence, de reviviscence ou de turgescence, pour ne citer que les plus poétiques.

La coalescence, puisque c'est elle qui nous intéresse, c'est d'abord la soudure de deux surfaces tissulaires en contact. C'est par coalescence que se referment les plaies, et ce fait à lui seul justifierait notre actuelle sollicitude. Mais la coalescence, c'est plus que ça, c'est la réunion de particules en suspension en particules plus grosses. Non, vous ne rêvez pas, c'est bien par coalescence que les petits yeux à la surface du bouillon de poule deviennent de grands yeux.

Mais la coalescence est encore bien davantage : c'est la contraction de deux ou plusieurs éléments phoniques en un seul. Une sorte de synérèse qui ne serait pas très académique, comme dans s'crétaire ou méd'cin, à moins qu'il ne s'agisse du phénomène déjà ancien par lequel, par exemple, la lumière « de les » étoiles est devenue la lumière « des » étoiles. Il faudra interroger un linguiste, et ça ne se fera pas en cinq minutes. Et un astronome.

En avons-nous terminé avec la coalescence ? Que non point. C'est à peine si nous avons commencé. Car la coalescence, justement, voyez comme ça tombe bien, c'est le phénomène par lequel deux trous noirs se rencontrent pour ensuite ne plus former qu'un seul trou noir.

Qu'est-ce qu'un trou noir ? Chacun le sait, c'est une région de l'univers telle que rien de ce qui se trouve à l'intérieur ne peut communiquer avec l'extérieur. Est-ce le contraire d'un trou blanc ? Pas tout à fait, dans la mesure où, je ne vous apprends rien, le trou blanc est un objet cosmique hypothétique qui constituerait un site d'apparition spontanée de matière.

Tout ça est bien connu, comme est bien connue la naine blanche, étoile extrêmement dense et de luminosité très faible constituant l'étape ultime de l'évolution des étoiles peu massives après épuisement de leur combustible ; la géante rouge, étoile dont la taille s'est considérablement étendue et dont la température a baissé en surface, du fait de l'épuisement de l'hydrogène dans son noyau ; le disque d'accrétion, structure qui tourbillonne autour d'un trou noir et qui correspond au flux de matière attirée par le trou noir ; et la célèbre pression de dégénérescence baryonique, pression exercée par les baryons qui résistent à la force de gravitation.

Comment vivre en ignorant qu'un puits gravitationnel est une représentation graphique de la déformation d'une région de l'espace-temps sous l'effet de la gravité d'un corps massif, cette représentation ayant la géométrie d'un puits dont le fond est l'objet lui-même ? Comment marcher la tête haute si on ne sait pas que la limite d'Oppenheimer-Volkoff n'est autre que la masse au-delà de laquelle la pression de dégénérescence des neutrons d'une étoile à neutrons n'est plus capable de s'opposer à la force gravitationnelle ?

Comment grandir et s'épanouir si on n'a pas lu la saynète vermotphile que voici :

– Simone ?
– Voui ?
– Tu as fait le plein ?
– Du frigo ?
– Non. De la voiture.
– Ah non, j'ai pas eu le temps.
– Alors vas-y maintenant.
– Pourquoi t'y vas pas toi ?
– Chacun fait sa part du travail, voilà pourquoi !
– Tu plaisantes. Tu n'as pas fait un plein de la voiture depuis deux ans. C'est toujours moi qui m'y colle, à l'essence.

– Colle à l'essence ? Calembour, Simone ! Calembour, flagrant délit, punition.
– C'est normal !

Mes chers compatriotes, le 1er Mai, en guise de punition, nous définirons la *rebousse*, la *diaphorèse* et la *gélivure*. Ça vous apprendra à faire les clowns.

58. Melliflu

Mes chers compatriotes,

L'hiver, je l'ai dit en page 55, est traditionnellement une saison chargée pour notre Centre de Sauvetage des Mots en Voie d'Extinction. Le froid pousse en effet les braves gens à se réfugier au coin du feu, qui est le coin où on parle le plus, étant donné que la tertulia se pratique autour d'une table ronde et donc dépourvue de coins, nous en reparlerons.

Or donc, les gens parlent davantage en hiver qu'en été, et quand on parle, on a besoin de mots, sinon on ne parle pas : on radote.

Je vous propose donc un mot potentiellement hiémal, l'adjectif « melliflu », lequel, rare coquetterie, s'écrit, au masculin, indifféremment flu ou flue.

Que signifie melliflu ?

Sachant que mafflu, synonyme approximatif de joufflu, signifie « qui a de grosses joues », on pourrait penser que melliflu signifie « qui a de grosses melles ». On s'engouffrerait ce faisant dans une sombre impasse sémantique, pour la simple raison que le mot melle n'existe pas, ni en petit ni en gros modèle.

Plus joliment, melliflu signifie « qui a la douceur, la suavité du miel ». Des paroles melliflues, ce sont des paroles qui font du bien par où elles passent, c'est-à-dire dans la gorge de celui qui les prononce puis dans les oreilles de celui qui les entend.

Mais l'excès en tout est un défaut, comme l'écrivait si bien le poète latin Horace : « *Est modus in rebus, sunt certi denique fines quos ultra citraque nequit consistere rectum.* » C'est très clair, le vrai, *rectum*, ne peut se trouver au-delà ni en deçà – *ultra nec citra, ultra citraque* – de certaines limites, limites que le latin appelle *fines*, c'est bien trouvé, non ?

Bref, trop de n'importe quoi nuit, et trop de miel aussi nuit, ce qui a ouvert la porte à un sens péjoratif de melliflu, celui de « doucereux, fade ». Sens péjoratif déjà présent dans l'adjectif « mielleux », lorsque Stendhal par exemple parle, dans *Le Rouge et le Noir*, des « flatteries empressées et mielleuses » caractéristiques d'un certain couvent jésuitique, « flatteries empressées et mielleuses » que j'apparente pour ma part à « une obséquiosité servile et melliflue », – et revoilà melliflue.

Un tel ruissellement de miel ne pouvait pas ne pas attirer les abeilles, et j'en profite, mes chers compatriotes, pour nourrir le thésaurus (voir ce mot) de l'abeille… insecte hyménoptère, c'est-à-dire pourvu de quatre ailes membraneuses transparentes, élevé par des apiculteurs pourvus d'un matériel apicole, même s'ils sont d'une sobriété exemplaire (apicole !)… les abeilles appartiennent au groupe des aculéates, c'est-à-dire les hyménoptères porte-aiguillons… elles amassent leurs œufs en couvains, que les apiculteurs examinent par groupes de trois – trois hommes et un couvain… Lorsqu'elles sont butineuses, ce qui n'est pas toujours le cas, les abeilles butinent des plantes mellifères, elles communiquent au moyen de phéromones, parmi lesquelles il convient de citer la fameuse phéromone de Nasonov, sécrétée par la glande de Nasonov, qui permet notamment le marquage de l'entrée de la ruche, le guidage d'un voyage de l'essaim ou le marquage d'un point d'eau.

La glande de Nasonov, en revanche, n'est d'aucune utilité pour la compréhension de la saynète culturelle qui suit :

– Simone !
– Qu'est-ce que c'est ? ? ! !
– Simone, j'ai une bonne nouvelle à t'annoncer !
– Tu te remets au sport ?
– Non. Non, c'est de toi qu'il s'agit !
– Je me remets au sport ?
– Non plus. Non, Simone, tu rimes !
– Moi je rime ?

– Mais oui, Simone, tu rimes avec phéromone ! !

– C'est ça ta bonne nouvelle ? Mais mon pauvre chéri, je rime déjà avec des noms bien plus épatants, comme Pomone, la déesse des fruits et des jardins, ou Crémone, superbe ville de Lombardie et patrie des Stradivarius, ou encore Lacédémone ! !

– Lacédé quoi ?

– Lacédémone ! Sparte ! La Sparte des Spartiates !

– Ah oui ! C'était sympa, Sparte ?

– Pendant un temps, oui, c'était très sympa…

– La vie quotidienne y était melliflue ? !…

– Melliflue ? ? ! ! !…

– Eh oui, c'était ça la bonne nouvelle que je voulais t'annoncer : « pendant plusieurs siècles, paradoxalement, la vie spartiate fut melliflue ».

– (*Mielleuse.*) Et c'est pour ça que tu me déranges ?

– (*Id.*) Oui, c'est pour ça.

Mes chers compatriotes, un jour prochain, nous parlerons des *grimauds*, qui sont de mauvais écrivains, et nous verrons s'il est possible de vous donner quelques noms célèbres.

59. Aporie

Mes chers compatriotes,

Supposons que, en vadrouille au Sahara, vous fassiez une halte sous la tente d'un Touareg, tente avec deux t, bien sûr, mais surtout avec un e, pas avec un a, avec un e… et même avec plusieurs nœuds en cas de tempête, tempête avec deux t et avec trois e, dont un à chapeau, celui du milieu, chapeau qui peut s'envoler en cas de tempête… bref, vous voilà sous la tente du Touareg, et celui-ci, hospitalier comme on le sait, vous offre des dattes avec un thé. Des dattes avec deux t, bien sûr, celles du palmier et non pas celles du calendrier, et, en guise de boisson, un thé. Probablement à la menthe, donc avec le h après le t. Bref. Vous tirez une datte du panier, une belle datte melliflue, si vous me suivez, mais les dattes sont collantes, et il en vient deux.

C'est ce qui m'est arrivé avec le dictionnaire. J'ai tiré un mot, le mot « aporie », mais ce mot était collant, et le mot d'en dessous est venu avec, le mot « aposiopèse ». Nous allons donc manger les deux.

Une aporie, c'est une contradiction insoluble dans un raisonnement, ou une difficulté d'ordre rationnel paraissant sans issue.

Un casse-tête chinois, une impasse philosophique, un cul-de-sac de la pensée… une aporie.

« Qui est arrivé en premier ? La poule ou l'œuf ? L'œuf ou la poule ? » Aporie !

Aporie encore que le dilemme auquel succombe l'âne de Buridan, cet âne qui, placé à égale distance d'un seau d'eau et d'une botte de foin, se laisse mourir de faim et de soif, faute d'arriver à se décider pour l'un ou pour l'autre. L'âne de Buridan (qui, soit dit en passant et d'après les spécialistes, ne doit rien à l'auteur béthunois Jean Buridan), l'âne de Buridan meurt d'aporie. Ça a tout de même plus d'allure que la tremblante du mouton.

Petite saynète aporétique, due à un brillant collaborateur d'Albert Einstein, M. Banesh Hoffmann.

Question de l'élève : « Est-ce que la lumière est une onde ou une particule ? »

Réponse du professeur : « Oui. »

Et une aposiopèse, qu'est-ce que c'est ?

C'est, en rhétorique, l'interruption brusque d'une construction, d'une phrase, d'une suite syntaxique… feignant l'hésitation pour exprimer l'émotion, une menace, produire un effet de diversion. L'aposiopèse est marquée à l'écrit par la ponctuation, à l'oral par l'intonation.

Dans un sens plus large, l'aposiopèse est l'interruption d'un discours marquée par un silence suivi d'une digression. Notre pensée intérieure est ainsi souvent pavée d'aposiopèses.

Pour simplifier, il faut parfois savoir simplifier, disons que l'aposiopèse, c'est quand tu finis pas ta phrase, exprès, ou pas exprès. C'est clair ?

Si ça ne l'est pas, ça le sera davantage une fois parcourue la saynète pingpongée que voici :

– Simone ?
– Présente !
– Petit quiz en apo !
– Je suis prête…

– Avant la naissance de l'Univers, combien de temps s'est écoulé avant que la grandeur « temps » apparaisse ?

– Apo-rie !

– Très bien, mais si ça continue, je vais…

– Apo-siopèse !

– Simone !

– Apo-strophe !

– Tu es tellement cultivée !

– Apo-logie !

– Un bel homme ?

– Apo-llon !

– Et pour finir au plus haut ?

– Apo-gée !

– Encore plus haut !

– Apo-théose !

– Et Bo-aparte ?

– Apo-léon.

(Ils rient tous les deux, et on les comprend… Ou pas.)

Mes chers compatriotes, au cours d'un prochain voyage, nous sauverons le mot *lunatique* que vous me réclamez de temps en temps et que de temps en temps vous ne me réclamez pas.

60. Vernaculaire

Mes chers compatriotes,

Beaucoup d'entre vous, je le sais, se figurent qu'ici, au Centre de Sauvegarde des Mots en

Péril, il règne en permanence une atmosphère de gravité environnée d'une couche d'austérité. C'est bien mal nous connaître. Pas plus tard qu'avant-hier, au réfectoire, nous avons organisé une bataille de petits-suisses. C'est vous dire que nous ne sommes pas les derniers quand il s'agit de rigoler.

Si vous êtes aussi joueurs que nous le sommes, mes chers compatriotes, dites-moi donc, séance tenante, combien de mots se terminant par -culaire, comme « vernaculaire », vous pensez connaître. Attention : le but du jeu n'est pas de trouver le nombre de mots en -culaire existant en français, mais de dire avec précision combien vous en connaissez, même si vous les connaissez mal. Allez-y, dites un nombre…

Vous avez perdu, vous êtes très en dessous de la réalité. Vos réponses vont de 4 à 10, alors que vous en connaissez plus de 20 ! Commençons par les plus simples : oculaire, monoculaire et binoculaire, en voilà trois d'un coup. Des maladies vasculaires, des douleurs musculaires, un problème articulaire du côté de l'auriculaire, c'est moins spectaculaire que deux lignes de funiculaire perpendiculaires, et voilà la dizaine.

Un été caniculaire, une administration tentaculaire, un phénomène corpusculaire, une roue de vélo lenticulaire, la masse moléculaire, une lumière crépusculaire, un arbre séculaire, ne me dites pas que tout ça n'est pas familier, et nous en sommes à 17.

Concédez-moi encore le mouvement circulaire, ou orbiculaire, le tissu réticulaire, la prose des folliculaires, un héritage avunculaire (vous avez bien un oncle ou une tante ?), et un traitement pédiculaire en cas de poux. Nous voilà à 23, les doigts dans le nez.

Et vous pouvez maintenant, puisque de toute façon vous avez perdu, vous pouvez prétendre ignorer l'appendice vermiculaire, en forme de ver, l'écriture spéculaire, ou en miroir, les fruits loculaires, l'os naviculaire, la plante insectivore nommée utriculaire, la souffrance piaculaire, quand il s'agit d'expier… et, par opposition aux langues véhiculaires, les langues vernaculaires.

Le mot vernaculaire vient du latin et signifie « relatif aux esclaves nés dans la maison ». Vernaculaire signifie donc « qui est du pays, qui est propre au pays ». La population vernaculaire, c'est la population indigène, la population souche. La langue vernaculaire, c'est la langue qui ne se parle qu'à l'intérieur d'un pays ou d'une communauté, ou bien c'est la langue qui était là avant toutes les autres dans ce pays. Ainsi, la langue vernaculaire de la France, c'est le français.

La plupart des plantes et un grand nombre d'animaux ont un nom scientifique, identifiable par la communauté internationale, et un nom vernaculaire, celui qu'on leur a donné dans leur biotope d'origine.

La « queue de renard », c'est le nom vernaculaire de la jolie plante à fleurs rouges dont le nom scientifique est « amarante ». Et d'ailleurs, renard est le nom vernaculaire de deux genres de canidés, dénommés Vulpes et Alopex.

La mante religieuse est le nom vernaculaire de la mantoptère. Dispute, en revanche, n'est pas le terme vernaculaire pour désigner une « saynète très animée », comme celle-ci :

– Simone ?
– Toi, tu vas encore me prendre le chou avec tes mots tordus !
– Comment ça, mes mots tordus ?
– Tes mots compliqués qui n'en finissent pas et qui ne servent à rien…
– Vernaculaire, tu trouves ça…
– … Compliqué, oui !
– C'est pas tellement long, comme mot !
– T'as vu toutes les syllabes qu'y a dedans ! ! Ver, Na, Cu, et j'en passe…
– Oui, mais c'est un mot bien utile !
– Tu plaisantes. J'ai passé quarante ans sans m'en servir, il ne doit pas être si utile que ça…
– Simone, je crois que nous sommes séparés par la barrière de la langue…
– Justement, à propos de barrière de la langue…
– Oui ?
– Embrasse-moi…

Voilà donc, mes chers compatriotes. Au cours d'un prochain séminaire, nous porterons assistance au mot *hirudiniculture*, qui désigne l'élevage des sangsues. Ça va bien nous calmer.

61. Raspoutitsa

Mes chers compatriotes,

Le vocabulaire est comme l'humour. Contrairement en effet à « ce qu'un vain peuple pense », pour reprendre les mots assassins de Voltaire, l'humour n'a pas un grand rôle à jouer dans les circonstances joyeuses, lorsque « tout va pour le mieux dans le meilleur des mondes possible », pour reprendre la formule ironique du même auteur.

En revanche, l'humour trouve toute sa place et sa nécessité dans les circonstances pénibles, lorsqu'on a besoin d'une béquille pour continuer de marcher, d'un rayon de lune auquel se réchauffer.

Il en va de même du vocabulaire. Quelle importance si les mots nous manquent pour dire toute la joie que nous procure une bonne nouvelle, un événement heureux, une situation paradisiaque ? La joie à elle seule fait le travail, et les mots ne feraient que la paraphraser lourdement. Au contraire, quand tout va mal, il est indispensable de disposer d'un arsenal de mots et d'expressions capables de décrire avec justesse et férocité l'adversité qui nous accable. Nous serions bien démunis si nous ne pouvions nous écrier autre chose que « c'est la merde », ou « c'est la cata », ou même « c'est l'enfer, c'est la fin, c'est la déroute, c'est la débâcle, c'est le désastre ».

Je vous propose, dans le cadre de mes deux missions simultanées de sauvetage des mots menacés de disparition et d'assistance polymorphe à la détresse, un mot rare, un mot qui nous vient à pied de la lointaine Russie pour décrire à merveille les calamités sus-évoquées : « raspoutitsa ». Au sens propre, si l'on ose dire, la raspoutitsa est, dans les régions froides du Grand Nord, la période de dégel avec formation d'une couche de boue gluante. Selon l'autre dictionnaire : la période de dégel qui transforme la surface du sol en boue. Tout fout le camp, tout glisse, tout s'effondre, tout part à vau-l'eau, de l'eau boueuse de surcroît : c'est la raspoutitsa.

Mais nous ne sommes pas au bout de nos peines : il y a un gros problème autour de l'origine du mot raspoutitsa, qui est en somme le nom vernaculaire d'un phénomène climatique plus large. Certains pensent que raspoutitsa avec sa racine *pout*, « le chemin », désigne, avec la présence du préfixe *rass*, le mauvais état des chemins, exprime l'idée de routes coupées, de chemins impraticables. D'autres prétendent que le mot vient du verbe réfléchi *raspoutitsa*, qui signifie littéralement et trivialement : « ça fout le camp, ça se barre dans tous les sens ». J'en tiens plutôt pour la seconde hypothèse, mais sans certitude. Si vous avez des lumières, écrivez-nous, vite, avant la débâcle. L'affaire est grave.

Chaussez vos bésicles, si vous m'en croyez, et lisez, éberlués, cette saynète offerte par l'Office Ukrainien du Tourisme :

– Qu'est-ce qui t'arrive, Simone ?
– C'est ma sœur ! Elle vient de perdre son boulot, son mari la quitte, elle apprend qu'elle est diabétique et son appartement est inondé !
– C'est la Bérézina !
– Ah non, c'est pire, c'est la raspoutitsa !
– Tu sais, la Bérézina, c'est déjà pas très marrant.
– Je sais. La Bérézina, c'est cet affluent du Dniepr que l'armée de Napoléon franchit en novembre 1812 au prix de très lourdes pertes matérielles et humaines alors qu'elle battait en retraite devant le général Hiver !
– Et pour ta sœur ?
– Ma sœur n'est pas en retraite. C'est donc plutôt la raspoutitsa.
– Tu l'embrasseras pour moi ?
– Alors embrasse-moi…

Mes chers petits enfants, un mot nous tend ses petits bras maigres, que nous ne pourrons secourir qu'ultérieurement : le mot *préciput*. Contrairement aux apparences, c'est un terme de droit.

62. Lapidaire

Mes chers compatriotes,
Faute de pouvoir graver nos courageux travaux dans le marbre, nous allons aujourd'hui les ancrer dans la pierre, en redonnant un peu de vie au mot « lapidaire ». Je vous demande de ne pas

ricaner comme les collégiens dissipés que vous fûtes lorsque je rappellerai que lapidaire vient de *lapis… lapis lapidis*, le mot latin qui désigne la pierre et que nous avons conservé intact pour nommer le lapis lazuli, la belle pierre bleue. Sur cette pierre, nous avons bâti, non pas une église, mais le verbe lapider, qui signifie tuer à coups de pierres – pas de quoi rire cette fois encore –, et la lapidation, l'action de lapider.

Et puis l'adjectif lapidaire, « qui concerne la pierre et les pierres précieuses », une inscription lapidaire, gravée dans la pierre… un musée lapidaire, un tas de pierres, en somme, mais pas n'importe quelles pierres de préférence, et enfin, ma préférée, la formule lapidaire, formule d'une concision brutale, sèche comme un jet de pierre. Laconique, mais la brutalité en plus.

Lapidaire est aussi un nom commun, c'est le professionnel qui taille ou qui vend les pierres précieuses, il est souvent d'Anvers ; c'est aussi la meule utilisée par le tailleur de pierres, et c'est enfin, ou plutôt c'était, au Moyen Âge, un traité sur les vertus médicinales des pierres, précieuses *ipso facto* puisque la santé est un bien précieux.

J'ai parlé des musées lapidaires, et je me demande si on peut légitimement parler d'un lapidaire pour désigner une exposition de pierres, comme le font les Espagnols, je pense notamment au Lapidario del Claustro San Marcos de Leon, dans la province de Castilla y Leon, le lapidaire du cloître Saint-Marc à Leon, dont je vous recommande la visite, c'est ouvert dès 9 heures le matin. Puis-je, en bon français, vous suggérer de visiter ce lapidaire ? Je n'en sais rien. Je suis perdu.

Or, voyez-vous, mes chers compatriotes, s'il arrivait, comme présentement, qu'une question me mît dans l'embarras, et c'est une hypothèse dont la probabilité n'est pas nulle… il y a deux ruses grossières dont je n'oserais pas user pour tenter de me tirer d'affaire : la première consisterait à m'agripper au premier coup du clocher de l'église voisine pour dire « Tiens, on a sonné ? ». La cloche de l'église est trop différente du carillon de la porte d'entrée, sans compter qu'elle a de fortes chances, cette cloche, de frapper plusieurs coups consécutifs, ce qui n'est pas, de toute évidence, la marque d'un visiteur, même impromptu, même pressé. L'autre ruse qui me semblerait cousue de fil blanc et vouée à l'échec consisterait à suggérer à ma fille de faire diversion en proposant de la soupe aux poireaux. Je suis convaincu que la manœuvre, ainsi que ma fille et moi-même, serions instantanément percés à jour.

Ce sont pourtant les deux ruses qu'utilise Jean-Paul Sartre lorsque, au cours d'un entretien coruscant, Michel Contat le titille sur les raisons pour lesquelles la Pléiade s'apprête à l'éditer. Voici le dialogue exact :

Michel Contat : On vous publie à la Pléiade parce que vous êtes, que vous le vouliez ou non, un écrivain classique, aujourd'hui ; et que vous le serez encore davantage en entrant dans la Pléiade, ça c'est bien sûr, mais on ne vous « consacre » pas écrivain classique… il ne suffirait pas…

Jean-Paul Sartre : Tiens, on a sonné !
Michel Contat : Non non…
Jean-Paul : Ah non…
Michel : Il ne suffirait pas de vous mettre dans la Pléiade pour que vous deveniez un écrivain class…
Arlette Elkaïm-Sartre : Dites donc, je fais la soupe ?
Jean-Paul : Oui !
Arlette : Hein ?
Jean-Paul : Oui !
Arlette : Elle est presque faite, est-ce que… ?
Jean-Paul : Eh bien fais-la. À quoi tu la fais ?
Arlette : Aux poireaux-pommes de terre.
Jean-Paul : Très bien. Eh bien fais-la, petite !
Arlette : D'accord. Eh ben je la fais !

Je raille, mais je ne vous cache pas pour autant que cet épisode est extrait d'un coffret de 6 CD, sous le titre *Sartre, autoportrait à 70 ans*, une série d'entretiens avec Michel Contat, c'est édité par Gallimard-France Culture et c'est passionnant, on s'apprête à en écouter cinq minutes pour voir, et cinq heures plus tard on en redemande.

Comme on redemandera, durant des siècles, la profonde saynète qui s'avance :

– Simone ?
– À ton avis, pour parler d'un musée ou d'une exposition lapidaire, est-ce qu'on peut dire « un lapidaire » ?
– Tiens, on a sonné !

– Et les lapilli, ces projections de petites pierres volcaniques, ça vient du latin ou de l'italien ?
– Je vais faire la soupe.
– Tu la fais à quoi ?
– Poireaux-pommes de terre.
– Très bien. Tu vois comme je suis philosophe.

En fin de carrière, mes chers compatriotes, nous resterons dans la pierre pour travailler la *gemme*, car où il y a de la gemme, il y a du plaisir, et c'est ce que j'aime dans la gemme. On a sonné, non ?

63. Résipiscence

Mes chers compatriotes,

Eu égard à vos humeurs couramment potaches, j'ai préféré jusqu'ici ne pas aborder la légendaire « concupiscence », dont certains analphabètes croient encore qu'elle décrit le désir, ce qui est exact, mais sur un mode onomatopéique, ce qui est inexact. Je ne tiens pas à rentrer dans ce genre d'arguties scabreuses, et, pour contourner cauteleusement la concupiscence, je préfère honorer son innocente sœur : la « résipiscence ».

Pas si innocente que ça du reste, puisque la résipiscence, c'est le fait de reconnaître sa faute, il y a donc eu faute, avec la volonté de s'amender. C'est l'aveu plus la pénitence, il fallait par conséquent un mot spécifique qui agrégeât les deux démarches, et ce mot, c'est la résipiscence.

On « vient à résipiscence » si c'est sa propre faute que l'on confesse et dont on entend se repentir, et on « amène quelqu'un à résipiscence » lorsqu'on le convainc de battre sa coulpe et de faire amende si possible honorable. Il faut l'en convaincre, et non l'y contraindre : la résipiscence suppose un minimum de libre arbitre de la part de celui ou de celle qui y vient, à résipiscence.

Vaincre ou convaincre, c'est un vieux dilemme, et ce n'est pas sans émotion que je me permets de rappeler ce mot du philosophe salamanquais Miguel de Unamuno, interpellant en 1936 les premières phalanges franquistes : « *Vencereis, pero no convencereis* – Vous vaincrez mais vous ne convaincrez pas. »

Quant à moi, je n'ai pas d'autre espoir que celui de convaincre, et je me sens en cela très proche du grand Jean-Paul Sartre, dialoguant, dans son *Autoportrait*, avec sa fille adoptive Arlette Elkaïm. Voici le dialogue, je vous l'ai déjà raconté, mais je ne m'en lasse pas :

Arlette Elkaïm-Sartre : Dites donc, je fais la soupe ?

Jean-Paul Sartre : Oui !

Arlette : Hein ?

Jean-Paul : Oui !

Arlette : Elle est presque faite, est-ce que… ?

Jean-Paul : Eh bien fais-la. À quoi tu la fais ?

Arlette : Aux poireaux-pommes de terre.

Jean-Paul : Très bien. Eh bien fais-la, petite !

Arlette : D'accord. Eh ben je la fais !

Il n'est jamais inutile de rendre visite aux voisins d'un mot dans le dictionnaire. Résipiscence a pour voisin du dessous la résistance, qui est suivant les cas une affaire d'homme ou une affaire d'ohm, je me comprends et c'est déjà formidable, et elle a pour voisin du dessus un adjectif bien mal connu : résinifère, qui produit de la résine, comme mellifère, qui produit du miel ; mammifère, qui produit des mamies ; et qu'est-ce que tu veux y faire, qui produit des qu'est-ce que tu veux.

Sans oublier saynètifère, qui produit des saynètes nostalgiques :

– Simone, viens !

– Où ça ? Où veux-tu m'amener ?

– À résipiscence !

– C'est pas fermé le dimanche, ce truc-là ?

– Non, c'est ouvert tous les jours, un peu comme la Soupe populaire.

– Populaire, résinifère, poireaux-pommes de terre… Je vais faire la soupe.

– Très bien.

Mes bien chers compatriotes, à l'automne prochain, nous plancherons, c'est le cas de le dire, sur les trois G du menuisier, la *gouge*, le *guillaume* et la *guimbarde*, qui sont autant de rabots, et méfions-nous des rabots… je me comprends, une fois encore.

64. Chafouin

Mes chers compatriotes,

« Chafouin / chafouine » n'est pas « terriblement » menacé de disparition. Il l'est un peu, mais il est surtout menacé de mauvais usage, et voilà pourquoi nous l'accueillons aujourd'hui sur le billard. Nombre de nos compatriotes, en effet, utilisent l'adjectif chafouin pour qualifier quelqu'un de mauvaise humeur. C'est probablement par consonance avec chonchon, tiré de ronchon, avec chiffonné, tiré de chiffon, et avec chagrin, tiré des larmes, je vous laisse réfléchir là-dessus.

Mais non : chafouin n'a en aucune mesure le sens de maussade ou de contrarié. Chafouin vient, comme on aurait dû s'en douter, de chat et de fouin, le chat étant le mâle de la chatte et le fouin le mâle de la fouine, tandis que l'insomnie est le mal du siècle, mais c'est une autre affaire.

La mine chafouine rassemble donc en une seule image la sournoiserie du chat et la ruse de la fouine ; chafouin signifie : sournois et rusé, chafouine signifie : rusée et sournoise. On rapprochera chafouin de malicieux, d'espiègle, coquin, roué, combinard ou polisson.

Comment le rapprochera-t-on ? À l'aide d'un rapprocheur de mots, instrument de pataphysique inventé par moi-même et dont les instructions de montage figurent en annexe. Ou pas.

Tant que j'y suis, et en effet j'y suis, je n'y suis pas forcément très à l'aise mais j'y suis, donc tant que j'y suis, je vous exhorte à ne jamais confondre chafouin et chassieux.

Chassieux : qui a de la chassie. La chassie : matière gluante s'accumulant sous forme desséchée sur le bord des paupières infectées.

On peut avoir à la fois un visage chafouin et des yeux chassieux, mais il importe de bien distinguer l'un de l'autre. Comme il importe, dans la saynète que voici, de bien distinguer un joueur de l'autre :

– Simone, on joue à chat ?
– D'ac. Chat ?
– Loupe. Chat ?
– Fouin. Chat ?
– Cal. Chat ?
– Touille. Chat ?
– Cieux. Chat ?
– Zuble. Chat ?
– Peau. Chat ?
– Lamalec.
– Perdu !
– Chesse.
– Quoi chesse ?
– Perdu-chesse ! !
– Je ne joue plus ! !
– Tonium ?

Mes chers compatriotes, nous avons évoqué plus haut le billard sur lequel on opère les mots malades, mais nous n'oublions pas l'autre billard, celui sur lequel on joue au billard. Eh bien, bonne nouvelle… la nuit prochaine, nous irons tous ensemble réveiller quelques mots du billard : *casin*, *canon*, *talon*, *flèche*, *fût*, *procédé*, *limage*, *queutage* et *virole*. Ça promet, non ?

65. Hypotypose

Mes chers compatriotes,

Dans le scandale scandaleusement scandaleux des mots menacés d'extinction, il importe de bien distinguer les responsabilités. Il y a notre responsabilité, bien entendu, nous qui, par paresse ou par négligence, oublions graduellement d'utiliser et d'entretenir tel ou tel mot, et puis il y a aussi, et je le dis sans ambages, la lourde responsabilité des dictionnaires. Merveilleux dictionnaires, bien sûr, mais auxquels parfois l'inamovibilité confère une fâcheuse impunité, notamment lorsque ces intouchables dictionnaires prennent la très grave initiative de supprimer, d'une édition sur l'autre, un ou plusieurs mots.

Ainsi de la précieuse « hypotypose », avec deux y. Elle demeure dans le Robert – ah ! foin de précautions, mes chers compatriotes, je cite des noms, et des prénoms ! –, je dis, donc, que l'hypotypose a gardé sa place dans le Robert, mais elle a disparu du Larousse. Pour faire de la place à qui, je vous le demande… et j'aime mieux ne pas entendre la réponse.

L'hypotypose, une description animée et saisissante, selon Robert. D'autres sources sont plus bavardes. Selon Quintilien, que j'ai eu au téléphone avant-hier, l'hypotypose est une figure de style consistant à décrire une scène de manière si vive, si énergique et si bien observée qu'elle s'offre aux yeux avec la présence, le relief et les couleurs de la réalité.

Autrement dit : l'hypotypose est une figure de style consistant en une description réaliste, animée et frappante de la scène dont on veut donner une représentation imagée. Elle prend souvent la forme d'une énumération de détails concrets.

Pour ceux qui n'ont pas encore bien vu la chose : une hypotypose est une figure qui regroupe l'ensemble des procédés permettant d'animer une description au point que le lecteur « voit » le tableau se dessiner sous ses yeux.

On trouve dans Zola une hypotypose homologuée, c'est la description des baignoires de la grotte de Lourdes, je cite : « Il s'y rencontrait de tout, des filets de sang, des débris de peau, des croûtes, des morceaux de charpie et de bandage, un affreux consommé de tous les maux, de toutes les plaies, de toutes les pourritures. Il semblait que ce fût une véritable culture de germes empoisonneurs, une essence des contagions les plus redoutables, et le miracle devrait être que l'on ressortît vivant de cette boue humaine. »

En l'espèce, on en est presque à regretter le caractère d'hypotypose de cette description, et on se demande si on n'aurait pas préféré quelque chose de moins imagé, de plus abstrait. Un peu comme la saynète généreusement concrète que voici :

– Simone, en quoi consiste le jeu vidéo auquel tu joues trois heures par jour en ce moment ?

– Ça s'appelle *Le Voyage des animaux*. Ton joueur doit se faire déposer au sommet de la montagne par un hélicoptère, dont tu choisis le pilote parmi six animaux…

– Simone, je te vois venir !

– … Il y a un éléphant qui s'appelle Fanfant, une girafe qui s'appelle Gigi, il y a Panpan la panthère, Quinquin le requin, Rhino le rhinocéros, et l'hippopotame Hippo.

– Je te vois venir, Simone !

– … Donc, par exemple, tu choisis Hippo, tu montes dans l'hélicoptère, l'hélicoptère vole jusqu'au sommet de la montagne et Hippo t'y pose.

– J'avais tout vu depuis le début ! ! !

– Je peux retourner jouer ?

– J'allais t'en prier.

Mes chers compatriotes, un jour viendra où nous travaillerons au corps le *trémoussoir*, qui est une machine à trémousser, mais je vous en dirai plus quand vous aurez arrêté de bouger.

66. Passacaille

Mes chers compatriotes,

Bougeons nos corps, je vous en conjure, et volons, valsons, au secours de « passacaille ». La passacaille, ça me dit bien quelque chose, mais qu'est-ce au juste ? Une passacaille… ? Un tunnel creusé sous l'autoroute, entre deux étangs existant avant la construction de ladite autoroute, un tunnel permettant aux cailles et à quelques autres oiseaux sauvages de passer d'un étang à l'autre ? Une passe à cailles… Non. Ou alors une petite rue chaude d'une grande ville, où passent et repassent de jolies petites cailles, étincelantes de rouge à lèvres et court vêtues ? Une passe, ou impasse, à cailles ?

Non non non non non. Une passacaille, c'est une danse : la plus ample et la plus développée des danses, selon les amateurs. Elle est à trois temps, avec un thème obstiné à la basse. Venue d'Espagne au milieu du XVIe siècle, elle entre à la cour de France en 1588, c'est pas d'hier. Et, comme quoi je ne délirais pas tant que ça avec mes rues chaudes, la passacaille tire son nom de *passar* (passer) et *calle* (la rue), car les musiciens ambulants jouaient les *passacalle* dans les rues espagnoles à la fin du XVIe siècle.

La passacaille est rarement seule. Certes, elle ne fait pas partie des quatre mouvements de la suite classique qui sont, comme chacun le sait : l'allemande, la courante, la sarabande et la gigue. Mais on est autorisé à glisser, entre la sarabande et la gigue, quelques autres danses, comme la gavotte, le menuet, la bourrée, le passe-pied, le rigaudon, le tambourin ou la loure. Et puis, surtout, il est assez bien vu de terminer la suite par, indifféremment, une chaconne ou une passacaille, ce qui est la même chose, à quelques faux pas près.

La passacaille, donc, est rarement seule. Pour être très franc, disons qu'elle est richement accompagnée. Il existe, selon les sources, plus de 250 danses, souvent dépourvues de nom français et désignées par leur seul nom vernaculaire.

Voici donc, en sus de celles ci-dessus citées, quelques danses bien dansantes, et la liste est loin d'être exhaustive… Mac Queen.

Il y a les danses en a : bamboula, bossa-nova, capoeira, cha-cha-cha, conga, cucaracha, folia, habanera, java, jota, kagura, lambada, macarena, mazurka, moresca, polka, rumba, salsa, saltarella, samba et volta.

Les danses en o : boléro, calypso, fandango, fado, flamenco, mambo et tango.

Les danses en n : biguine, charleston, cracovienne, forlane, madison, pavane, sardane, sicilienne.

Les danses en l : branle, farandole, tarentelle, auxquelles ont peut joindre quadrille et séguedille.

Les danses à noms composés, en dehors de la bossa-nova et du cha-cha-cha, déjà cités : le cake-walk, le fox-trot, le hip-hop, le one-step, le paso doble, le rock and roll et le two-step.

L'inclassable valse, ni en a, ni en o, ni en n, ni en l, ni composée… et c'est un peu pour ça, crois-je, que la valse est la reine des danses.

Et puis les innombrables danses qui ont des noms à danser dehors, Simone va nous en dresser une joyeuse liste :

– Simone, qu'est-ce qu'on danse ?
– Le bugaru.
– C'est un peu mou !
– La csardas.
– Je m'en passe !
– Le hornpipe.
– C'est pas très hype.
– Le jerk.
– Berk !
– Le kathak.
– Je craque…
– Le mérengué.
– C'est gai.
– L'odissi.
– Aussi…
– Le sirtaki.
– C'est acquis.
– Le slow.
– C'est beau…
– Le smurf, le swing, le tamouré…

– Je suis gâté.
– La turlute.
– C'est mon but.
– Le tursi.
– C'est ma vie.
– Le zouk.
– Pff ! J'en ai plein les jambes, je vais m'asseoir deux secondes.
– Et la rime ? ? ? ? ? ? ? ? ?

Bravo à tous, chers danseurs et contredanseurs. Au prochain bal, nous nous couvrirons de l'*aumusse*, sorte de bonnet en peau de martre porté par les chanoines. Vous aurez bien du mal à nous reconnaître.

67. Parénèse

Mes chers compatriotes,

Dans mon modeste et néanmoins prestigieux Centre de Sauvegarde des Mots Menacés d'Extinction, il y a des mots que je sauve « naturellement » ; comprenez : des mots que je ne pourrais pas ne pas sauver, tant ils sont chers à mes oreilles et à mon cœur. Et puis, du côté sombre, il y a, pour revers de cette printanière médaille, des mots que je sauve parce que je sens confusément que je n'ai pas le droit de ne pas les sauver, alors même que, dans le tréfonds de mon for intérieur, je n'ai pas pour les mots en question l'amour que l'on devrait avoir pour un mot que l'on sauve.

Ai-je été bien clair ? Ou dois-je le dire en des termes plus directs ?

Qu'à cela ne tienne : il y a des mots que je sauve parce que je les aime, et d'autres que je sauve parce que c'est mon job de sauver les mots. Le mot « parénèse », que j'entreprends d'assister aujourd'hui, fait partie, vous l'aviez subodoré, de la seconde catégorie. Je n'ai pas de sympathie pour cette parénèse, et, si j'étais le chef du dictionnaire, je la vouerais sans état d'âme aux terribles gémonies. C'est du reste ce qu'ils ont fait, les dictionnaires, puisque la parénèse ne figure plus dans aucun de ceux qui peuplent mon étagère à dictionnaires. Mais moi qui ne suis qu'une pauvre courroie de transmission, je dois me résoudre, la rage au cœur, à ouvrir ma salle d'opération à la parénèse.

Parénèse, nom féminin : discours moral, exhortation à la vertu dans la prédication ordinaire.

Si on dit à un enfant « Il ne faut pas voler les pommes dans le jardin du voisin », on lui donne un conseil d'ordre parénétique, et il se peut qu'il le prenne très mal.

Le sermon du prêtre se réduit souvent à une parénèse. Et cependant le sermon s'appelle sermon, et non parénèse.

Pour embrouiller davantage encore, si c'est possible, cette notion de parénèse, voici quelques renseignements que j'ai pu glaner sur la Toile. Quelqu'un m'apprend par exemple que les écrits de Teilhard de Chardin relatifs au personnalisme s'inscrivent « dans une dimension missionnaire doublée d'une fonction parénétique urgente ».

Une autre autorité bien renseignée m'assure que « les Épîtres de Paul contiennent une première partie kérygmatique, de laquelle découle une seconde partie à caractère parénétique ».

On me signale enfin que « le protreptique, mode de discours spécifique à l'Antiquité, est lié à l'idée de conversion et à la visée du bonheur » et que « la globalité de sa finalité permet donc de le distinguer de la parénèse, dont les préceptes portent sur des actions singulières ».

Où en sont Simone et son époux ? La réponse se cache dans la pieuse saynète que voilà :

– Tu te rends compte, Simone, il y a des gens qui nous soupçonnent de mélanger le kérygme et la catéchèse…

– Quelle rigolade !

– … Ou bien de confondre le protreptique et la parénèse…

– Ah les cuistres !

– … Ou encore la gnose et la communication homilétique !

– Il y a vraiment des gens qui nous prennent pour des andouilles !

– Ouais, ça doit être le genre d'abrutis qui confondent l'andouille de Vire et l'andouille de Guéméné.

– Ah les blaireaux ! ! Tiens, repasse-moi le jésus et les cornichons !

À notre prochain rendez-vous, mes chers compatriotes, pour placer la barre un peu moins haut, nous réhabiliterons le mot *gueuleton*, notamment dans l'expression « j't'invite à faire un bon gueuleton », expression que selon moi on entend trop rarement.

68. Foehn

Mes chers compatriotes,

Prenez une longue inspiration, car nous allons secourir aujourd'hui « foehn », mot alémanique, le foehn, vent chaud et sec des Alpes suisses et autrichiennes. Le foehn a un fonctionnement bien particulier : c'est un vent qui vient de la plaine, il faut bien qu'il vienne de quelque part, il arrive sur les montagnes, les Alpes de préférence, il monte, il se refroidit par conséquent, et il dépose son humidité au sommet de la montagne. Il bascule alors de l'autre côté et redescend de la montagne, non pas à cheval, mais sous la forme d'un torrent d'air brûlant. C'est le foehn, sec et brûlant, qui souffle, et c'est ce qui a donné à nos amis suisses la plaisante idée d'appeler leurs sèche-cheveux des foehns.

Ce n'est d'ailleurs pas si bête, dans la mesure où le sèche-cheveux n'a pas d'autre fonction logique que de sécher les cheveux, alors que le foehn, soufflerie d'air brûlant, sert aussi bien à réchauffer les moteurs Diesel gelés qu'à sécher des chaussettes mouillées, selon la procédure suivante : on introduit l'embout du foehn suisse dans les chaussettes à sécher, et, en quelques secondes, les chaussettes, qu'elles soient ou ne soient pas celles de l'archiduchesse, sont sèches, archisèches.

Le foehn, qui n'est pas avare, a donné son nom à une famille de vents, on parle des vents de foehn comme on parle des vents de mousson, et on remarque avec plaisir dans cette famille des vents de foehn le *schneefresser*, en allemand le mangeur de neige, et le *chinook*, du nom d'une ethnie indienne, qui souffle au Canada et dans les Rocheuses.

Le foehn est modeste et partageur : il ne nous pardonnerait pas de ne pas nommer quelques-uns de ses confrères, ils sont plus de 400 au dernier recensement, comme l'alizé, qui tire son nom de l'ancien français *alis*, qui signifie « lisse », car l'alizé est un vent régulier ; le kamakaza, vent japonais coupant comme une lame ; l'autan, vent méditerranéen orageux, ayant pour racine le mot latin *altanus* : vent de la haute mer ; le simoun et le sirocco, terribles vents du désert ; le *barber* ou barbier, vent glacé qui souffle non pas à Séville mais au Canada ; le *landlash* qui, comme son nom l'indique, fouette les terres d'Écosse ; le blizzard, tempête de neige aveuglante accompagnée d'un froid glacial et que les Québécois appellent poudrerie ; la douce brise, sur laquelle est étalonnée l'échelle de Beaufort ; l'impitoyable bise ; le *coqeye* (œil du coq) qui souffle de biais dans le Nord-

Ouest australien ; l'harmattan d'Afrique occidentale, surnommé le Bon Docteur ; les djinns, tempêtes sahariennes versifiées en crescendo-decrescendo par un Victor Hugo au sommet de sa forme ; et puis, comme dans la chanson de Georges Brassens interprétée par Marcel Amont : le zéphyr, vent des ténèbres, l'aquilon, rapide comme l'aigle auquel il doit son nom, et le grand maître mistral...

Et quand avec Mireille
Dans le fossé on s'est enlacés,
À l'ombre d'une treille,
Quel joli vent nous a poussés ?
C'est pas le zéphyr,
N'aurait pu suffire,
C'est pas lui non plus
L'aquilon joufflu,
C'est pas pour autant
L'autan.
Non, mais c'est le plus fol
Et le plus magistral de la bande à Éole,
En un mot : le mistral.
Il me coucha sur elle,
En échange aussitôt
Je mis une voile de plus
À mon petit bateau.

Faut-il encore, pour épauler le foehn, nommer le *pampero* d'Argentine, le *helm* anglais, vent casqué, la mystérieuse tramontane, le vent qui rend fou, le *karaburan*, sans plomb, du désert de Gobi, le *reshabar*, vent noir du Caucase, le *chocolatero*, mexicain comme on le devine ? Oui, il fallait les nommer, et c'est chose faite, les fameuses choses faites que les Suisses sèchent au foehn.

Regardez souffler la saynète aérienne qui nous tombe du ciel :

– Tu as l'air toute chose, Simone.
– C'est mon frère… il est passé en coup de vent tout à l'heure. Je lui ai demandé « quel bon vent t'amène ? », il m'a carrément mise dans le vent, et il est reparti le nez au vent.
– Il a un problème ? Ce serait pas son magasin de musique qui bat de l'aile, par hasard ?
– Ben tu sais bien : il pensait être dans le vent en vendant des instruments à vent. Alors il est allé en vendre aux quatre vents, il brassait du vent, mais bon, il avait le vent en poupe, il n'écoutait personne, je lui disais « c'est du vent, tout ça, ce n'est que du vent », mais il continuait contre vents et marées. Et puis il a eu vent que le vent allait tourner, il a essayé de se remettre au vent, mais le vent est tombé et les ventes aussi, et c'est le naufrage !
– Qu'est-ce que tu vas faire ?
– Rien. Je lui ai dit « Mon cher frère, qui sème le vent récolte la tempête ». Et bon vent !
– Il a dû être soufflé !
– Oh oui ! Quelle histoire !
– Pfffffffff… pffffchfff…

Mes chers compatriotes, bientôt nous secourrons le mot *trempure*, car si nous ne le faisons pas, personne d'autre ne le fera.

69. Cagneux

Mes chers compatriotes,

Il y a des gens qui parlent du nez, et il y a des mots qui parlent du genou. « Cagneux » est un de ces mots-là. Cagneux signifie : qui a les genoux tournés en dedans. Un cheval cagneux, des jambes cagneuses, un beau garçon cagneux. « Oh dis donc, tu as vu ce beau jeune homme là-bas ? Quel dommage qu'il ait les genoux tournés en dedans ! » Eh ben oui, que veux-tu que je te dise, il est beau, mais il est cagneux. C'est peut-être un lieutenant de cavalerie, ce lieutenant de cavalerie dont Churchill disait qu'il était si bête que même ses camarades s'en étaient aperçus.

Problèmes de genoux pour les cagneux, et cependant splendide grand écart puisque le cagneux, c'est aussi un élève qui prépare l'École normale supérieure. Il préfère alors s'orthographier khâgneux mais, à l'oreille, la différence ne se fait guère, et on n'est pas à l'abri de croiser, dans une soirée mondaine, un khâgneux cagneux. Un gars dont le cerveau est si lourd que ses genoux n'ont pas pu le supporter. Ou alors un type dont les genoux sont si tournés en dedans qu'il lui a fallu, pour compenser, pour séduire néanmoins les filles, entreprendre et réussir de belles études.

Les cagneux et leur classe de cagne sont bien entourés, du moins dans le dictionnaire. Au-dessus d'eux, le cagnard, qui est un sympathique paresseux quand il n'est pas, et je préfère quant à moi cette option, un joli coin ensoleillé ; et en dessous d'eux, on pourrait dire qu'il sont assis dessus, la cagnotte, le trésor.

Il s'en est fallu de peu : un peu plus haut, on était au cagibi, un peu plus bas, on devenait cagot. Les cagneux tirent bien leur épingle du genou. Et, pour entretenir la confusion, les hypokhâgneux, futurs khâgneux, se mêlent, les jours de courses à Auteuil, aux hippocagneux, les turfistes si cagneux qu'on les prend pour des chevaux.

Je cherche une rime à cagneux. Il n'en manque pas, à commencer par hargneux, besogneux, soigneux, dédaigneux, montagneux, ligneux ou scrogneugneux mais c'est sur l'improbable vergogneux que je jette mon élégant dévolu, en découvrant le petit moment de poésie bucolique que voici :

Dans le brouillard s'en vont un paysan cagneux
et son bœuf lentement dans le brouillard d'automne
qui cache les hameaux pauvres et vergogneux.

Alors, vergogneux… qu'en penses-tu Robert, qu'en penses-tu Larousse ? Rien. Ils n'en connaissent pas l'existence. C'est Joachim du Bellay qui, dans son interminable églogue intitulée *Les Antiquités de Rome*, m'apporte la solution :

Mars, vergogneux d'avoir donné tant d'heur
À ses neveux que l'impuissance humaine
Enorgueillie en l'audace romaine
Semblait fouler la céleste grandeur,
Refroidissant cette première ardeur,
Dont le Romain avait l'âme si pleine,
Souffla son feu, et d'une ardente haleine
Vint échauffer la gothique froideur.

Je vous devine perplexes… et vous invite donc à noyer votre perplexité dans la prérimbaldienne saynète que voici :

– Simone, viens-t'en, ma mie !

– Qu'est-ce donc, mon doux compagnon ?

– Simone, acceptes-tu de me lire à haute voix ces huit vers de Du Bellay, auxquels je ne comprends rien et qui s'éclaireront peut-être dans ta céleste bouche ? Voici l'objet…

– *Mars, vergogneux d'avoir donné tant d'heur*
À ses neveux que l'impuissance humaine
Enorgueillie en l'audace romaine
Semblait fouler la céleste grandeur,
Refroidissant cette première ardeur,
Dont le Romain avait l'âme si pleine,
Souffla son feu, et d'une ardente haleine
Vint échauffer la gothique froideur.

– Pas mieux.

Mes chers enfants, dans notre tome XXVII, nous fournirons quelques vitamines au défunt *vespétro*, ratafia stomachique composé d'eau-de-vie, d'angélique, de fenouil, de coriandre et d'anis. Poil au genou.

70. Pimpant

Mes chers compatriotes,

Les locaux, au demeurant exigus, de notre Centre de Sauvegarde des Mots Menacés d'Extinction ne sont pas chauffés. Pas tant pour des raisons budgétaires que parce que les mots se conservent mieux à basse température. Vous le savez, vous en avez fait l'expérience, on a beaucoup plus envie de bavarder, donc d'utiliser des mots, quand il fait un peu froid que quand il fait très chaud. Sur une plage brûlée de soleil, les bouches sont sèches, les langues sont pâteuses, les maxillaires chauffés à blanc aspirent au repos… et, par voie de conséquence, les conversations sont beaucoup plus rares que sur un télésiège, par exemple, pour peu que le froid ne soit pas trop vif et n'ait pas gelé les mâchoires des vacanciers. Une étude menée d'avril 1926 à juin 1984 par des spécialistes incontestables a montré que, pour les raisons que je viens d'exposer, l'être humain dit 37 fois plus souvent « il fait pas chaud » que « il fait chaud ». Mais revenons à nos brebis.

Ainsi donc, selon x études incontestables menées par y spécialistes insoupçonnables, la température idéale pour la conservation des mots est de 12 degrés Celsius, et c'est cette température que nous maintenons dans nos locaux. Il faut être d'autant plus vigilant que certains mots de la langue française dégagent de la chaleur, et c'est le cas du mot que nous allons revigorer aujourd'hui, l'adjectif « pimpant ». Autant l'énonciation du mot « férule », par exemple, est endothermique, c'est-à-dire absorbe de la chaleur, au point de faire froid dans le dos, autant l'énonciation du mot pimpant, et de son féminin pimpante, est exothermique, c'est-à-dire dégage une chaleur certaine. « Vous êtes bien pimpant ce matin, monsieur Lambert » est une phrase qui dégage immanquablement une bienfaisante chaleur. Une chaleur qui n'exclut pas la fraîcheur, puisque pimpant signifie : qui a un air de fraîcheur et d'élégance ; coquet, élégant. On n'est pas très éloigné de l'adjectif fringant, mais pimpant est, à mon sens, plus pimpant, comme mot.

C'est parce que le camion rouge des pompiers a un air de fraîcheur et d'élégance qu'on a baptisé son avertisseur à deux tons « pimpant », pimpant qui est devenu, par effet Doppler, lorsque le camion roule vite, pimpon.

Mon pompier pimpant est probablement né dans le pimpant Piémont : l'occasion de saluer le Piémont, splendide région d'Italie, sauf de 1799 à 1815 où elle fut une splendide région de France. Donc, bonjour le Piémont, et bonjour les pimpants pompiers du pimpant Piémont, il y en a certainement.

Bonjour enfin aux époux Simone, surpris en pleine complicité dans la saynète ci-jointe :

– Simone, encore une contrariété ? !
– Oui. C'est papa. Enfin, plutôt, c'est ce que papa n'est pas.
– C'est papa ou c'est pas papa ?
– C'est papa. Papa n'est pas pimpant…
– Pas pimpant, papa ? ? ! !
– Non, il est planplan… lui qui peignait tant peint peu, il se plaint, plein…
– Emmène-le au casse-pipes, à la ducasse, ça va le détendre…
– Ah oui, pan, pan, dans la pipe à papa !
– C'est exactement ça, Simone. Exactement ça.

Bientôt, mes chers compatriotes – je n'ai pas le cœur à prendre date, mais bientôt –, nous sauverons le mot qui suit immédiatement pimpant dans le dictionnaire, à savoir la jolie *pimprenelle*, plante herbacée à fleurs généralement rouges dont les jeunes feuilles servent parfois à l'assaisonnement des salades. Mais il nous faudra auparavant cueillir, laver, puis essorer la salade. De pimpants moments en perspective.

71. Martingale

Mes chers compatriotes,

J'ai une furieuse envie de restaurer dans vos bouches un mot qui n'est pas spécifiquement menacé, mais que j'aime bien – nous autres, les intellectuels, nous avons aussi nos coups de cœur, parfois –, il s'agit du mot « martingale ». Je ne parle pas bien sûr de la vulgaire courroie de harnachement du cheval qui relie la sangle à la muserolle. Ni, vous le devinez bien, de la bande de tissu, de cuir, etc., placée horizontalement dans le dos d'un vêtement à hauteur de la taille pour en maintenir l'ampleur.

Non, 450 fois non. Je parle de la manière de jouer à un jeu de hasard consistant à miser le double de sa perte du coup précédent. C'est la vraie, l'authentique martingale, qui tire son nom de l'expression provençale « *jouga a la martegalo* », c'est-à-dire jouer comme à Martigues, à la manière des Martégaux, ou de leurs femmes les Martégales. Un Martégal, une Martégale, des Martégaux, tout est en place dans ce beau chef-lieu de canton des Bouches-du-Rhône qu'est Martigues.

La martingale, donc, dont vous avez compris le principe : tant que je gagne, je re-mise la même chose, mais chaque fois que je perds, je mise le double de ma mise précédente. Si je perds un bout, je mise debout. Si je perds un vent, je mise devant. Si je perds une main, je mise demain. Si je perds deux mains, je mise quatre mains, puis 8, 16, 32, 64, 128, 256, 512, 1 024, et ainsi de suite.

Tôt ou tard arrivera un coup gagnant qui me permettra de regagner ma mise de départ, soit 1.

Par exemple, sur six coups perdants suivis d'un septième coup gagnant, je perds 1 puis 2 puis 4 puis 8 puis 16 puis 32, donc au total 63, mais au septième coup j'ai misé 64 et je les gagne, mon bilan est donc égal à 64 - 63 = +1.

La martingale est un système imparable qui a cependant deux inconvénients, un petit et un gros. Le petit, c'est que le système n'est pas d'un bon rapport, puisque je ne gagne que ma mise à chaque coup gagnant. Je m'enrichis très lentement. Le gros inconvénient, c'est que le casino a fixé un plafond, et que dans le cas d'une trop longue série de coups perdants, je perds très gros. Je m'appauvris très vite.

Ce que considérant, je me demande comment vous encourager à réintroduire dans vos conversations le mot martingale, surtout si vous êtes autant que je le suis ennemi des jeux de casino, sordides machines à occuper le milliardaire ou à plumer le pigeon, et poule aux œufs d'or pour l'État et pour le propriétaire dudit casino. Il y a une solution, elle se cache dans un sens second de martingale, lorsque la martingale désigne, par extension, toute combinaison plus ou moins scientifique, au jeu, basée sur des calculs de probabilités. En somme, une chimère, un moyen réputé infaillible de ruiner l'adversaire et qui échoue beaucoup plus souvent qu'il ne réussit.

Une martingale, comme un espoir naïf, une méthode poudre aux yeux, une promesse frelatée d'un bonheur moins qu'aléatoire.

Mais lisez plutôt… et prenez-en de la graine :

– Simone, tu m'écoutes ?
– Oui. Distraitement, mais je t'écoute…
– Voici la martingale géniale que j'ai imaginée. Nous faisons deux enfants de plus, afin de faire baisser notre taux d'imposition.
– Enfantin.
– L'argent ainsi épargné, nous l'investissons dans les organismes de protection de l'enfance.
– Lumineux.
– Nous obtenons ensuite de ces organismes une subvention équivalente au double de ce que nous coûtent les deux enfants supplémentaires.
– Génial.
– Cette subvention nous permet de faire trois enfants supplémentaires…
– …
– Simone ?
– …
– Simone ? Tu ne dis rien ?
– Si, si. Je regarde les horaires des trains pour Martigues…
– Ben pourquoi ?

Mes chers compatriotes, si nous réussissons à échapper à la surveillance de la brigade des casinos, nous remettrons à la mode l'*éphod*, nom masculin, sorte d'écharpe de toile que portaient les lévites. Auparavant, bien sûr, nous aurons approximativement resitué les lévites. Sinon, c'est pas la peine.

72. Controuvé

Mes chers compatriotes,

Vous allez bondir de joie. Vous allez pleurer des larmes de bonheur. Je sais que, avec nous, vous en avez l'habitude, mais tout de même ! Veuillez dans un premier temps vous réjouir bruyamment par anticipation, et dans un second temps me prêter une oreille épatée – épatée au sens premier, c'est-à-dire élargie à la base ! Car nous allons réhabiliter aujourd'hui un adjectif irréprochable, de fabrication simple et solide, du bon travail d'artisan, à l'ancienne, un mot qui cependant introduit une nuance rare et précieuse : il s'agit de l'adjectif « controuvé ».

Pas bien difficile à trouver, pourtant, controuvé, c'est un mot « tout con », comme diraient des jeunes qui s'exprimeraient un peu trivialement, et pourtant voilà un mot qui allait mourir faute de soins, et qui peut rendre d'immenses services, comme nous l'allons voir. Controuvé signifie : inventé ; qui n'est pas exact ; mensonger ; inventé de toutes pièces… mais pas inventé pour le mieux-être de l'humanité, ou pour la beauté du geste, oh que non ! Inventé plutôt pour nuire, pour induire en erreur, pour créer la confusion, pour brouiller les pistes. Une nouvelle controuvée, un témoignage controuvé, des raisons controuvées, un fait, un récit, une allégation controuvés.

On n'est pas loin de fallacieux, on n'est pas loin non plus de captieux, mais on reste, avec controuvé, très légèrement en deçà de ces deux adjectifs accusateurs. Controuvé, même s'il n'est pas dupe, laisse une toute petite chance à la bonne foi, ce que ne font pas fallacieux ni captieux. Controuvé est l'équivalent élégant, presque diplomatique, de l'impitoyable mensonger, c'est la version « allégée » de l'implacable perfide, le frangin distingué et un brin mondain de l'accablant fallacieux, déjà cité.

Réactivons donc controuvé, puisque, aussi bien, avec Paul Verlaine, nous voulons la Nuance encor, pas la couleur, rien que la nuance, oh ! la nuance seule fiance le rêve et la flûte au cor !

Au chapitre des réjouissances nuancées, j'en profite pour vous avouer un faible pour un autre con, l'adjectif complanté : participe passé du verbe complanter, qui signifie « planter ensemble des espèces différentes sur une terre », et par extension « couvrir de plantations ». Un terrain complanté, ce n'est pas tout à fait la même chose qu'un terrain arboré. L'arboré est planté d'arbres dispersés, le complanté est planté plus densément (notez au passage cet adverbe qui se raréfie) plus densément et plus diversement.

Une saynète boisée, et tout sera dit :

– Simone, puisque tu pètes la forme…
– Oh non, je ne pète rien du tout…

– Si ! tu pètes la forme, et tu vas donc me citer 22 essences utilisées en menuiserie…

– Ah, si ce n'est que ça… l'acajou, le frêne, le palissandre, le balsa, le hêtre, le peuplier, le bouleau…

– Bon boulot, ça nous en fait 7…

– Le châtaignier, le merisier, le chêne, le pitchpin, le sipo, le noyer, le ramin, l'olivier, l'épicéa, le douglas, le sapin, le pin…

– Encore 3 !

– L'orme, l'érable et le teck.

– Bravo, Simone, défi relevé !

– Et encore, tu me verrais quand je pète la forme !

Mes chers compatriotes, à notre prochaine escale, du côté de Trégastel, nous nous interrogerons sur le point de savoir si un nageur de dos crawlé est autorisé à s'appeler un *dossiste*. La polémique fera rage, affûtez vos dictionnaires.

73. Idiosyncrasie

Mes chers compatriotes,

Votre réaction à mon entreprise de sauvetage des mots menacés est fonction de votre « idiosyncrasie ». Ne vous vexez pas, il n'y a rien d'insultant là-dedans, votre idiosyncrasie, c'est tout simplement votre tempérament personnel. Selon le dictionnaire, c'est, précisément, la « manière d'être particulière à chaque individu qui l'amène à avoir des réactions, des comportements qui lui sont propres ».

Idiosyncrasie est donc un mot très gentil, très respectueux de chacun… c'est dire à quel point les sonorités sont trompeuses, qui nous auraient entraînés dans la direction de l'idiotie ou du crétinisme, voire des deux.

Ne nous fions pas aux sonorités, quelle que soit notre idiosyncrasie particulière : le syncrétisme, par exemple, n'est pas non plus une carence intellectuelle de la région des Alpes, mais seulement un « mélange de doctrines et de systèmes selon une combinaison généralement peu cohérente », au contraire de l'éclectisme. Pas de crétin à l'horizon, bien au contraire. Le syncrétisme, c'est également l'œcuménisme, l'œcuménisme qui pourrait bien aussi vous tromper par ses sonorités apparemment grivoises s'il ne vous était pas par ailleurs si familier.

Le chemin est si court de la roche Tarpéienne au Capitole, comme je le répète chaque matin au grand dam de mes commensaux du petit déjeuner ! Ainsi, une toute petite syllabe sépare les univers antipodiques, pardonnez le néologisme, de la scatologie, qui désigne des écrits ou des propos grossiers, où il est question d'excréments, et celui de l'eschatologie, qui est l'étude des fins dernières de l'homme et du monde, c'est tout de même, sans se hausser du col, d'un autre niveau.

Mais revenons à l'idiosyncrasie, qui fut dans les années 60 parfaitement définie par le chanteur Moustique dans une redoutable chanson intitulée *Je suis comme ça*, chanson qui aurait pu, quitte à être un peu moins populaire, s'intituler *Mon idiosyncrasie*.

Merci donc à Moustique, je le dis d'autant plus volontiers qu'on a rarement l'occasion de dire « merci moustique », surtout par les temps qui courent. Les temps comme les temps, immémoriaux, et tout à la fois comme l'étang, de Ville-d'Avray, l'étang à coraux, comme le surnomment les plongeurs, l'étang où le moustique pond. Sous le pont, s'il y a un pont sur l'étang, qui court.

Un pont de pierre, un pont de roche, et la roche Tarpéienne est encore toute proche, puisque si le jeune matelot manifeste par la physionomie son mécontentement, sa désapprobation, son dépit, on dit tout simplement que le mousse tique. Et qu'il ne vous dit pas merci.

Voilà, j'ai fait le tour, repos, vous pouvez fumer... et vous plonger dans cette saynète infiniment personnelle :

– Simone, parle-moi de ton idiosyncrasie...

– Ah non, je suis pas d'humeur...

– Pourtant, il y a cinq minutes, tu étais accorte, pimpante, et enjouée...

– Oui, c'est bien possible, mais entre-temps tu m'as contrariée en me lançant à la figure un mot compliqué...

– Ah oui ? Donc les mots compliqués créent systématiquement chez toi une contrariété douloureuse ?
– Parfaitement !
– Telle est donc ton idiosyncrasie particulière.
– Chéri, je vais me fâcher pour de bon ! ! !

Mes chers camarades de combat, au cours de notre prochaine retraite spirituelle, nous parlerons du *chanfrein*, qui n'est pas cette discipline auvergnate consistant à rouler avec un vélo dépourvu de freins… mais bien plutôt la partie antérieure de la tête du cheval, ou le demi-biseau que l'on forme en abattant l'arête de la pièce à chanfreiner. Gros biseaux à tous.

74. Âcre

Mes chers compatriotes,

Nous allons sur-le-champ chouchouter un mot, ce mot n'est pas le verbe chouchouter, qui mériterait pourtant d'être chouchouté, c'est-à-dire gâté, dorloté, traité comme un chouchou, mais ce n'est pas « chouchouter » que nous allons chouchouter, nous allons chouchouter un mot menacé de raréfaction pour une raison peu banale en somme : ce mot est trop court. Il s'agit du mot « âcre ». Je dis bien « âcre », et non pas « acre », cette ancienne mesure agraire, l'acre, dont vous vous souvenez qu'elle valait en France environ 52 ares, soit 5 200 mètres carrés… Si dans ce temps-là vous possédiez un pré carré de 72 mètres et 11 centimètres de côté, vous pouviez dire, sans risquer la contradiction : « mon pré a une superficie d'une acre ». Aujourd'hui, vous ne risquez pas tant la contradiction que l'incompréhension, sans compter l'impôt foncier.

Ce n'est donc pas la vieille acre que nous chouchoutons, mais l'adjectif âcre, qui signifie « irritant au goût, irritant à l'odorat, piquant ». Flaubert nous dit d'Emma Bovary qu'un matin « une saveur âcre qu'elle sentait dans sa bouche la réveilla ». Que fit-elle alors ? Eh bien « elle entrevit Charles et referma les yeux ». Si vous voulez savoir la suite, lisez le bouquin.

Dans un sens un peu figuré, l'adjectif âcre signifie « où se mêle quelque chose de cuisant et de douloureux ». C'est alors Rimbaud qui nous confie dans son *Bateau ivre* : « L'âcre amour m'a gonflé de torpeurs enivrantes ». Et qu'en déduit-il, le bel Arthur : « O que ma quille éclate ! O que j'aille à la mer ! » J'imagine qu'il sait ce qu'il fait.

Mais tout cela, bien sûr, vous le saviez. Vous connaissez le mot âcre. Mais vous ne l'utilisez pas, parce qu'il est trop court. Il sonne mal. On ne l'entend pas bien. À moins d'allonger l'effet du circonflexe, et de parler d'une odeur ââââcre, ce qui rend l'odeur en question plus âcre encore.

L'odeur du gris, par exemple, ce gris que l'on prend dans ses doigts et qu'on roule, dans la chanson de Dumont et Bénèche immortalisée par Berthe Silva :

Du gris, que l'on prend dans ses doigts
Et qu'on roule…
C'est fort, c'est âcre comme du bois
Ça vous saoule
C'est bon, et ça vous laisse un goût
Presque louche
De sang, d'amour et de dégoût
Dans la bouche !

Si l'on craint, et on peut le craindre, de se faire mal comprendre avec âcre, il suffit de se convertir au substantif, l'âcreté : la qualité de ce qui est âcre, même si en l'espèce on aurait plus volontiers parlé d'un défaut. On peut dire à un interlocuteur mal embouché : « J'ai été choqué par l'âcreté de vos propos » ; à ne pas confondre avec « J'ai été choqué par l'âpreté de vos crocos », c'est-à-dire la rudesse désagréable de vos chaussures en peau de crocodile.

Chaussures que vous feriez avantageusement reluire avec le parchemin sur lequel fut immortalisée l'âcre saynète qui commence ainsi :

– Simone ?
– J'écoute !
– Simone, j'ai un goût âcre dans la bouche…
– Brosse-toi les dents…
– Simone, une odeur âcre me monte au nez !
– Ouvre la fenêtre !
– Simone, la vie me semble un âcre combat…

– Prends un anxiolytique !
– Simone, je me sens globalement âcre…
– Tu serais pas plutôt en train de t'entraîner à placer le mot âcre un peu partout…
– Oh Simone, que tu es injuste, ton âcreté me fait tellement mal…
– Je le dis bien clairement : c'est la dernière fois que j'épouse un comédien ! ! ! !
– Mon Dieu, je me meurs, âcre et seul…
– Tu me rappelles quand t'es calmé !

Mes chers compatriotes, à la première occasion, c'est-à-dire, selon moi, sous peu – ou sous très peu si nous avons de la chance –, nous abuserons de l'adjectif *foutral* qui, dans le langage populaire, signifie : extraordinaire et sensationnel, ce que je considère comme à la fois sensationnel, extraordinaire et ébouriffant, en un mot : foutral.

75. Patache

Mes chers compatriotes,
La journée se présente bien. Les mots refleurissent, les grands blessés récupèrent, les moribonds ressuscitent, tout est calme… même l'insupportable immarcescible s'est décidé à nous lâcher la jambe, comme disent les œnologues… nous voilà donc délicieusement disponibles pour accueillir la « patache » et son « patachon ». Ce ne sont certes pas des inconnus, mais pourquoi ne pas faire plus ample connaissance ?

La patache, c'est, à l'origine du monde, un petit navire de surveillance. Qui, à l'heure où nous parlons, ne surveille plus que lui-même… laissant ainsi le champ libre à la patache en tant que, ouvrez bien grands les guillemets, « diligence peu confortable où l'on voyageait pour un prix très modique ». Si la diligence est peu confortable mais son prix élevé, il ne s'agit pas d'une patache. Si, inversement, le prix est très modique mais la diligence bien confortable, il n'y a pas davantage de patache. La patache, pour être patache, doit pouvoir s'enorgueillir à la fois de son inconfort et de la modicité de ses tarifs. C'est à ce prix, à ce bas prix, que la patache est patache.

Si cependant on cède, et pourquoi pas, aux sirènes de la modernité, on appellera patache une simple mauvaise voiture – que nous avions coutume, par esprit de synthèse, de désigner sous le nom de bagnole pourrie, ou, plus brièvement encore, et pardon au préfet Eugène, de poubelle.

Pensons au fiacre… Un mot qui, lui aussi, menace de s'évaporer avec la chose, le fiacre, et non pas la fiacre, Foire Internationale d'Art Contemporain « pour Riches Héritiers » sans H, non, le fiacre, « voiture à cheval qu'on loue à la course ou à l'heure »… un fiacre peut-il être une patache ? Oui, pourvu qu'il soit bien inconfortable et que son loyer soit bien modique.

Et le patachon, donc… Par quel miracle ce simple conducteur de patache est-il devenu l'incorrigible jouisseur, dont la vie « de patachon » fait saliver tant d'anonymes solitaires ? Une vie de patachon, c'est une vie désordonnée de plaisirs et de débauche. Le mystère s'épaissit. Avec quel argent le patachon, qui par définition ne perçoit que de modiques sommes à chaque course, s'offre-t-il ces délires luxurieux ? Grâce à quelle forme physique, lui qui passe ses journées dans l'inconfort, affronte-t-il les nuits de débauche et leur cortège d'épuisantes galipettes ? Tout nous porterait, mes chers compatriotes, au contresens, et il en va de même s'agissant de la vie de bâton de chaise, que d'aucuns entendent comme la vie monotone et assoupie d'un barreau de chaise – alors qu'il s'agit de la vie follement dissipée, pour ne pas dire dissolue, d'un porteur de chaise… l'ancêtre du patachon.

Les cochers seraient-ils donc d'ataviques disciples d'Epicure, voire du divin Marquis ? Et quid, à l'heure où nous causons, des taxis et des chauffeurs de maître ? Je préfère n'en rien savoir. Fermons pudiquement le rideau poussiéreux du vieux coche, et remontons, penauds et déconfits, dans nos bringuebalantes pataches.

Faites donner la saynète, majordome !

– Simone, tu te caches ?

– Non, je bois tranquillement ma décoction de bourrache…

– Pas le temps ! Appelle une patache, on s'arrache ! Et on cravache, bravaches !

– Où allons-nous, sabretache ?

– À Saint-Eustache, acheter des pistaches.
– Ah la vache, quel panache ! Tu ne rases pas ta moustache de potache avant de partir ?
– Macache !
– Eh bien, marchons, patachon !
– Qu'est-ce qui nous arrive, Simone, mon Dieu, qu'est-ce qui nous arrive ?
– Sommes-nous fous ?
– Pas que je sache…
– Bien parlache !

Mes bons amis, je vous prie de faire blondir les oignons dans une cocotte en fonte, car nous allons très bientôt (peut-être dans le tome II ou III) sauver le *roussard*, croisement du faisan commun et du faisan doré. Garçon ? ! ?… Majordome ? ? ?… On n'est plus servis, de nos jours…

76. Mithridatisation

Mes chers compatriotes,

Le combat pour la survie des mots menacés d'extinction est si âpre, les ennemis de la langue sont si opiniâtres, que notre entreprise nous vaut, vous vous en doutez, pas mal d'empoisonnements. Mais nous n'avons jamais succombé et ne succomberons jamais à ces empoisonnements, pour la simple raison que nous avons eu, il y a fort longtemps déjà, la prudence de nous mithridatiser.

De quoi s'agit-il ? Je vais vous le dire, puisque c'est le mot que nous sauvons aujourd'hui :

« mithridatisation ». Qu'est-ce, comme dit la caissière ? C'est la tolérance à l'égard d'une substance toxique acquise par l'ingestion de doses progressivement croissantes de cette substance.

Le verbe mithridatiser signifie « immuniser en accoutumant à un poison », et on en utilise le plus souvent la forme pronominale : se mithridatiser.

Le mot vient, ça ne vous surprendra guère, du roi Mithridate VI Eupator – Eupator ne veut pas dire qu'il a eu raison, mais qu'il était né d'un bon père –, Mithridate VI, donc, roi du Pont de 132 à 63 av. J.-C.

Je n'aurai pas le temps de vous raconter sa vie, qui fut une épopée guerrière ininterrompue, alternant les victoires éclatantes, les défaites cuisantes et les résurrections stupéfiantes. L'important n'est pas là. L'important est que le petit Mithridate, ayant perdu son père à l'âge de onze ans, fut élevé par sa mère et par des tuteurs dont il avait de bonnes raisons de penser qu'ils l'auraient volontiers, et l'une et les autres, empoisonné. Il eut donc l'idée, au cours d'un séjour de plusieurs années dans la montagne, d'ingérer des doses progressivement croissantes d'un certain nombre de poisons, ce qui lui permit, comme son nom l'indiquera après lui, de se mithridatiser.

Racine a consacré à Mithridate une célèbre tragédie, et Mozart un non moins célèbre opéra, *Mitridate, Re di Ponto*.

Je ne vous ai pas encore dit le plus terrible. Dans ses vieux jours, c'est-à-dire à l'âge de soixante-neuf ans, Mithridate, délogé de son trône par son fils Pharnace, décide de mettre fin à ses jours en s'empoisonnant. C'est compter sans sa mithridatisation – il est vrai que notre héros ne peut pas encore connaître le mot –, mithridatisation qui rend caduques toutes ses tentatives. Le Re di Ponto, la mort dans l'âme, est donc contraint de demander à l'un de ses guerriers de bien vouloir lui rendre le service de l'expédier lui-même *ad patres*… vers les pères… et la boucle d'Eupator est bouclée.

Simone aussi est bouclée, mais cela n'apparaît guère dans l'affligeante saynète qui suit :

– Simone, est-ce que tu te sentirais capable, en cas de besoin, de te mithridatiser ?
– De me midartitrimaviser ?
– Non, de te mithridatiser.
– Redis-moi ça ? De me martidritactitaser ?
– Non, je te parle de mithridatisation.
– Dimitrizatristation ?
– Non. Mithridatisation.
– Ah ! Mithridatisation !
– Et voilà. Ce sont les bienfaits de l'accoutumance.
– La quoi ? L'aksoumucoutance ?

Mes chers « contrapritiotes », en fin de mandat, à la demande de l'Association des Pêcheurs

Cannois, nous chanterons la gloire du *picarel* et de sa presque sœur la *mendole*, je ne veux rien dévoiler mais je vous mets sur une piste : ce sont des poissons. Pas des poisons, des poissons.

77. Cornichon

Mes chers compatriotes,

Je sais que je vous demande, page après page, de gros efforts. Chaque fois que je vous exhorte à sauver un mot menacé d'extinction, vous l'ajoutez, s'il n'y figurait pas, à votre vocabulaire, et vous le promouvez dans vos biotopes respectifs, au prix d'efforts considérables. Vous ne le faites pas tous, mais presque tous, je sais par conséquent la peine que vous vous donnez, et c'est pourquoi je vais vous soulager en vous proposant aujourd'hui un mot facile : « cornichon ».

Pas le cornichon au sens propre, bien entendu, pas le concombre cultivé pour ses fruits que l'on met en conserve, jeunes ou très jeunes, dans le vinaigre ou la saumure, pas le cornichon qui est né au pied de l'Himalaya et qu'on cultivait déjà en Inde il y a trois mille ans – non, celui-là n'est pas menacé ; vous le citez presque quotidiennement, dans la phrase impérative « Huguette, passe-moi les cornichons », ou bien dans la phrase interrogative « Les cornichons, ils sont où ? », ou bien dans la phrase exclamative « Tu vas voir que pour une fois qu'on a du bon pâté, il va plus y avoir de cornichons ! ». Vous effectuez, et même au-delà, votre quota de cornichons propres.

C'est le cornichon figuré que vous avez laissé à l'abandon. Le cornichon qui est un niais, un imbécile, un incapable, surtout… celui qui vit la plupart du temps en groupe, comme ses frères de l'Himalaya, et qu'on montre du doigt par le truchement de cette formule claire et concise : « Quelle sacrée bande de cornichons ! »

Ce cornichon-là est précieux, pour la petite nuance affectueuse, presque paternelle, qui le distingue de tant d'autres noms d'oiseaux. Par exemple : bande de nazes, bande d'idiots, et surtout bande de cons… n'ont pas cette petite touche d'indulgence qui caractérise l'appellation « cornichon ». Dans cette acception, le cornichon se rapproche de l'andouille, qu'il accompagne du reste fréquemment dans les buffets campagnards… Une bande d'andouilles, ce n'est pas précisément flatteur non plus, mais c'est beaucoup plus digeste qu'une bande de corniauds. De même, une bande de cornichons, on ne la félicite pas, loin de là, mais on ne la condamne pas définitivement : on la sermonne, on l'admoneste, on lui passe un savon, on la gronde, on la houspille, on lui sonne les cloches, on lui remonte les bretelles, on lui secoue les puces, on la tance, vertement puisque c'est la couleur du cornichon, mais on la traite avec beaucoup plus d'égards qu'une bande de crétins.

Le cornichon de base, on l'a dit, est un fruit, même si on le confond souvent avec un légume. C'est l'occasion pour nous de constater que beaucoup de nos fruits et de nos légumes peuvent servir d'insultes, disons plutôt d'invectives. Il n'est pas agréable de se faire traiter de pomme, de poire, de melon, de banane, et pas davantage de courge, d'endive, d'asperge, de navet ou de patate. À tout prendre, le cornichon est un pis-aller tout à fait recevable, et je vous encourage à le cultiver et à l'entretenir.

Mais fichtre ! que découvrons-nous à l'ouverture du bocal ? Une saynète joyeusement vinaigrée :

– Simone, mon petit bouchon…
– Quoi donc, mon bichon ?
– Fais ton balluchon, nous partons pour Arcachon.
– C'est pas très folichon…
– Si ! je voudrais aller au Tire-Bouchon, tu sais, ce petit mâchon berrichon…
– C'est vrai qu'il est pas cochon, ce petit bouchon…
– Et après, à l'hôtel, on fera une bataille de polochons ! Tu me trouves godichon ?
– Non : cornichon. Mais j'ai l'habitude…

Mes chers compatriotes, dès que nous aurons fini le dix-neuvième bocal, nous parlerons du *saurissage*, qui concerne prioritairement les harengs, mais qui pourrait tout aussi bien s'appliquer aux cornichons, pourvu qu'ils soient diplômés. Je vous expliquerai le moment venu…

78. Quérimonie

Mes chers compatriotes,

Notre Centre s'honore aujourd'hui de réhabiliter et sauver par ma voix un mot que vos dictionnaires courants ont passé à la trappe avec une révoltante désinvolture : « quérimonie ».

Quérimonie, nom féminin, terme d'officialité… J'ouvre ici une brève parenthèse : l'officialité, c'est la juridiction de l'official, et l'official, c'est le juge ecclésiastique auquel un évêque déléguait le droit de rendre la justice à sa place, je referme cette minuscule parenthèse.

La quérimonie est donc un terme d'officialité qui désigne une requête présentée au juge d'Église pour obtenir la permission d'adresser un monitoire.

J'ouvre là une microscopique parenthèse, pour préciser qu'un monitoire, c'est la lettre d'un juge d'Église qui enjoignait les fidèles de révéler au juge séculier – séculier, comme le clergé du même nom –, donc, de révéler à ce monsieur ce qui pouvait éclairer la justice sur certains faits criminels. En somme, le juge régulier fait une lettre à ses ouailles pour leur ordonner de prêter leur concours au juge séculier : c'est un monitoire, et je referme à présent, et l'enveloppe contenant le monitoire, et la parenthèse.

Si vous êtes un peu perdus dans les dédales des vieux usages religieux, rassurez-vous en apprenant qu'une quérimonie désigne de nos jours, plus simplement et plus largement, une plainte en général. Les quérimonies sont ainsi les sœurs des doléances, et des jérémiades.

Des jérémiades que je retrouve, accolées aux quérimonies, dans la thèse très savante d'un M. Athanase Vantchev de Thracy qui, dissertant sur la poésie, écrit ceci : « Dans les lamentations de l'âme, dans les jérémiades du cœur, dans les quérimonies de l'esprit s'élaborent, mêlés au souffle divin, l'ambroisie des vers, le nectar des poèmes. »

De quérimonies, il est encore question dans Victor Hugo, plus précisément dans *Notre-Dame de Paris* :

« Une dernière dépêche fit froncer le sourcil à Louis XI. – Qu'est cela ? s'écria-t-il. Des plaintes et quérimonies contre nos garnisons de Picardie ! Olivier, écrivez en diligence à M. le maréchal de Rouault. – Que les disciplines se relâchent. – Que les gendarmes des ordonnances, les nobles de ban, les francs-archers, les suisses, font des maux infinis aux manants. – Que l'homme de guerre, ne se contentant pas des biens qu'il trouve en la maison des laboureurs, les contraint, à grands coups de bâton ou de voulge, à aller quérir du vin à la ville, du poisson, des épiceries, et autres choses excessives. »

Et, tandis que le scribe royal écrit, lisons « la » saynète palpitante que Victor Hugo n'écrivit point :

– Simone, pardon de te déranger dans ton bain…

– C'est pas la première fois !

– Oui, mais là, c'est urgent : je voudrais que tu me précises la nuance qui sépare les doléances des jérémiades, et les jérémiades des quérimonies…

– Veux-tu que je te parle franchement ?

– J'allais t'en prier !

– Eh bien dans ma langue à moi, dans mon français moderne, quelqu'un qui se répand en quérimonies, doléances et jérémiades, j'appelle ça un casse-couilles.

– Attention, tu as de la mousse dans les cheveux !

Mes chers compatriotes, à la prochaine éclipse totale, nous sauverons le mot *voulge*, entendu tout à l'heure dans *Notre-Dame*, et qu'il convient de redouter, car il ne rime qu'avec lui-même, et encore !

79. Bivouac

Mes chers compatriotes,

Notre tâche est bien rude, celle de sauveteur de mots, et nous avons, je l'admets sans complexes, parfois besoin de vacances, de grand air, de légèreté, de liberté, en un mot comme en cent : de « bivouac ».

Le bivouac : campement léger et provisoire en plein air. Léger, mobile, aéré. Je bivouaque, vous bivouaquez, nous bivouaquerions, il eût été préférable qu'ils bivouaquassent, c'est-à-dire : qu'ils sélectionnassent d'abord un coin sympa, qu'ils y installassent ensuite un bivouac et qu'enfin ils s'y prélassassent.

Tout le monde connaît le bivouac, ou plutôt tout le monde croit le connaître. D'où vient-il, par exemple, avec sa rime en couac ? Du sud-ouest de la France, où l'on gave les oies ? Que non point. Il vient de l'alémanique *biwach*, c'est-à-dire, pour simplifier, de l'allemand *bei Wacht*, qui signifie « en veille ». Ce bivouac est donc l'occasion de rendre visite aux mots qui nous viennent de l'allemand, parmi lesquels on doit citer l'accordéon, la bière, la bretelle, le chenapan, la choucroute, la cible, l'ersatz – celui-là ne s'est même pas changé avant de venir –, le vasistas – qui a fait à peine plus d'efforts –, le képi, l'obus, la valse, le sabre, et bien sûr l'espiègle, que nous apporta Till, et non pas que nous apporta-t-il, Till Eulenspiegel, le personnage éponyme apparu aux alentours de Brunswick au début du XVIe siècle.

L'espiègle est un peu chenapan, prononcez ch'napan plutôt que chenapan, puisque le mot vient de l'allemand *schnapphahn* qui veut dire « attrape-coq », c'est-à-dire maraudeur, voleur de pommes, voleur de poules, voleur d'œuf, et par conséquent, si l'on en croit le proverbe, voleur de bœuf. Voire de bœufs, en cas de récidive.

Nous reviendrons bientôt sur les éponymes, les êtres animés ou inanimés qui donnent leur nom à quelque chose. Mais puisque nous étions, avec Brunswick, en Basse-Saxe, descendons jusqu'en Rhénanie pour saluer la ville éponyme de Landau, qui a donné son nom au landau, que l'on peut emporter en bivouac… puis retournons en Basse-Saxe, plus précisément à Göttingen, plus précisément encore à l'université de Göttingen, où enseigna Johann Gottfried Zinn, « Zine » si l'on prononce à la française, botaniste allemand éponyme du zinnia, jolie fleur colorée.

Un zinnia, des zinnias, et non pas, comme je le croyais quand j'étais petit, des zinnias, un innia. Ce que l'on peut être ignorant quand on est petit !

En tout cas ce bivouac nous a permis de faire une jolie récolte de cadeaux allemands… je dis bien des cadeaux, puisque tous ces mots sont désormais tout à fait à nous. Ils nous appartiennent, comme ils appartinrent à Victor Hugo…

– Simone, il est question de Victor Hugo, ça va être à nous… Hugo décrivant la retraite de Russie dans son grandiose poème intitulé *L'Expiation*… Attention Simone : tout le monde t'écoute. Et attention tout le monde : le mot bivouac se cache dans cet extrait, à vous de le retrouver ! Simone !

Il neigeait. On était vaincu par sa conquête.
Pour la première fois l'aigle baissait la tête.
Sombres jours ! l'Empereur revenait lentement,
Laissant derrière lui brûler Moscou fumant.
Il neigeait. L'âpre hiver fondait en avalanche.
Après la plaine blanche une autre plaine blanche.
On ne connaissait plus les chefs ni le drapeau.
Hier la Grande Armée, et maintenant troupeau.
On ne distinguait plus les ailes ni le centre.
Il neigeait. Les blessés s'abritaient dans le ventre
Des chevaux morts ; au seuil des bivouacs désolés
On voyait des clairons à leur poste gelés,
Restés debout, en selle et muets, blancs de givre,
Collant leur bouche en pierre aux trompettes de cuivre.

– Merci Simone, on a bien rigolé.

Au prochain arrêt en rase campagne, mes chers compatriotes, nous nous vouerons à la sauvegarde de l'*alépine*, étoffe de soie et de laine qui nous vient de la ville éponyme d'Alep… en Syrie. Au nord-ouest de la Syrie, si vous voulez tout savoir.

80. Tudesque

Mes chers compatriotes,

Nous avons beau être compatriotes et parler la même langue, il ne nous est pas interdit de jeter un œil autour de nous… en l'espèce au-delà de la ligne bleue des Vosges, pour y découvrir l'objet de l'adjectif que nous sauvons aujourd'hui : « tudesque ».

Tudesque se dit de ce qui est propre aux anciens Allemands, ou tout simplement aux Allemands, c'est-à-dire *Die Deutschen*, le mot *deutsch* ayant, vous l'aviez probablement deviné, la même étymologie que le mot tudesque, les lettres sont seulement un peu mélangées, comme vous l'avez certainement remarqué.

Tudesque, malgré une nuance quelque peu péjorative, est donc synonyme de « germanique », ou de « teuton », lequel teuton, soit dit en passant, n'est pas, dans nos bouches, précisément mélioratif. Du reste, reconnaissons-le : l'histoire ayant laissé des traces, à peu près tous les mots de notre langue qui désignent nos voisins allemands sont, peu ou prou, péjoratifs. Un cavalier teuton, un phrasé tudesque, une ambiance germanique, ces épithètes sont rarement là pour louer le cavalier, le phrasé ou l'ambiance.

Je me garderai bien d'oublier quelques très mauvais souvenirs, mais tout de même : attention aux amalgames ! Ne jetons pas le bébé avec l'eau du bain ! Ainsi, lorsque je trouve, dans un dictionnaire des synonymes, à la rubrique « tudesque », le chapelet suivant : « allemand, germanique, grossier, rude, sauvage », je me permets de dire que c'est pousser un peu loin le bouchon.

Non, la littérature tudesque, de Schiller à Rilke, de Goethe à Schopenhauer, de Nietzsche à Hegel ou Schnitzler, de Brecht à Freud ou de Marx à Engels, de Heine à Kafka en passant par Heidegger, de Robert Musil à Thomas Mann en passant par Günter Grass et Heinrich Böll... non, cette littérature ne peut pas, à mon humble avis, être qualifiée de grossière, ni même de rude ou de sauvage.

La musique tudesque, il est vrai, est en revanche bien pauvre en talents... mis à part, peut-être, Haendel, Telemann, Praetorius, Bach, Beethoven, Weber, Brahms, Schumann, Mendelssohn, Richard Strauss, Wagner, et à la rigueur Schubert et Mozart... l'inspiration tudesque est bien limitée. Ils feront mieux au siècle prochain...

Die Geringschätzung, die von allzu vielen unserer Mitbürger gegenüber der deutschen Kultur an den Tag gelegt wird, ist es wert, bekämpft zu werden. Aus diesem Grund drücke ich mich jetzt nicht mehr in Molière's aus, sondern in Goethe's Sprache aus, um damit jene zu bestrafen, die zu Anfang meiner Chronik gegrinst haben. Und dass ich Sie nicht noch einmal erwische, sonst fahre ich weiter...

« Le mépris affiché par un trop grand nombre de nos compatriotes vis-à-vis de la culture allemande mérite d'être combattu. C'est dans cette intention que je m'exprime actuellement, non plus dans la langue de Molière, mais dans la langue de Goethe, afin de punir ceux d'entre vous qui ont osé ricaner au début de ma chronique. Et que je ne vous y reprenne pas, sinon je continue... »

Mais, sans vous commander, lisez donc l'instructive saynète que les Allemands n'auront pas :

– Simone, je crois savoir que tu n'as pas beaucoup de considération pour la science tudesque...

– Oh, tu sais, y a pas grand monde à sauver de ce côté-là... Behring, Einstein et Planck, et on a fait le tour !

– Tu oublies Ohm, le père de l'impédance, et Fahrenheit...

– Oui, si tu veux, mais moi je m'en sers pas, de l'impédance, et mon thermomètre est Celsius !

– Et Röntgen, qui a inventé les rayons X ?

– J'aime pas les radios !

– Et les grands botanistes, Zinn et Fuchs ?

– J'aime pas les zinnias, et j'aime pas les fuchsias...

– Tu n'aimes rien, alors ?

– Si, j'aime bien ce physicien et astronome bourguignon qui a mis au point en 1934 la première caméra électronique d'observation... comment s'appelle-t-il, déjà ? André ? ?

– Lallemand. André Lallemand.

– Voilà. Lui au moins il est français.

– C'est pas faux...

Mes chers compatriotes, après la pause Kaffee, nous sauverons le mot *chat*, le mot *mot* et le mot *chameau*. Non non, je dis ça pour vous détendre un peu…

81. Épicène

Mes chers compatriotes,

Si je devais m'adresser à vous individuellement, je vous appellerais, si vous êtes du sexe masculin, mon cher compatriote, et si vous êtes du sexe féminin, ma chère compatriote. Compatriote, comme vous le voyez, ne change pas de forme suivant qu'il est utilisé au masculin, un compatriote, ou au féminin, une compatriote. C'est que le mot compatriote est « épicène ».

Épicène (du grec *epikoinos*, qui signifie « commun ») – épicène qualifie un substantif dont la forme ne varie pas avec le genre. Un collègue, une collègue ; un enfant, une enfant ; un concierge, une concierge ; un élève, une élève. Si je vous appelais « concitoyens », il me faudrait ajouter une désinence pour m'adresser aux personnes du sexe féminin : mes chères concitoyennes. Idem pour « mes chers amis », même si la différence n'apparaît qu'à l'écrit avec « mes chères amies », idem pour des auditeurs, qui deviennent des auditrices, ou pour les lecteurs, qui ne prennent pas en compte les lectrices… alors que les mots épicènes, comme compatriote ou comme camarade, me permettent, dans le respect absolu de la différence, de ne nommer qu'une fois mes interlocuteurs et mes interlocutrices. C'est bien commode, et ça nous fait gagner un temps précieux, et, grâce à ce gain de temps, je vais pouvoir apporter quelques précisions…

J'ai dit pour vous simplifier la tâche qu'épicène qualifie un nom, un substantif… mais il existe aussi des pronoms ou des adjectifs épicènes. Le pronom « toi » est épicène, il ne varie pas suivant qu'il désigne un homme ou une femme : « Toi, tu m'écoutes »… toi Gérard, ou toi Claudine… Alors qu'à la troisième personne il faudra changer de pronom pour dire « lui, il m'écoute » ou « elle, elle m'écoute ».

Quant aux adjectifs, si par exemple on explore les couleurs : rouge et jaune sont épicènes, mais pas vert, qui devient verte, ni violet, qui devient violette, et pas davantage noir qui devient noire, ni bleu qui devient bleue.

Il y a, je vous l'ai laissé craindre il y a quelques instants, un autre sens à l'adjectif épicène, lorsque épicène désigne des substantifs n'ayant qu'un genre, quel que soit le sexe de la personne ou de l'animal qu'il désigne ; en somme, c'est la même chose que tout à l'heure, sauf que c'est le contraire. Un individu, mâle ou femelle, reste un individu, une personne, même très virile, reste une personne et non pas un personne, et chez nos amis les animaux, beaucoup d'espèces sont épicènes, à l'instar de la souris, de la mouette, du brochet, qui épouse un brochet femelle et non pas une brochette… de la girafe, ou de l'aigle, qui sont privés respectivement de masculin et de féminin, ce qui conduit à parler d'une girafe mâle ou d'un aigle femelle.

Du masculin non dépourvu de féminin, c'est ce qui nous attend dans l'intense et cérébral dialogue que voici :

– Simone, question rapide…
– Rapide, adjectif épicène.
– C'est juste.
– Épicène également !
– Oui, mais… toi qui es féministe…
– Oui, parce que je suis victime… encore un mot épicène, d'ailleurs : toujours « une » victime, il n'y a pas de victimes masculines, comme par hasard !
– Oui, bref… tu es donc partisan, et non pas partisane, puisque partisan est épicène – partisane signifierait que tu es de parti pris –… tu es partisan, donc, du combat pour la féminisation des professions jusqu'ici épicènes… une architecte, une juge, une notaire…
– Voilà : je veux désépicéner les épicènes, et dire une ministre, une maire de la ville, et même une auteure, ou une procureure, avec un e… que veux-tu, je défends la gente féminine…
– Ah ah ! Je savais que je te piégerais. La gent est épicène, comme la girafe : on dit la gent masculine, et la gent féminine.

– Ooh, toi, quel perfide adversaire tu fais !
– Et trois mots épicènes, trois !

Mes chers fans, dans moins d'un an, nous sauverons le *tocan* : c'est un saumon qui a moins d'un an !

82. Rasséréner et Métathèse

Mes chers compatriotes,

C'est autour d'un verbe que nous nous réunissons présentement, j'aime bien ces réunions autour d'un petit verbe… le verbe « rasséréner ».

Verbe transitif, qui vient de l'adjectif serein, dont il a abandonné le i, rasséréner signifie « rendre la sérénité, rendre le calme à quelqu'un ». Exemple : « Repose-toi cinq minutes, Céline, je crois que tu as assez rasséréné René. »

Mes chers compatriotes, je vous entends d'ici, vous vous dites « mais on le connaît, ce mot-là, et on l'utilise, pourquoi nous embête-t-on avec un mot en pleine santé ? », et je vous sens tout contrariés et tout chiffonnés… je vous prie de vous rasséréner et de vous asseoir, le temps que je m'explique.

J'ai tenu à faire ce petit écart laryngé parce que j'ai souvent entendu, pas dans votre bouche, bien sûr, mais dans des bouches bien moins averties, j'ai entendu « rassénérer ». Dans lequel on retrouve la racine familière d'asséner, ce qui explique probablement la faute, mais ne l'excuse en rien. La faute… j'allais dire le cuir, mais le cuir est réservé aux fautes de liaison, comme dans « j'ai fait z'une erreur » ou « ces enfants sont trop z'agités ».

Rasséněrer, *sic*, est d'une autre famille. Il ne s'agit pas bien entendu d'un lapsus, encore moins d'un solécisme… on pourrait parler de barbarisme, mais la catégorie est un peu encombrée ; le nom savant pour désigner cette inversion de syllabes ou de lettres, cet accident dyslexique, c'est le mot métathèse. Une métathèse, c'est l'altération d'un mot ou d'un groupe de mots par déplacement, interversion d'un phonème, d'une syllabe, à l'intérieur de ce mot ou de ce groupe.

Quelques exemples de métathèses fréquentes : rasséněrer pour rasséréner ; obnibuler ou omnibuler pour obnubiler ; préemptoire pour péremptoire ; rénumération, très tentant il est vrai, pour rémunération ; aréoport et aéropage pour aéroport et aréopage ; pestacle, chez les moins de douze ans, pour spectacle ; un infractus, nettement plus grave qu'un infarctus ; et huberlulu pour hurluberlu, mais là il s'agit sans doute d'une plaisanterie.

Je vous ai gardé pour la bonne bouche le champion toutes catégories de la métathèse, selon le blog de Jean Véronis d'Aix-en-Provence, c'est le caparaçon, appelé fautivement « carapaçon » par 18 % de ses utilisateurs à l'écrit, alors que le métathétique génycologue ne se substitue à l'authentique gynécologue que sous 4,6 % des plumes qui l'emploient.

Il est vrai qu'on se rend encore fréquemment chez le gynécologue – principalement les femmes, mais ça fait déjà beaucoup de monde – … alors qu'on ne voit plus guère de caparaçons, armure ou harnais d'ornement dont on équipait les chevaux. On emploie bien plus souvent le participe passé pris comme adjectif, caparaçonné, qui, malheureusement, selon mes estimations personnelles, subit, dans 84 % des utilisations, la grossière métathèse qui le transforme en « carapaçonné ».

Pas de quoi rasséréner les francophones pratiquants, comme ceux qui s'expriment avec une exquise volubilité dans la troublante saynète suivante :

– Simone ?

– Voui ?

– Tu te souviens que le jour de notre mariage je t'ai promis, à vie, une charade par trimestre.

– Si je me souviens ! J'étais folle de joie !

– Eh bien c'est aujourd'hui ! Nous cherchons un verbe. Mon premier est un rongeur…

– Loir ? Souris ? Castor ? Gerbille ?

– Mon second est une ville de l'Orne…

– Alençon ? La Ferté-Macé ? Bagnoles-de-l'Orne ? Mortagne-au-Perche ?

– Mon troisième est une note de la gamme…

– Do ? Mi ? Fa ? Sol ? La ? Si ?

– Mon quatrième est l'organe d'un des cinq sens…
– Œil ? Oreille ? Peau ? Langue ?
– Mon tout est un verbe souvent déformé par la métathèse.
– Castor La Ferté Macé Sol Peau ?
– Un verbe qui se termine en -peau ? ! ? ! ?
– C'est pas ça ? ?
– Si, c'est ça. Tu peux te rasséréner, c'est ça : Castor La Ferté Macé Sol Peau. Bravo.
– Je suis folle de joie !

Mes chers compatriotes, lorsque nous serons rassurés sur le sort qui nous attend, si un jour nous le sommes, nous étudierons la *varve*, qui est un sédiment lacustre… Non ! Patience ! « Lorsque nous serons », j'ai dit !

83. Chenu

Mes chers compatriotes,

Nous allons secourir pas plus tard que tout de suite un mot, un adjectif, pour être très franc, dont la fréquence d'emploi baisse dangereusement, a contrario du sens de l'histoire : il s'agit de l'adjectif « chenu ». Chenu, c'est-à-dire blanchi, ou même marqué, par l'âge.

Notre espérance de vie ne cesse de croître, le nombre de personnes aux cheveux tout blancs augmente, en dépit des efforts consentis par les instituts de soins capillaires, dans une proportion comparable, et pourtant l'emploi de chenu décroît depuis 1831 de 0,042 % par an, soit, pour l'ensemble de la période, une baisse de… beaucoup. De trop, même.

Réapprivoisons donc chenu, du latin *canus* : « qui est blanc ». Dans un premier sens, donc : qui est devenu blanc de vieillesse. Une tête chenue. Un vieillard chenu, qui n'est pas forcément cacochyme… Tiens, cacochyme, voilà un mot qu'il nous faudra épauler un jour ou l'autre, vous me le rappellerez…

C'est dans ce premier sens de chenu que le poète français François Mainard écrit : « Pour moi, je cède au temps, et ma tête chenue / M'apprend qu'il faut quitter les hommes et le jour »… ou que Voltaire métaphorise le temps qui passe dans les vers que voici :

Ce vieillard chenu qui s'avance,
Le temps, dont je subis les lois,
Sur ma lyre a glacé mes doigts,
Et des organes de ma voix
Fait trembler la sourde cadence.

Au sens figuré, maintenant, chenu peut qualifier un arbre dont la cime est dépouillée, un chêne chenu, par exemple ; mais chenu peut aussi avoir le sens de « couvert de neige » : les Alpes chenues, les cimes chenues… Ainsi, le Kilimandjaro, point culminant de l'Afrique avec 5 895 mètres d'altitude, le Kilimandjaro est chenu, à longueur d'année.

L'adjectif chenu aurait, selon un dictionnaire que je n'ai même pas envie de citer, un troisième sens, à savoir : « qui est de qualité supérieure », acception exclusivement réservée au vin. Un vin chenu serait donc un très bon vin. Quel est le rapport qui peut lier vin et chenu ? Réserve-t-on au moins l'épithète chenu à un vin blanc ? Même pas : on parle aussi bien d'un rosé chenu, ou d'un rouge chenu. C'est lamentable. Dit-on au moins d'un vin qu'il est chenu lorsqu'il est très vieux ? Non plus. C'est inadmissible ! Ceux qui emploient l'adjectif chenu pour qualifier un vin sont des dévoyés, des barbares, des traîtres à la francophonie, ce sont des Soloïots, ou Solessiens, du nom de la ville de Soloï, ou Soles, en Cilicie… Soles, la ville éponyme du solécisme, et si vous ne comprenez pas ce que je dis, retournez donc boire une bonne bouteille de votre vin chenu ! !

Si vous n'êtes pas momentanément sous antibiotiques, enivrez-vous, amis lecteurs, de la trépidante saynète que de braves gens ont distillée pour nous :

– Simone ! Simone, nom d'une pipe !
– J'arrive, j'arrive !
– Je suis excédé, Simone ! Sers-moi donc un verre de vin, que je me détende un peu…

– Quel genre de vin ? puissant ? tendre ? corsé ? rond ? souple ? gras ? boisé ? long en bouche ? floral ? tannique ? fruité ? fondu ? astringent ? empyreumatique ? velouté ? minéral ? chenu ?

– N'importe, ça m'est é… Attends un peu ! Quel mot as-tu dit, en dernier ?

– … Eh bien… chenu… chenou… chez nous… je te demandais si tu veux le boire chez nous !

– Ben évidemment, ma pauvre Simone, où veux-tu que j'aille le boire ?

– Ah oui, c'est vrai, ça… où veux-tu… que t'ailles… le boire…

Mes chers vieux camarades, mes chers chenus, nous nous retrouverons un jour ou l'autre pour sauver, si besoin est, les mots *grenu*, *ténu*, *charnu*, et *trotte-menu.* Mais surtout *grenu.*

84. Insigne

Mes chers compatriotes,

Penchons-nous, si vous le voulez bien et si vous n'avez pas mal au dos, sur le mot « insigne ». Il y a le substantif insigne, un insigne, et non pas « une », comme on l'entend parfois chez les personnes de mauvais genre, un insigne, c'est la marque distinctive d'une dignité ou d'une fonction, c'est le signe distinctif des membres d'une association. Mais ce n'est pas cet insigne-là qui nous intéresse. C'est l'adjectif à la conquête duquel nous nous embarquons. Insigne : qui est digne d'attirer l'attention, remarquable, éclatant. L'insigne honneur que vous me faites, la faveur insigne que je vous fais.

Tout cela serait clair comme l'eau de roche s'il n'y avait Verlaine. Paul. Verlaine qui s'adresse à la Seine, la rivière Seine, dans l'un de ses *Poèmes saturniens*, et qui lui dit :

Toi, Seine, tu n'as rien. Deux quais, et voilà tout,
Deux quais crasseux, semés de l'un à l'autre bout
D'affreux bouquins moisis et d'une foule insigne
Qui fait dans l'eau des ronds et qui pêche à la ligne.

Cette foule insigne, paresseuse et qui côtoie les bouquins moisis, c'est sans aucun doute une foule que Verlaine méprise. Insigne est utilisé ici en mauvaise part. Idem dans ce poème de 1880 sur le quartier londonien d'Angels, où Verlaine écrit, préparant une rime riche :

… Fuite insigne
De l'heure vers l'azur mûrisseur de fruits d'or !
« Angels » ! ô nom revu,
calme et frais comme un cygne !

Il ne s'agit pas d'une coquille, bien entendu, qui aurait substitué insigne à indigne, une foule indigne, la fuite indigne du temps, non, Verlaine a bien écrit insigne, et on peut difficilement le soupçonner d'utiliser les mots à tort, ou à travers.

Mais, et c'est là que ça se complique, insigne n'est pas toujours péjoratif, chez Verlaine. Dans

Les Fêtes galantes, le poète parle à la belle Clymène de « l'arôme insigne de ta pâleur de cygne », la rime est la même, mais le sens opposé, à n'en pas douter. Et dans *Une sainte en son auréole*, il est question du « charme insigne/D'un frais sourire triomphant ». Plus de doute, donc : insigne signifie « remarquable », en bien ou en mal, c'est selon.

Et pourtant, je le disais, Verlaine fut un insigne expert des mots et de l'art poétique qu'il défendit si bien, glorifiant « la nuance » :

Car nous voulons la nuance encore,
Pas la couleur, rien que la nuance

La nuance, d'accord, mais avec insigne et son double sens, nous ne sommes plus dans la nuance, nous voilà, pour ainsi dire, dans le flou. Que penser, désormais, d'un hôte insigne ? L'expression ne nous renseigne en rien sur le bonhomme. Est-ce celui qui reçoit, ou celui qui est reçu ? Est-ce un hôte de marque, ou un hôte peu recommandable ? Mystère… Et Verlaine qui n'est plus là pour nous éclairer !

Sans compter qu'il serait vain de compter sur la saynète qui suit pour y voir plus net…

– Simone, fais-moi un signe !

– Qu'est-ce que tu veux, au juste ? Que je fasse de toi quelqu'un de remarquable ? Ou bien que je t'adresse un signal ? Ou encore que je te cuisine un magret de cygne ?

– Je ne sais plus, Simone, je ne sais plus...

– Eh ben quand tu seras décidé, fais-moi signe !

La journée a été pénible, mes chers compatriotes, j'ai envie de parler d'un jour insigne... heureusement le lendemain, comme tous les lendemains, chante, et nous préciserons par conséquent demain la fonction du *chantre*. Demain, ou un autre jour...

85. Atticisme

Mes chers compatriotes,

En conviendrez-vous ? Notre entreprise de sauvegarde et de réhabilitation des mots rares ou menacés d'abandon est une pierre à l'édifice de l'« atticisme » de masse que tous nous appelons de nos vœux.

Si vous n'en convenez pas, c'est, soit que vous ne savez pas ce qu'est l'atticisme, soit que vous avez décidé, pour me nuire, de faire de l'obstruction. Je ne puis, fût-ce une seconde, souscrire à la seconde hypothèse. Il m'incombe donc, toutes affaires cessantes, de définir l'atticisme.

L'atticisme, c'est la « qualité propre au langage attique » ; cette précision ne nous renseigne pas énormément, aussi poursuis-je en définissant l'atticisme comme la pureté de langue particulière aux Athéniens – que je pourrais, si je l'osais, opposer au solécisme des habitants de Soles. Par extension, l'atticisme a franchi les frontières de l'antique Athènes, pour désigner aujourd'hui, chez les écrivains ou chez les orateurs, un raffinement du style, une délicatesse de langage, un style pur et élégant.

Les atticistes, s'ils ne sont pas plus clairement situés, sont ceux d'entre nous qui parlent un français pur, mesuré, concis, élégant, qui se distinguent par la délicatesse de leur langage et la finesse de leur pensée. Tu vois le truc ?

L'atticisme, né en Grèce, comme son nom l'indique, au IIe siècle av. J.-C., a traversé l'histoire pour venir jusqu'à nous, raison de plus pour le dorloter, car il n'est pas si commode de traverser l'histoire : bien des mots et bien des idées ont abandonné en chemin.

Un siècle plus tard, Cicéron, beau parleur comme chacun le sait, explorait un moyen terme, dit « rhodien », entre le style fleuri et émotionnel de l'asianisme, et la gravité, alliée à l'élégance de l'atticisme. Nous reparlerons un jour ou l'autre de l'asianisme.

Vers l'an 80 de la chrétienté, l'illustre rhéteur Quintilien exalte les anciens poètes latins en affirmant qu'ils « apportent beaucoup, surtout pour la richesse de leur vocabulaire qui, dans la tragédie, a de la noblesse, et dans les comédies de l'élégance, et comme une sorte d'atticisme ». La richesse du vocabulaire… vous reconnaissez là la pierre angulaire de notre saint combat !

Après bien des péripéties, l'atticisme atterrit chez nous, au point de conduire André Gide à parler de « cette sorte d'atticisme qui n'a d'autre patrie que la France ». Et nous voilà en 2006, héritiers et exécuteurs testamentaires malgré nous de testateurs atticistes depuis longtemps disparus.

Les historiens d'art attribuent le terme atticisme à un style de peinture apparu en France vers 1650, à l'époque de Mazarin. Ce courant parisien fut fondé par Eustache Le Sueur, surnommé le « Raphaël français ». Les atticistes, ainsi définis – et là je me contente de vous répéter ce qu'on m'a dit, puisque je n'ai chez moi aucune toile d'Eustache Le Sueur ni de Laurent de la Hyre –, « les atticistes sont d'excellents dessinateurs et décrivent des formes souples, recherchent le style et la pureté jusqu'à désincarner un peu froidement les personnages ».

Voici une saynète proustienne, et par conséquent flirtant parfois avec une forme d'atticisme étiré :

– Simone, je fais appel à toi pour citer Proust…

– Pourquoi moi ?

– Parce qu'il s'agit d'un extrait d'A *l'ombre des jeunes filles en fleurs*… ça te va comme un gant !

– Soit. Je cite : « Monsieur de Norpois, pour contribuer lui aussi à l'agrément du repas, nous

servit diverses histoires dont il régalait fréquemment ses collègues de carrière, tantôt citant une période ridicule dite par un homme politique coutumier du fait et qui les faisait longues et pleines d'images incohérentes, tantôt telle formule lapidaire d'un diplomate plein d'atticisme. »
– Merci Simone et Marcel.

Mes chers camarades atticistes, je compte désormais sur vous pour bien parler en bien bon français bien foutu, et pour déchirer gravement votre race au niveau du langage.

86. Sigisbée

Mes chers compatriotes,
Je n'ai pas pour habitude de m'immiscer dans le dédale des mœurs ni dans les méandres de la vie privée, aussi comprendrez-vous, lorsque je vous parle du « sigisbée », que c'est avec le mot que je vous exhorte à renouer, et non avec la situation parfois scabreuse que le mot évoque.

Un sigisbée désigne, dans le langage vieilli ou sur un mode ironique, un chevalier servant, un compagnon empressé et galant.

Selon un blog qui m'est apparu bien renseigné mais dont je ne connais pas l'auteur, je le cite cependant : « Dans l'Italie du XVIIIe siècle, le *cicisbeo*, en français le sigisbée, était le cavalier servant d'une dame, l'homme qui l'accompagnait au spectacle, à la promenade, en visite… dans tous les lieux où il était de bon ton qu'elle se rendît accompagnée, et cela avec l'assentiment du mari qui se trouvait ainsi soulagé d'un certain nombre de corvées. L'amour n'entrait le plus souvent pour rien dans cet arrangement, tout au plus une amitié un peu galante qui faisait l'affaire de tout le monde. La mode du sigisbée prit fin lorsque le prince Eugène, vice-roi d'Italie, annonça qu'il refuserait de recevoir à sa cour une femme escortée par un autre homme que son mari », fin de citation.

Avant ce coup d'arrêt du prince, au XVIIIe siècle, dans la Botte, une femme de haut rang ne se rendait jamais à une cérémonie accompagnée de son époux, mais se devait d'être escortée par un sigisbée.

Mais, on ne le répétera jamais assez, le sigisbée n'a pas vocation à devenir l'amant de sa cavalière. Il doit, s'il respecte la règle du jeu, se contenter de « simagrées », comme le dit méchamment Voltaire dans un article de ses *Questions sur l'Encyclopédie*, je cite Voltaire cette fois : « Il y a tant de sortes d'amour que l'on ne sait à qui s'adresser pour le définir. On nomme hardiment amour un caprice de quelques jours, une liaison sans attachement, un sentiment sans estime, des simagrées de sigisbée, une froide habitude, une fantaisie romanesque, un goût suivi d'un prompt dégoût : on donne ce nom à mille chimères. »

Sitôt le sigisbée apparu, de hardis néologistes, si vous me pardonnez ce néologisme incarnant, ont jugé bon de parler de sigisbéat et de sigisbéisme.

On définit alors le sigisbéisme comme un des avatars de la polyandrie... la polyandrie c'est la polygamie des femmes, polygamie à laquelle s'oppose la monogamie, cette dernière s'opposant également à la polyandrie puisque le terme de monoandrie n'existe pas. Autre système polyandrique, je le mentionne pour mémoire : le lévirat – le lévirat, c'est l'obligation que la loi de Moïse imposait au frère d'un défunt d'épouser la veuve sans enfants de celui-ci.

Les mœurs conjugales, justement, sont bien souvent au centre des saynètes les plus édifiantes et les plus prisées des amateurs d'édification :

– Dis donc, Simone : je te vois un peu trop souvent en compagnie de Raymond, ces derniers temps !

– Mais on ne fait rien de mal !

– Mmmouais... il t'accompagne à l'Opéra, à la gymnastique, au supermarché, au bistrot...

– Mais chéri, c'est...

– Il est toujours aux petits soins... C'est ton amant, avoue-le !

– Mais non, que tu es bête ! C'est mon sigisbée !

– Ton quoi ? ? ?

– Mon sigisbée ! Tu ne sais pas ce que c'est qu'un sigisbée ?

– Jamais bu de ça ! Ça a quel goût ?
– Un petit goût d'autrefois…
– Ah ouais. Et… vous en buvez, Raymond et toi, du JSB, là ?

Dès que la météo le permettra, nous reviendrons, mes chers compatriotes, sur le *lévirat*, et par la même occasion sur le *sororat*, cette pratique du remariage d'un veuf avec la sœur de son épouse. Rien de bien réjouissant là-dedans, mais, comme ne le disait jamais Sainte-Beuve, « il faut ce qu'il faut ».

87. Éponyme

Mes chers compatriotes,

Je vous en avais fait la promesse, et je ne suis pas homme etc., etc., vous connaissez la formule, belle et forte charge affective indignée.

C'est pourquoi je vous emmène, céans, en balade, avec un seul l par conséquent, au royaume enchanté des « éponymes ». Pour ce faire, nous traversons le territoire, et le domaine, et le fief, des synonymes, nous fendons la foule des anonymes, nous tournons résolument le dos aux antonymes, nous saluons nos frères homonymes et leurs cousins paronymes, nous contournons discrètement le boulevard des pseudonymes, et nous voici chez les éponymes, adjectif et nom : qui donne son nom à quelque chose.

Nous avions, il me semble, prononcé le mot à propos de la mithridatisation et du roi éponyme Mithridate, évoquons donc un autre roi, mort il y a tout juste 2 359 ans, le roi Mausole et son somptueux tombeau d'Halicarnasse, une des sept merveilles du monde… Mausole est le personnage éponyme de tous les mausolées.

Moins pompeux, mais tout aussi savoureux, la béchamel, sauce inventée par le cuisinier éponyme Louis de Bechameil, mort il y a seulement 309 ans. Je passe sur Poubelle et Guillotin, trop souvent cités, tout comme John MacAdam ou les frères Montgolfier, et je salue directement l'imprimeur Guillaume, surnommé Guillemet, qui était si timide qu'il n'osait jamais entrer dans les tavernes, et il fallait toujours qu'on lui crie « Entre, Guillemet ! ». Je ne suis pas tout à fait sûr de l'anecdote, mais je confirme que Guillaume est bien l'imprimeur éponyme des guillemets.

J'accorde un peu moins de crédit à ceux qui, dans un saisissant raccourci, ont eux-mêmes donné leur nom, soit à une unité de mesure, à l'instar d'Ampère, de Joule, de Newton, d'Ohm ou de Watt, soit à un procédé, comme Nicolas Appert ou Luigi Galvani.

Mais je donne un coup de chapeau fleuri aux innombrables botanistes éponymes ou à leurs éponymes proches, comme Hortense, femme du bijoutier Lepaute, à qui l'on doit l'hortensia, ou comme Dahl, Fuchs, Zin, Magnol, Begon et Garden qui nous ont légué plus ou moins directement les dahlias, les fuchsias, les zinnias, les magnolias, les bégonias et les gardénias.

Un cran plus haut, à présent, nous trouvons les dieux et déesses : Athéna, déesse éponyme d'Athènes ; Méduse, une des trois Gorgones, éponyme du verbe méduser ; Cérès, déesse des Moissons, éponyme de nos matutinales céréales ; Apollon, dieu éponyme des bellâtres ; Aphrodite et ses aphrodisiaques ; et puis une belle lignée d'éponymes avec Laïus et son fils Œdipe.

Voici, mes chers compatriotes, une saynète que vous rejouerez utilement devant vos bambins émerveillés :

– Simone, fais tes valises, nous partons !

– Pour Cythère ?

– Non, cette fois, nous allons faire la tournée des villes éponymes…

– Chouette ! Rugby, en Angleterre, sur l'Avon, rivière qui, si j'ai bonne mémoire, baigna le tout jeune Shakespeare…

– … Cordoue, en Andalousie, pour ses cordonniers…

– … Arauco, au Chili, ville éponyme de l'araucaria…

– … Landau, dans le Palatinat, pour son charmant landau…

– … Kao-ling en Chine pour son kaolin…

– … Et nous bouclerons le périple à Limoges où, contrairement à certains, nous nous rendrons de nous-mêmes et de notre plein gré.

– Et, l'an prochain, Vichy, Vittel, Evian, Contrexéville, Volvic, Saint-Galmier... ! ! !

Mes chers compatriotes, d'ici quelques pages, nous ne sauverons pas un mot mais nous tenterons d'en imposer un : la *rollinade*.

Rollinade : sorte de coup de force imaginé par le professeur éponyme Rollin, consistant à introduire clandestinement dans le vocabulaire un mot portant son nom.

88. Labadens

MCC – qui est, en toute simplicité, l'abréviation de « Mes chers compatriotes »,

MCC,

Nous avons passé de longues soirées, tous réunis, à évoquer les éponymes... c'est un peu comme si nous avions gardé les cochons ensemble, comme si nous étions les uns pour les autres, et lycée de Versailles... des « labadens ». Labadens, du nom d'un personnage éponyme de *L'Affaire de la rue de Lourcine*, pièce d'Eugène Labiche ; labadens : « camarade de collège, de pension, ou camarade du lycée de Versailles »... sans quoi je ne me serais pas permis l'épouvantable pataquès ci-dessus.

Le labadens est donc, comme on vient de le voir, né d'une antonomase, cette figure de style par laquelle un nom propre est pris pour un nom commun. Harpagon, nom propre, devient harpagon, nom commun, pour désigner un avare très avare.

Il arrive, puisque nous évoquions Molière, que nous fassions des antonomases sans le savoir. Lorsque nous cherchons un mécène, est-ce que nous savons (de Marseille ; je vous demande pardon, c'est cette histoire de Versailles qui m'a fait penser à Marseille), est-ce que nous savons que Mécène était ce chevalier romain, ami d'Auguste, qui encouragea d'une manière remarquable les Lettres et les Arts ?

Et savons-nous qu'Auguste lui-même tient son nom d'une antonomase inversée, puisque… mais non, ceci nous entraînerait trop loin…

Peut-être jusque chez les Vandales, ce peuple germanique conquérant et barbare, une vraie bande de vandales !

Probablement flanqués d'autant de mégères… Mégère, une des trois Erinyes, les déesses de la Vengeance et de la Colère… On a oublié Alecto et Tisiphoné, mais on n'a pas pu se débarrasser de la Mégère.

D'Alecto, il ne reste que la « silhouette », antonomase du contrôleur général des finances de Louis XV, Etienne de Silhouette, né à Limoges, ville éponyme du limogeage.

On trouve aussi un compositeur à l'origine d'une antonomase du nom propre pour un autre nom propre : Mozart. Exemple : « Votre fils est un vrai petit Mozart, monsieur Labadens. » Mozart qui causa une autre antonomase, celle de figaro, nom désormais commun pour désigner familièrement un coiffeur.

Tout cela nous éloigne de nos labadens, et nous en avons tous, des labadens, dans nos calepins (calepin : encore une antonomase, en provenance d'Italie), nous avons des labadens grâce à l'antonomase, sans laquelle nous en serions probablement privés puisque seules 407 personnes aujourd'hui en France portent le nom de Labadens, qui n'arrive qu'au 24 110ᵉ rang des noms les plus portés dans l'Hexagone, hexagone, encore une variante d'antonomase.

Il y a donc peu de chances, dans le temps d'une vie, de croiser une Simone Labadens, et de pouvoir l'apostropher comme il est fait dans l'itinérante saynète ci-dessous :

– Simone, je sors ce soir !

– Laisse-moi deviner… Tu vas rejoindre des collègues de travail et vous allez échanger des idées sur la politique internationale…

– Tu n'y es pas du tout. Je vais rejoindre quelques labadens, et nous allons échanger des antonomases.

– C'est très chouette ! Mais tu ne pars pas les mains vides, j'espère, tes labadens auront certainement les bras chargés de tropes.

– J'ai tout prévu. J'emporte une antonomase par périphrase…

– Laquelle ?

– L'Île de beauté, pour parler de la Corse.

– Et quoi d'autre ?

– Une antonomase par excellence : la Renaissance, pour parler de la renaissance européenne des XVe et XVIe siècles.

– Ils vont être contents, tes labadens !

– Et toi, que fais-tu ?

– Je reste à la maison, comme une brave pénélope.

– Encore une belle antonomase, cette Pénélope.

– Mets-la avec les autres, ce sera mon cadeau.

– Un jour on dira, pour parler d'une femme exceptionnelle : une simone…

– Embrasse-moi…

Mes chers amis, au cours de la réception que Je-ne-sais-qui donnera certainement au château de Je-ne-sais-où, nous nous fendrons d'un coup de pouce au *gentillâtre* : petit gentilhomme dont on fait peu de cas.

89. Barguigner

Mes chers compatriotes,

Je ne suis pas d'ordinaire barguigneur, mais là, je barguigne. Je barguigne comme rarement j'ai barguigné. On m'aurait dit qu'un jour je barguignerais à ce point, je ne l'aurais pas cru. Mais ne me jetez pas la pierre : vous aussi, vous avez barguigné, une fois ou l'autre, ou bien vous barguignerez. Tous, tôt ou tard, nous barguignerons. Ceux qui jamais ne barguignèrent n'ont pas forcément à s'en vanter. Dans certains cas, il eût certainement été préférable qu'ils barguignassent. Le barguignage n'est pas une honte ! C'est plutôt une preuve de sagesse et de circonspection, surtout dans mon cas, compte tenu du sujet particulier de la barguignade : je barguigne sur le point de savoir si je dois, ou si je ne dois pas, faire la promotion du verbe « barguigner ».

Ce verbe barguigner, vous le connaissez, vous savez qu'il signifie d'abord marchander, puis, par extension, hésiter, mettre du temps à prendre une décision.

Le malheur de ce pauvre verbe réside en ceci, qu'on l'a peu à peu condamné à une seule de ses formes, et pas la plus sexy, l'infinitif, en le flanquant de surcroît de la préposition méchamment privative « sans », pour obtenir la seule locution dans laquelle survit désormais le barguignage, à savoir : sans barguigner. « Elle a signé le contrat sans barguigner », c'est-à-dire sans marchander, sans hésiter. Sans barguigner est l'étroit et lourd carcan, l'ignoble cangue, mot annamite, dans laquelle ce brave verbe est aujourd'hui mangé aux anna-mites.

C'est injuste, c'est trop cruel : conjuguons nos efforts, et conjuguons barguigner.

D'autres que moi barguigneraient encore : pas moi !

Nos ancêtres ont beaucoup barguigné : barguignons ! Jusqu'en 1852, nous barguignions à qui mieux mieux, mais c'est à cette date qu'Aristide Boucicaut, négociant originaire du Perche, créa le magasin du Bon Marché à Paris, en y introduisant cette nouveauté stupéfiante : la marchandise à prix fixes, établis d'avance, et affichés !

Depuis ce jour, on barguigne moins. On lit l'étiquette, et on achète sans barguigner, puisqu'il n'y a plus de terrain de barguignage.

Vous barguignez encore ? Vous ne vous sentez pas prêts à vous battre pour barguigner ? Vous manquez de références ?

Voyez donc la Dame de Nohant, antonomase pour George Sand, dans cet extrait de *La Petite Fadette*. « C'est un enfant qui a une grande idée de son devoir, pensait-elle ; mais tout de même, s'il n'avait pas le cœur un peu dur, il ne serait pas parti comme ça sans barguigner, sans tourner la tête et sans verser une pauvre larme. »

Lisons maintenant sans barguigner cette épouvante saynète, ce drame conjugal ordinaire et pourtant poignant :

– Simone, que guignes-tu ?

– Je ne guigne rien !

– Si, tu guignes !

– Bon, c'est vrai, je guigne ta montre de gousset !

– Ah oui ! Un legs de mon bisaïeul. Je te la vends, si tu veux…

– On peut barguigner ?

– Ça dépend : quelle heure est-il ?

– Je ne sais pas, moi ! je ne vois pas à travers ton gousset !

– Alors non.

Mes chers compatriotes, dès les premières neiges, nous évoquerons les mots *proclitiques*. Pas les proclitiques procliticiens, sûrement pas ! Les proclitiques normaux.

90. Égrillard

Mes chers compatriotes,

Un clignotant rouge vient de s'allumer sur mon compteur de mots métropolitain. Je vous ai déjà parlé de cet appareil (non ?) mis au point par moi, qui me fournit, pour chaque mot de la langue française, un chiffre annuel d'occurrences orales. Mon compteur, dans son état actuel, ne recense que les mots prononcés dans les limites de l'Hexagone, c'est pourquoi on l'appelle compteur métropolitain. Bref, une alarme sur mon CMM me signale que l'emploi de l'adjectif « égrillard » est en baisse de 3 % par mois depuis deux mois. Je ne m'explique pas le phénomène : je vais me contenter de le combattre.

Égrillard est anciennement un nom, synonyme de gaillard ou de luron. C'est aujourd'hui le plus souvent un adjectif, signifiant « qui se complaît dans des propos ou des sous-entendus licencieux ». L'individu égrillard est un amateur de gauloiseries, un client du libertinage verbal, un consommateur et producteur de blagues salaces, d'allusions scabreuses, de calembours indécents. Un ton égrillard, une saillie égrillarde, des vieux schnocks égrillards, et je ne cite pas de noms.

Pour les plus distraits d'entre vous, attention ! Égrillard s'écrit avec un é, et non pas ai. Il est facile de s'en souvenir, il suffit de réfléchir à la position du mot dans un dictionnaire. Si égrillard s'écrivait comme l'aigreur, il se situerait entre aigri, l'adjectif, et aigrir, le verbe : lugubre compagnie !

Alors que, orthographié convenablement, égrillard se glisse entre l'égreneuse et l'égrisage. L'égreneuse, c'est la machine à égrener, c'est-à-dire à dégarnir de ses grains. L'égrisage, c'est l'action d'égriser, c'est-à-dire polir par frottement. Voilà un environnement nettement plus ludique, et surtout bourré de sous-entendus égrillards. Impossible d'oublier cette éloquente configuration…

L'objectif étant d'utiliser, jusqu'à extinction du clignotant sur mon CMM, le mot égrillard, vous n'êtes nullement obligés de l'être, égrillards. Il vous suffit de nommer ceux qui le sont, et de dire qu'ils le sont. Et d'ajouter que vous ne l'êtes pas. Application pratique : « Bernard est égrillard, Gérard est égrillard, Balthazar et Gaspard sont égrillards aussi, et moi, Jules, je ne suis pas égrillard. »

Observez, au cours de la visite, la présence dans le mot égrillard du segment grillard, que l'on retrouve, même s'il n'y a aucun lien logique, dans la formation du grillardin. Quel vilain mot ! Le grillardin, ou grilladin, ce qui améliore un peu la sonorité, c'est celui qui s'occupe des cuissons sur le gril dans un restaurant. Dans ce restaurant à l'enseigne « Au Bon Calembour », le serveur est en service, le sommelier sommeille, le plongeur est plongé dans ses pensées, mais le grillardin est égrillard, la caissière encaisse, et le pâtissier en pâtit.

Simone simonnera-t-elle, interpellée plaisamment par son taquin conjoint ?

– Simone, ôte-moi d'un doute !

– Avec plaisir !

– L'herbe, au printemps, est bien verte ?

– Verte, oui…

– Et la laitue, c'est bien une salade verte, comme la batavia et la romaine ?

– Et comme la scarole, oui…

– Bon, j'ai bien noté. Maintenant, dis-moi, au printemps, les mirabelles sont mûres ?

– Non, il faut attendre le mois d'août.

– Et les noix ? Et les prunes ? Et les pommes ?

– Au printemps, non, elles ne sont pas mûres non plus. Mais pourquoi est-ce que tu m…

– Et voilà ! J'en ai dit des vertes et des pas mûres, et tu ne t'es rendu compte de rien ! !

– T'as rien trouvé de plus intelligent, pour t'occuper ? ? ?

Mes chers enfants, il me tarde d'être à l'année prochaine pour étudier avec vous le mot *diplopie*. Mes chers enfants, il me tarde d'être à l'année prochaine pour étudier avec… attendez, c'est écrit deux fois, ou c'est moi qui suis atteint de diplopie ? Attendez, c'est écrit deux fois ou c'est moi qui…

91. Philistin

Mes chers compatriotes,

Vous qui n'êtes pas des philistins, vous savez bien ce qu'est un « philistin ». Et puisque vous n'êtes pas davantage des béotiens, vous savez aussi ce qu'est un béotien. Oui mais voilà, vous n'utilisez guère ces deux mots, pour une raison toute bébête : vous ne savez jamais, au moment de passer à l'acte, lequel des deux choisir ! La nuance qui sépare les deux mots est très subtile, et vos louables scrupules s'y heurtent avec fracas.

Balayons donc ensemble ce qui reste de votre légitime embarras. Le philistin, c'est une personne de goût vulgaire, fermée aux Arts et aux Lettres autant qu'aux nouveautés. Le béotien, c'est une personne lourde, peu ouverte aux Lettres et aux Arts, et de goûts grossiers. Un philistin, en somme !

Béotiens, philistins, même absence de combat, même mollesse, même manque de finesse, de curiosité, de culture et d'élégance. S'il fallait malgré tout marquer une différence, nous dirions que le béotien est béotien par défaut, malgré lui, sans trop d'arrogance… alors que le philistin est content de lui, quoi qu'on lui dise, et n'hésitera pas à revendiquer l'inculture dont on l'accuse. On peut prendre en pitié le pauvre béotien, alors qu'il convient de souffleter, symboliquement bien sûr, le triste philistin.

On distinguera mieux encore les deux termes en pointant l'origine géographique de l'un et de l'autre. Le Béotien est de Béotie, contrée de la Grèce ancienne, dont le centre principal était Thèbes. La Thèbes de Grèce, et non pas la Thèbes d'Égypte, en Thébaïde, qui nous a laissé, par antonomase encore une fois, le joli nom commun de thébaïde, dont seuls les béotiens ignorent le sens.

Le Philistin, lui, n'est pas de Philistie, les Philistins sont un peuple d'origine indo-européenne qui s'est installé au XIIe siècle av. J.-C. sur la côte de la Palestine. Les Philistins furent soumis par David… David, le deuxième roi hébreu, successeur de Saül, et non pas Louis David, le peintre du *Serment des Horaces* et de *Marat assassiné*, que ne connaissent d'ailleurs pas les philistins.

Lorsque béotien ou philistin sont adjectifs, ils n'hésitent pas à accepter quelques synonymes, plus ou moins rigoureux, parmi lesquels on aura plaisir à citer balourd, barbare, bouché, cul-terreux, épais, fruste, grossier, ignorant, inculte, lourd, lourdaud, lourdingue, obtus, pedzouille, profane, rustre, trivial et vulgaire. Tant de mots pour quelques sinistres ploucs, ça peut sembler excessif, mais au moins sommes-nous sûrs désormais de ne pas les rater.

Je me permets maintenant de vous présenter ce qu'il est convenu d'appeler une « saynète de genre » :

– Un souci, mon grand ?

– Ah Simone ! le dîner d'hier soir avec nos amis Hugues et Nicole a été un calvaire...

– Je suis bien de ton avis, je ne sais pas pourquoi nous les invitons encore, ces deux raseurs...

– Ils ne s'intéressent à rien, ils croient tout savoir, ils sont hermétiques aux Arts comme aux Lettres, ils sont bouffis de plate suffisance et pétris d'une méphitique vulgarité.

– Hugues est un philistin, et Nicole une béotienne.

– Je dirais le contraire : Hugues est un béotien, et Nicole une philistine.

– En tout cas, nous sommes d'accord pour rayer de la liste de nos amis, et le couple Hugues-Nicole...

– ... Et le couple Nicole-Hugues.

– Voilà une bonne chose de faite.

– À qui le tour, maintenant ?

Mes chers compatriotes, au moindre signe de faiblesse, nous nous précipiterons au secours de l'*amuïssement* : il ne m'a pas semblé en bien grande forme la dernière fois que je l'ai croisé. Ce n'est pas le moment de se démobiliser.

92. Irréfragable

Mes chers compatriotes,

Notre vocabulaire s'appauvrit : voilà une assertion irréfragable.

Notre espace lexical s'amenuise : voilà une affirmation irréfutable.

Notre champ sémiotique rétrécit comme peau de chagrin : voilà une thèse irrécusable.

Tout cela pour tenter de mieux situer le mot du jour, « irréfragable », en vous disant qu'il y a autant, ou aussi peu, de différence entre assertion, thèse et affirmation qu'il y en a entre irréfragable, irréfutable et irrécusable.

Mais creusons un peu, si vous en êtes d'accord. Est irréfragable ce qui ne peut être contredit, irréfutable ce qui ne peut être réfuté, et irrécusable ce qui ne peut être récusé.

Contredire, c'est s'opposer en disant le contraire. Réfuter, c'est repousser un raisonnement en prouvant sa fausseté. Récuser, c'est repousser, rejeter.

Ceci étant posé, il me reste à vous demander d'attribuer judicieusement à chacun de ces trois mots : preuve, témoignage, argument... l'adjectif qui lui sied le mieux, irrécusable, irréfragable, ou irréfutable.

Pour vous laisser le temps de réfléchir, je vous donne la recette du hachis Parmentier. Je choisis une recette très simple, pour que son énoncé ne perturbe pas votre réflexion. Le hachis Parmentier, c'est donc une couche de purée de pommes de terre, une couche de viande hachée, et une couche de purée de pommes de terre, éventuellement surmontée d'une couche de viande hachée, pourvu qu'une troisième couche de purée de pommes de terre vienne surmonter le tout.

Tout le monde s'est fait son opinion ? Voici la réponse correcte : le témoignage est irrécusable, l'argument est irréfutable, la preuve est irréfragable.

À moins que ce ne soit l'inverse pour les deux premiers, ou qu'il faille permuter le premier et le dernier, ou encore translater les trois d'un rang, ou de deux rangs. Quoi qu'il en soit, cette réflexion est susceptible de causer de douloureux maux de tête, voilà un constat irréfutable, irrécusable et irréfragable.

Pour dire les choses comme elles sont, irréfragable jouit d'un avantage sur ses deux concurrents. Avantage mince, mais réel. Irréfragable est moins connu, et par conséquent plus difficile à contredire. Entendez par là que, lorsque vous affirmerez que telle ou telle proposition est irréfragable, vous serez plus rarement contredits que si vous la proclamez irréfutable, moins souvent récusés que si vous la qualifiez d'irrécusable.

Prenons un exemple concret : demain matin, au Café du Commerce, vous montez sur une table pour clamer à la cantonade que « la rotondité de la Terre est une vérité irréfragable ». Ne pourront vous contredire que ceux des habitués qui connaissent le sens de l'adjectif irréfragable. A contrario, ceux qui savent seulement que la Terre est aplatie aux deux pôles, et qui vous auraient copieusement conspué si vous aviez utilisé irréfutable ou irrécusable, ceux-là vous ficheront une paix royale. Grâce à irréfragable, vous passez au-dessus des railleries, lazzis et quolibets. Chouette, non ?

J'avais prévu de vous offrir une saynète irrédentiste, c'est-à-dire une saynète au cours de laquelle tout le monde s'engage à aller chez le dentiste. Mais j'ai jugé plus sage, finalement, de me contenter d'une saynète alimentaire :

– Simone, si nous invitions les Martin à dîner ?
– C'est irréalisable, ils sont irréconciliables !
– C'est vraiment irréparable ?
– Absolument irrémédiable !
– Qu'est-ce qui s'est passé ?
– Lui s'est comporté de manière irresponsable, et il a fourni des explications irrecevables. Elle, qui entre parenthèses n'est pas irréprochable, dit qu'il est irrécupérable, et elle a entamé une procédure de divorce irrévocable. C'est irrattrapable.

– C'est pas grave, ils ne sont pas irremplaçables. On invitera les Dupont.

Si vous n'avez pas froid aux yeux, mes chers compatriotes, nous redonnerons vigueur, au milieu de la semaine des quatre jeudis, à l'adjectif *ithyphallique*, un bel adjectif contenant deux i, deux l, et deux h… que du bon matériel…

93. Regimber

Mes chers compatriotes,

Pour s'acquitter de sa sainte mission de sauvegarde des mots menacés d'extinction, le Centre que j'ai l'honneur de diriger depuis maintenant trente-sept ans vous exhorte à employer, dans toute la mesure de vos langues, ces mots en péril. Il vous y exhorte avec tant de fougue qu'il vous place au bout du compte devant une alternative simple : obtempérer, ou regimber. Je ne saurais trop vous recommander d'obtempérer, mais il ne vous est pas formellement interdit de regimber, puisque « regimber » est le mot que nous allons promouvoir aujourd'hui.

Regimber, au départ, est réservé aux ânes et aux chevaux : c'est résister en se cabrant, ou en ruant. Mais l'homme ne se lasse pas d'imiter ses frères à quatre pattes, et il a voulu, à son tour, regimber, c'est-à-dire résister, se montrer récalcitrant. Récalcitrant, rétif, rebelle, résister, ruer, regimber, le même r pour initiale, comme refuser, se révolter, renâcler, rechigner, râler, rouspéter… mon Dieu que notre langue est riche de mauvaise humeur à la page des R.

La femme qui regimbe est une regimbeuse, l'homme qui regimbe est un regimbeur. Illustration : « Tous les jours, et malgré les admonestations de son épouse, Boris refuse de ranger le beurre, c'est un regimbeur. » Le regimbeur, lorsqu'il regimbe, se rend coupable – en regimbant, donc – de regimbement.

Regimber possède, on le voit, quelques jolis dérivés encore vivants, alors que récalcitrant, qui pourtant signifie littéralement « qui regimbe », récalcitrant n'a plus de famille. Il n'y a pas, ou il n'y a plus, de récalcitreur, susceptible de récalcitrer et de devenir ainsi l'acteur d'une récalcitrance.

Le cheval récalcitrant n'a donc plus qu'à regimber… dans les brancards, les deux pièces de bois entre lesquelles on attache les bêtes de trait. La bête de trait, qui a pour mission de tirer, et non pas de traire, qui est le travail du trayeur, ni de trahir, qui est la fonction du traître.

Mais revenons à nos chevaux… et analysons à la loupe cette phrase tirée d'un recueil de Lautréamont, je cite : « L'esprit regimbe contre la ferraille, la mystagogie. » Comme le mot regimber semble simple et lumineux à présent, en comparaison du mot mystagogie.

Vous ne connaissez pas la mystagogie ?? Si, bien sûr ! Vous êtes très érudits, tous autant que vous êtes ! Vous connaissez la démagogie ! la mystagogie, et la psychagogie ! Vous savez que la mystagogie, c'est l'initiation aux mystères de la religion, de la magie ou de l'occultisme… et que la psychagogie est le terme savant pour désigner ce que nous appelons plus souvent le « coaching ». Vous savez tout ça, champions que vous êtes !

Alors, que regimbiez-vous ? Que freiniez-vous des quatre fers, telles de rétives bourriques ? Que ruiez-vous ? Que rouspétiez-vous ? J'ose espérer qu'il ne s'est agi que d'un mouvement d'humeur passager, dû probablement à l'évocation, toujours lourde de conséquences, du sieur Isidore Ducasse, comte de Lautréamont.

Lisez et relisez, je vous prie, à voix basse, la mystérieuse saynète que voici :

– Simone, écoute-moi bien, c'est important !
– (*Lasse.*) C'est toujours important, chéri ! !
– Oui, mais là, c'est vraiment important !
– Alors je t'écoute. Je t'écoute bien.
– Voilà. Celui qui rechute a déjà chuté. Celui qui reclasse a déjà classé. Celui qui relance a lancé, et celui qui retombe est déjà tombé.
– Oui, et donc quoi ? Où est le problème ?
– Eh bien : pourquoi celui qui regimbe n'a-t-il jamais gimbé ?
– Pourquoi il n'a pas gimbé ?

– Oui, pourquoi ?
– Tout simplement parce qu'il n'avait pas envie de gimber !
– Que serais-je sans toi, Simone, que serais-je sans toi que ce balbutiement ?

Mes chers compatriotes, sauf contrordre, mais il faut reconnaître que les contrordres ne sont pas rares, le prochain mot pour lequel nous dépenserons un peu de salive sera le mot *sialorrhée*, terme médical qui désigne une sécrétion excessive de salive. Je vous entends déjà saliver.

94. Débagouler

Mes chers compatriotes,
S'il vous reste un peu de courage, et je sais qu'il vous en reste, nous allons nous colleter aujourd'hui avec la raréfaction, non pas du verbe pronominal se colleter puisque nous venons juste d'en faire un juste usage, mais du rafraîchissant et dynamique verbe « débagouler ». Pas si rafraîchissant que cela, pour être honnête, puisque le premier sens, vieilli, de débagouler n'est autre que « vomir ». Mais débagouler a su rompre avec ses origines terriblement prosaïques et acquérir le sens, plus utilisable dans les salons parisiens, de : proférer une suite d'injures, ou, plus simplement encore, une suite de paroles. Exemple : « Guillaume, si réservé d'habitude, s'est soudainement mis à débagouler. »

Très souple de nature, débagouler, d'intransitif, est même devenu transitif. On peut aujourd'hui débagouler des inepties, des sornettes ou des prières. Encore un exemple : « Guillaume, si taciturne à l'accoutumée, s'était soudainement mis à débagouler d'extravagantes révélations sur les mœurs étranges des moines de l'abbaye de Saint-Corydon. » Ce n'est pas une citation, je n'ai pas extrait cette phrase d'un ouvrage existant… elle est la première pierre d'un roman à sensation que je m'apprête à écrire. Il me reste à déterminer : qui est Guillaume, qui fut Corydon, où se situe l'abbaye de Saint-Corydon, qu'y font les moines s'il y a des moines, et pourquoi Guillaume est habituellement taciturne. Du pain sur la planche, mais reconnaissez que les débuts sont prometteurs.

Et qui sait, qui sait si je ne vais pas, une belle nuit, par miracle, me lever dans mon sommeil et débagouler, à mon insu, et devant un providentiel magnétophone, 250 pages géniales d'une œuvre picaresque forgée d'atticisme moderne et d'irrésistible alacrité ? Qui sait ? Qui sait si ce n'est pas en débagoulant que ma créativité s'exprimera, comme celle du peintre américain Jackson Pollock qui disait : « Je peins comme je vomis. »

En attendant, je dois vous mettre en garde contre un usage incorrect de débagouler, au sens de débouler, qui lui ressemble il est vrai. Débouler dans le sens de « faire intrusion précipitamment », en déboulant l'escalier si votre arrivée se fait par l'escalier, ou tout simplement en déboulant dans la chambre, tour un peu argotique que l'on utilise même en l'absence d'escalier descendant.

Débouler est un verbe à double sens, le sens de l'arrivée, quand vous déboulez chez les gens à n'importe quelle heure, et le sens du départ, quand le lièvre déboule, c'est-à-dire part à l'improviste devant le chasseur.

Débagouler, fort heureusement, ne se fait que dans un sens, car, sans une intervention extérieure, les mots ne peuvent pas rentrer dans la gorge, et, d'une certaine manière, c'est tant mieux.

Comme le disait Clemenceau, qui était un fin blagueur à l'oral, « sans saynète, c'est pas net, mais avec une saynète, c'est net » :

– Simone… la réunion de copropriétaires s'est bien passée ?

– Non, c'est comme d'habitude, ça discute, et ça palabre, et ça papote, et ça jacte, et ça cause, et ça parlote, et ça baratine, et ça bavasse, et ça jabouine, et ça débagoule…

– Mais concrètement ?

– Concrètement : rien ! Ça potine, ça se répand, et ça jacasse, et ça caquette, et ça jabote… et que je te bonimente, et que je te babille, et ça dégoise, et ça clabaude, et ça jaspine, et ça cancane, et ça déblatère, et ça lantiponne…

– Ça lantiponne ? ? ?

– Interminablement ! !

– Ça a dû être pénible !….
– Tu l'as dit !

Mes chers compatriotes, assez débagoulé pour l'instant, nous verrons dans les mois qui viennent s'il y a lieu de revigorer la *sandaraque*, substance résineuse produite par le thuya et qui entre dans la composition des vernis clairs.

95. Sybarite

Mes chers compatriotes,
Je vous l'avais promis il y a quinze ans, nous allons aujourd'hui redonner vie et force au mot « sybarite », et, pour faire bonne mesure, nous soignerons aussi ses deux voisins du dessous que sont l'adjectif « sybaritique », qui est propre aux sybarites, et le « sybaritisme », qui désigne la vie et les mœurs des sybarites.

Tout commence à Sybaris, ville grecque de l'Italie péninsulaire, fondée en 708 av. J.-C. dans le golfe de Tarente. Si vous imaginez la botte italienne posée à plat par terre, l'espace vide en forme de carré sous la semelle, entre le talon et la pointe, c'est le golfe de Tarente. À la pointe nord du carré, c'est Tarente ; à la pointe ouest, à cheval entre la Calabre et la Basilicate, l'emplacement de la défunte Sybaris. Défunte, parce qu'à la pointe sud se trouve la ville de Crotone qui, à la tête d'une ligue de cités, anéantit littéralement la ville de Sybaris en 510 av. J.-C.

Entre ces deux dates, soit pendant deux siècles, Sybaris fut renommée pour son immense richesse, sa somptuosité, son climat de plaisirs et de débauche, naturellement allié à la mollesse paresseuse de ses habitants. La prospérité de Sybaris était proverbiale. Je ne pourrais pas vous citer le proverbe, probablement grec, qui témoignait de la prospérité de Sybaris, mais il y en avait un, à coup sûr.

C'est ainsi que, par antonomase, Sybaris nous a laissé, mieux qu'un bon souvenir, l'adjectif et le nom sybarite pour désigner une personne qui mène une vie facile et voluptueuse.

Sybaris fut en somme, non pas géographiquement, mais sociologiquement, aux antipodes de Sparte qui nous a donné l'adjectif spartiate, signifiant « qui rappelle la rigueur et l'austérité des coutumes de Sparte ».

Ici Sybaris, là Sparte. Ici c'est des riches, là c'est des moines. Vous comprenez la blague ? Lacédémoines… Lacédémone, l'autre nom de Sparte !

Bref. Mener une vie de sybarite, c'est comme mener une vie de bâton de chaise, mais en mieux. Le sybaritisme, c'est l'hédonisme, sans la dimension morale. C'est l'épicurisme perverti. C'est le rêve : une vie de plaisirs, de mollesse, rythmée de goinfreries gargantuesques avant la lettre et de siestes crapuleuses avant de repasser à table. Il n'y a guère que Capoue, et ses légendaires délices, qui ait pu par la suite concurrencer Sybaris, avec la même conséquence funeste : l'incapacité de résister à l'ennemi et, par voie de conséquence, la ratatinade, néologisme de mon cru qui signifie qu'on s'est fait ratatiner.

C'est à Sparte, me dit-on, que tinta pour la première fois la cruelle saynète que voilà :

– Tiens ! Un faire-part de décès… C'est qui, Simone ?
– C'est qui qui a envoyé le faire-part, ou c'est qui qui est mort ?
– Qui est mort.
– C'est Jean-Noël Vautier, un labadens. Mais pas de regrets…
– Pourquoi, il était méchant ?
– Non, pas du tout, mais il a vécu quatre-vingt-cinq ans d'une vie de sybarite, il a eu sa part…
– Jean-Noël Vautier, tu dis ?
– Oui. On l'appelait JNV, comme ses initiales : Jouisseur Noceur Viveur.
– J'allais dire *De profundis*, mais *De sybaris* serait plus adéquat.
– Poil aux pattes !

Mes compatriotes bien-aimés, nous n'aurons pas quant à nous le loisir de musarder : déjà un autre mot nous attend sur le bord de la route, le *pérégrin*, terme de fauconnerie, mais surtout homme libre qui n'était ni citoyen romain, ni latin, et pas davantage sybarite. Il n'était « que » libre, le bougre.

96. Déréliction

Mes chers compatriotes,

Sabre au clair, c'est-à-dire sabre hors de l'obscurité du fourreau, portons-nous d'un même et généreux élan au secours de la déréliction, non pas malheureusement celle de trop de nos compatriotes, mais seulement, depuis notre modeste position, au secours du mot « déréliction », qui désigne l'état de l'homme qui se sent abandonné, isolé, privé de tout secours divin. Il est nettement préférable, même si les deux termes de la proposition ne sont guère comparables, il est préférable de nager en plein vaudeville que de nager en pleine déréliction.

Dans la famille, vêtue de noir, de déréliction, nous trouvons, en proie précisément aux affres de la déréliction, des hommes et des femmes découragés, isolés, désespérés, abattus, délaissés, abandonnés, seuls. En substantivant : des personnes rongées par le découragement, détruites par l'isolement, tenaillées par le désespoir, percluses d'abattement, terrassées par le délaissement, minées par l'abandon, brisées de solitude. Ce n'est pas très gai, mais ça existe, et ça s'appelle la déréliction.

Les mots pourtant sont là qui peuvent guérir, ou à tout le moins soulager, la déréliction. Ce sont les mots soutien, réconfort, aide et entraide, secours, consolation, fraternité, encouragement, appui, protection, compagnie, solidarité, assistance, soulagement, sodalité, rescousse, soutien, accompagnement, soins, charité, entourage, et, *lasteux beuteux noteux listeux*, intelligence et société.

Vous avez relevé au passage le terme obsolète de sodalité. Les sodalités étaient des associations romaines, associations politiques, très ambitieuses et pas toujours recommandables, ou confréries religieuses chargées de célébrer certains cultes particuliers, notamment celui de l'empereur…

Mais l'Empire romain succomba à la déliquescence, déroute, décadence, ruine, débâcle, putréfaction, déchéance, marasme, décomposition, décrépitude, déclin, je ne sais quel mot choisir, mais l'Empire romain en tout cas n'y survécut point, et les sodalités disparurent avec lui.

En ai-je assez dit ? Non, car il reste à mentionner l'acédie, vieille cousine de la déréliction. L'acédie, terme religieux à l'origine, est une sorte de dépression spirituelle, une forme de tristesse et d'ennui, de langueur morale.

Celui qui cumule déréliction et acédie, celui-là n'incline catégoriquement pas à l'allégresse ni à l'optimisme. Il est à parier qu'il a, comme on dit en français d'aujourd'hui, le moral dans les chaussettes.

J'ouvre une parenthèse pour déplorer qu'on ne reprise plus les chaussettes. Quand les chaussettes sont trouées, on les jette, on les laisse tomber comme des vieilles chaussettes. On ne reprise plus. Je n'en fais pas une maladie, je le déplore, c'est bien mon droit.

Comme je déplore que les utilisateurs de téléphones mobiles continuent de dire « je décroche » et « je raccroche », alors qu'il n'y a depuis belle lurette plus rien à décrocher ni à raccrocher. Je ne cherche pas la bagarre, je donne mon avis, c'est tout.

Il est rare qu'une saynète illustrative finisse mal. C'est pourtant le cas de celle-ci :

– Simone, devine quel est le rapport entre…

– J'ai pas très envie de jouer aux devinettes…

– … Le rapport entre la déréliction, les chaussettes, l'Empire romain, le téléphone mobile, la misère et les vaudevilles.

– Je ne vois pas…

– Ben alors tu ne m'écoutes pas, depuis dix minutes.

– Non, en effet. J'étais occupée à autre chose.

– Comment veux-tu deviner, alors ?

– Je ne veux pas deviner. Ça ne m'intéresse pas.

– Eh bien ne va pas t'étonner ensuite si je sombre dans la déréliction.

– Dans la quoi ?

– Merde !

Mes chers compatriotes bien entourés, vous pouvez sortir les serpentins et les gâteaux secs, car nous secourrons en lettres de feu et très prochainement, dans le tome XCVI, le *madrinier*, artisan qui fabriquait des madrins, c'est-à-dire des vases taillés dans une madre. Heureux ?

97. Ergastule

Mes chers compatriotes,

L'oiseau qui vient de se poser devant nous est de la race des grands classiques : il s'agit du choix cornélien. Choix de sauvegarder le mot « babouvisme », ou le mot « ergastule ». Ne gaspillez pas votre salive à tenter de me convaincre de sauver les deux, nous n'aurons pas le temps. Je le voudrais que je ne le pourrais pas. Il faut choisir.

Et le choix, j'en suis conscient, est d'autant plus délicat que les deux mots sont sans rapport entre eux : ils ne riment pas, ou alors très mal, ils n'ont pas le même sens, ni la même fonction, ni la même origine, ils sont comme la carpe et le lapin. La carpe, c'est la doctrine de Gracchus Babeuf, tendant à un communisme égalitaire : le babouvisme. Le lapin, c'était, dans l'Antiquité romaine, une prison souterraine, un cachot : c'est le redoutable ergastule.

Je veux bien vous donner quelques renseignements complémentaires, pour éclairer votre choix… en vous disant par exemple que Babeuf fut guillotiné à l'âge de trente-sept ans… ou qu'ergastule est emprunté au latin *ergastulum*, adaptation du grec *ergasterion*, signifiant « atelier »… ou que Babeuf naquit à Saint-Quentin-en-Picardie le 23 novembre 1760 sous le prénom de François-

Noël… ou qu'ergastule rime avec fistule, spatule, rotule et tarentule…

Mais il est temps de trancher ! Le vote se fera à main levée ; que ceux qui sont partisans de secourir babouvisme le manifestent en levant la main… Bien haut, que je puisse compter. Ceux qui votent pour ergastule, maintenant !

Ah oui ! C'est très net, vous êtes bien plus nombreux ! C'est donc l'ergastule qui triomphe, ce que je trouve personnellement un peu étrange, vu que vous auriez plus à attendre du babouvisme, qui aspire à l'égalité parfaite et au bonheur commun, que de l'ergastule, méchant cachot, lugubre prison où croupirent tant de babouvistes, sinistre oubliette où mourra, faute de soins, le babouvisme.

Mais, en bon démocrate babouvien, je me soumets à votre désespérant verdict, et je chante l'ergastule, retrouvé au milieu d'un lumineux poème de José Maria de Heredia. Extrait.

Et chaque soir la foule allait aux aqueducs,
Plèbe, esclaves, enfants, femmes, vieillards caducs
Et tout ce que vomit Subure et l'ergastule ;

Tous anxieux de voir surgir, au dos vermeil
Des monts Sabins où luit l'œil sanglant du soleil,
Le Chef borgne monté sur l'éléphant Gétule.

Comme à l'accoutumée, une saynète nous en dira plus qu'un long discours et même qu'un discours court :

– Simone, tu connais les Gétules ?
– Non. Ils habitent l'immeuble ?
– Mais non, c'est un ancien peuple berbère nomade qui vivait en bordure du Sahara. Et qui combattit Rome, aux côtés de Jugurtha.
– Et Jugurtha, il habite l'immeuble ?
– Comment ?
– Jugurtha, il habite l'immeuble ?
– Non, Simone. Il est à l'hôtel, pour l'instant. À l'hôtel Babeuf.
– Aah…

Mes chers compatriotes, à partir de demain midi, nous inscrirons dans le marbre la *mannite*, substance organique comportant 6 fonctions alcool. D'où vient très logiquement l'expression : « Arrête de boire, c'est une sale mannite. »

98. Afféterie

Mes chers compatriotes,
C'est pour moi un plaisir en même temps qu'un privilège de tendre en cette paisible journée vernale une main immensément secourable à un précieux et coruscant vocable dont la…
Non, réflexion faite, je vais vous annoncer la chose sans afféterie : je suis bien content d'avoir à défendre aujourd'hui le mot « afféterie ».
En commençant par une bonne nouvelle : mes dictionnaires, une fois n'est pas coutume, sont

d'accord. Pour l'un, l'afféterie est un abus du gracieux, du maniéré, dans l'attitude ou le langage. Pour l'autre, une recherche excessive ou prétentieuse dans les manières, le langage.

Voyons maintenant comment que c'est que ce mot se positionne au niveau des mots qui sont un peu pareils, je veux dire « Promenons-nous plaisamment au jardin enchanteur et bigarré des synonymes ».

Il y a la préciosité : affectation dans les manières, le langage, le style. Il y a l'affectation, manque de naturel dans la manière d'agir, de parler. Juste à côté fleurit le maniérisme, manque de naturel, affectation, en particulier en matière artistique et littéraire.

Deux mètres plus loin croissent la mièvrerie et les minauderies ; sous les grands hêtres, au fond, s'épanouit le snobisme, et au bord de l'étang, entre les saules argentés, on voit nettement verdoyer le genre, dans l'expression « faire du genre », c'est-à-dire « avoir des manières affectées ».

C'est dans un autre jardin, à l'opposé, que grandissent la simplicité et le naturel. Seul le second, lorsqu'on le chasse, revient au galop. La simplicité, si vous la chassez, ne revient pas au galop. Elle ne revient plus. Le vent la sème dans le jardin de l'afféterie où elle vivra en saprophyte sur le pestilentiel lisier de l'affectation.

Je ne puis résister à la volupté de célébrer ici l'homme de plume et barde port-au-princier Raymond Chass…

Non, plus sobrement, je cite l'écrivain et poète haïtien Raymond Chassagne… attention, le mot afféterie vient très vite, au début de la recommandation :

« Que s'éteigne l'afféterie des vains débats, savoir d'emprunt, prébendes sémantiques où n'ont cours ni foi ni vision ni terre ; où, à force d'infatuation et d'oblitère, l'on absente en même temps l'aïeul et le métis. »

Je ne suis pas sûr d'avoir bien saisi le sens des « prébendes sémantiques », je ne connais pas le substantif « oblitère » – je ne connais que le verbe oblitérer et l'obituaire, registre renfermant la liste des défunts pour lesquels on doit prier –, je considérais jusqu'ici le verbe absenter comme intransitif… mais je reconnais que la phrase a de la gueule.

Voici la SIT (Saynète Illustrative Traditionnelle) :

– Simone, qu'est-ce qu'y a à bouffer ?

– Du bœuf bourguignon. Cela te convient-il ?

– Chouette ! C'est bon, le bœuf bourguignon. J'aime ça. Et après on fait quoi ?

– Nous regarderons, si tu en es d'accord, les programmes de la télévision.

– Ouais. Bien. C'est bien, la télé. J'aime bien la télé.

– Tu vois, chéri, ce que j'aime avec toi, c'est la certitude de ne jamais trouver, dans ta conversation, la moindre trace d'afféterie.

– Bien sûr. C'est nul, l'afféterie. C'est relou et ça craint.

– On peut voir les choses comme ça…

Mes bons amis, il est temps de prendre congé, en attendant de nous retrouver pour secourir le mot qui précède congé dans le dictionnaire : le *conge*, récipient dans lequel on fait le mélange pour la préparation des liqueurs. Le conge, ou n'importe quel autre mot, pourvu qu'il soit avant ou après congé dans le dictionnaire.

99. Peccamineux

Mes chers compatriotes,

Repentez-vous, c'est le moment ou jamais, car nous allons rétablir dans ses droits l'étrange adjectif qu'est « peccamineux ». Un adjectif qui a disparu des dictionnaires courants, certainement parce que les auteurs de ces dictionnaires avaient quelque chose à se reprocher, quelque acte peccamineux ou quelque attitude peccamineuse… et ils ont pensé, en supprimant le mot, laver le péché. Peine perdue ! Nous, qui n'avons pas froid aux yeux, nous pouvons la tête haute réintroduire dans nos conversations quotidiennes le mot peccamineux : « qui présente le caractère du péché, ou qui est en rapport avec le péché ». Des pensées peccamineuses, un geste peccamineux, un amour peccamineux. Ou un homme peccamineux, c'est-à-dire un homme qui commet des péchés, qui est susceptible de faire ou de susciter le péché.

Vous aurez naturellement reconnu, mes bien chers frères, la racine commune du péché, du pécheur, de la pécheresse et de peccamineux, à savoir : *peccatum*, la faute, le péché.

Agnus Dei, qui tollis peccata mundi, miserere nobis. « Agneau de Dieu, qui enlèves les péchés du monde, prends pitié de nous. »

Peccatum a donné peccable, c'est-à-dire « qui est sujet au péché, à la faute », mais, curieusement, seul l'antonyme, impeccable, est demeuré. Impeccable, avant d'avoir le sens de parfait, propre et net, irréprochable, ou même formidable, signifie : incapable de pécher, exempt de toute faute.

« Comment s'est passé le hold-up ?

– Impeccable ! »

… Ce dialogue-ci est aussi surréaliste que celui-là :

« Comment c'était, ton week-end à Marrakech ?

– On s'est bâfrés, on a picolé, on a partouzé… c'était impeccable ! »

Rappel inutile : le péché, quand il n'est pas l'arbre dont le fruit est la pêche, et dont l'accent est circonflexe, le péché avec deux accents bien aigus est la transgression consciente et volontaire de la loi divine. Il peut être véniel, originel, mortel, mignon ou capital. Les sept péchés capitaux (cf. p. 142) sont l'Avarice, l'Envie, la Gourmandise, la Luxure, l'Orgueil, la Paresse et la Colère.

Celui qui affirme « la gourmandise, c'est mon péché mignon », celui-là se trompe, et sa déclaration est doublement peccamineuse, car la gourmandise est un péché capital. Ça ne rigole pas, dans les églises.

Vous serez, pauvres pécheurs, bien surpris d'apprendre que peccamineux admet de nombreuses rimes riches, depuis les raretés que sont albumineux, bitumineux, légumineux ou cérumineux, jusqu'aux très familiers volumineux, faramineux et lumineux. Permettez-moi une strophe – les vers de mirliton, c'est mon péché mignon :

Avec ses seins volumineux
Et son regard faramineux
Elle suscitait, c'est lumineux
Force désirs peccamineux.

Restez assis, je vous en prie... Et, dans cette position, prenez connaissance de la SEVE, Saynète Éducative à Vocabulaire Étendu :

– Simone, j'ai pêché !
– Par pensée, par parole, par action ou par omission ?
– Non : par habitude !
– Mais, chéri, l'habitude n'est pas péché !
– Si, si ! Avec les copains, on a l'habitude, tous les dimanches, d'aller pêcher. J'ai croisé Mathieu à la boucherie, il m'a dit « Je vais à la pêche avec Luc et Jean, tu te joins à nous ? », et par habitude

j'ai dit oui ; on est allés à l'étang de Villedieu, et j'ai pêché.

– *Ego te absolvo* *.

– Non, y avait que nous !

– J'ai pas compris…

* Et Gauthier Apsollevaux ?

Mes chères brebis : pour les fêtes de Pâques, munissez-vous de vos permis, car nous repêcherons la *vandoise*, poisson d'eau douce du genre chevesne, dont il existe trois versions équivalentes et homologuées : chevesne, chevaine et chevenne. Toutes trois savoureuses en friture.

100. Glossaire

Mes chers compatriotes,

Autant j'aime la Gascogne et les Gascons, autant j'ai une sainte horreur des promesses de Gascon : je vous ai fait la promesse d'un mot bonus… il est là, qui s'avance, ponctuel et radieux : « glossaire ».

Le glossaire n'est certes pas un inconnu, encore convient-il de le distinguer précisément du dictionnaire, du lexique, de l'encyclopédie, du vocabulaire, de la nomenclature et du thésaurus.

Le thésaurus, c'est un répertoire alphabétique de termes normalisés pour l'analyse de contenu et le classement des documents d'information.

Le vocabulaire, c'est, entre autres définitions, un livre d'enseignement consacré à l'étude des mots.

Le lexique, c'est le dictionnaire succinct d'une science ou d'une technique, d'un domaine spécialisé.

La nomenclature, c'est l'ensemble des termes employés dans une science, une technique, méthodiquement classés.

Le dictionnaire, c'est un recueil de mots rangés dans un ordre convenu qui donne une définition ou des informations sur les signes.

L'encyclopédie, c'est l'ouvrage où l'on traite de toutes les connaissances humaines dans un ordre alphabétique ou méthodique.

Le glossaire enfin, puisque c'est lui que nous avons souhaité honorer par la présente, le glossaire, c'est, parfois, le dictionnaire qui donne l'explication de mots anciens ou mal connus, et, parfois, le lexique d'une langue vivante.

Mais le glossaire, qu'il ne faut pas confondre avec le grimoire, livre de magie ou de sorcellerie, le glossaire est aussi le vocabulaire spécifique d'une activité. Ainsi, vous trouverez dans le glossaire du véliplanchiste des mots anglais comme *beachstart*, *sideshore*, *wishbone*, *shorebreak*, *footstraps* ou *jibe*, mais aussi des mots bien de chez nous ou qui pourraient le devenir, comme tire-veille, amure, lofer et abattre, naviguer au près, au travers, au largue, empannage, surtoilé ou sous-toilé.

Quand on n'y connaît pas grand-chose, il est incontestable que le glossaire sert.

Le glossaire, et c'est là que je voulais en venir, est encore la liste alphabétique, placée à la fin d'un ouvrage, du vocabulaire spécialisé qui y est utilisé. Le glossaire du présent ouvrage, fort de 518 mots, s'énonce donc ainsi :

abscisse, abscons, abstrus, accort, accrétion, acédie, acre, âcre, acrimonie, aculéates, adamantin, afféterie, agonir, alacrité, alambiqué, alépine, algarade, allitération, amphigourique, amuïssement, ancillaire, annamite, antonomase, aphasie, aphérèse, apocope, apocryphe, apodictique, apologétique, apophtegme, apoplexie, aporétique, aporie, aposiopèse, apostille, aptère, araucaria, areau, aréopage, argutie, aristophanesque, arroche, asianisme, ataraxie, atermoyer, atticisme, atticiste, aumusse, auteure, avatar, avunculaire, azimut, babouvisme, balivernes, baragouin, barguignage, barguigner, bartavelle, baryonique, bavocher, bavochure, béchamel, bégonia, béjaune, béotien, billevesées, bisaïeul, bivouac, bollon, brigantine, bringuebalant, bugaru, bugle, burlingue, cacaber, cacarder, cacochyme, cagneux, caillebotis, calembredaines, calepin, callopsitte, cambuse, cangue, caparaçon, capoeira, captieux, casin, cation, cauteleux, cérifère, cérumineux, chaconne, chambard, chanfrein, chantre, chassie, chassieux, chenapan, chenu, chevesne, chinook, chocolatero, cilice, cirière, clapir, coalescence, coite, colleter, comminatoire, complanté, complétion, componction, concoction, concupiscence, concussion, conge, congru, congruence, congrûment, conjouir, contention, contondant, controuvé, coqeye, coquecigrue, corniaud, cornichon, coruscant, corvéable, cotylédon, cracovienne, cuir, cuistre, cultisme, cultorisme, dahlia, dation, débagouler, débouler, dégoiser, délétère, déréliction, désaffection, désambiguïsation, diaphorèse, diérèse, digressions, dilatoire, diplopie, dossiste, ducasse, échappatoire, échauffourée, échauguette, écholalie, éclanche, efflorescence, égreneuse, égrillard, égrisage, émétique, émoluments, empyreumatique, endiguement, endothermique, éphod, épicène, épicurisme, épistémologique, éponyme, eschatologie, estacade, étambot, étique, euphuisme, exaction, exhaler, exhaustif, exothermique, fallacieux, faramineux, faribole, fasce, fatuité, faucarder, feuler, figaro, flavescent, florianesque, foehn, folia, forlane, foutral, fuchsia, fuligineux, fuligules, galimatias, gardénia, gélivure, gémellité, gemme, gémonies, gent, gentillâtre, giboyeux, giromon, glatir, glossaire, godichon, goinfrerie, gongorisme, gouge, gousset, grenu, grimaud, grimoire, grisoller, guillaume, guimbarde, habanera, harmattan, harpagon, hédonisme, herméneutique, hiémal, hiérophante, hirudiniculture, hoffmanesque, holisme, holistique, homilétique, hornpipe, horrifique, humérus, hypocoristique, hypokhâgneux, hypotypose, idiosyncrasie, immarcescible, impéritie, inchoatif, incipit, incomplétude, incongru, indéhiscent, infatuation, infrangible, ingambe, initier, insigne, intangible, irrécusable, irréfragable, ithyphallique, jabloir, jaboter, jabouiner, jacaranda, jangada, janissaire, jaspiner, jean-foutre, jérémiades, jobard, jocrisse, jubarte, kagura, kamakaza, kaolin, karaburan, kathak, kérygmatique, khâgneux, labadens, landau, landlash, langueyer, lantiponner, lapidaire, lapilli, lazzis, legs, létal, léthargie, lévirat, lévites, lexicologique, libations, libéralité, licencieux, liminaire, lisier, lofer, loure, lunatique, luxurieux, mâchon, madre, madrinier, mafflu, magnanarelle, magnificence, magnolia, maïeutique, mannite, mansuétude, marcescence, margotter, marinisme, martégaux, martingale, mécène, méduser, mégère, mélioratif, mellifère, melliflu, mendole, mennonite, méphitique, mérengué, métathèse, michelangesque, milouin, mithridatisation, molièresque, monitoire, morbidesse, moresca, morganatique, morillon, munificence, muserolle, mystagogie, nagaïka, nankin, nasière, naviculaire, néophyte, nervoir, obtempérer, odissi, odoriférant, official, officialité, one-step, orbiculaire, palilalie, palimpseste, palissandre, pampero, panacée, panais, panurgisme, parangonner, parcimonie, parénèse, parnassien, paronyme, passacaille, passe-pied, patache, patachon, pataquès, patelin, pâtisson, peccamineux, pelvien, pérégrin, péremptoire, péroraison, persillé, pestilence, pétaudière, phéromone, philistin, phonème, piaculaire, picarel, picaresque, picrocholine, pimpant, pimprenelle, pironneau, pitchpin, pléonastique, podagre, polyandrie, potée, potin, poudrerie, prébende, préciput, prégnant, prétérition, prévarication, proclitique, procureure, prodigalité, pronosupination, propédeutique, protreptique, provende, psittacisme, psychagogie, puffin, pulluler, pusillanimité, quérimonie, queutage, ramin, raspoutitsa, rasséréner, ratiocination, ratiociner, ratiocineur, rebousse, récipiendaire, regimbement, regimber, relent, rémanenence, remugle, renaissance, reshabar, résipiscence, réticulaire, retoquer, rhodien, roborative, rodomont, rodomontade, rotondité, roussard, rutilant, sabaron, sabir, sabretache, saltarella, sandaraque, sarcopte, saurissage, saynète, scatologie, schneefresser, schnock, scissiparité, scorsonère, scrogneugneux, séculier, séguedille, séricigène, sialorrhée, sibyllin, sigisbéat, sigisbée, sigisbéisme, silhouette, simagrée, simonologie, sipo, sodalité, solécisme, sororat, souffleter, spartiate, spécieux, spumeux, squalide, stipendier, subsumer, superfétatoire, supin, surérogation, surnuméraire, sybarite, sybaritisme, syncrétisme, synérèse, systémique, tancer, testateurs, thébaïde, thésaurus, thyrse, tintinnabuler, tire-veille, tocan, trayeur, trémoussoir, trempure, trigle, trisser, troncation, trope, trotte-menu, tubuliflore, tudesque, tursi, utriculaire, valétudinaire, vandale, vandoise, varve, vergogneux, vermiculaire, vernaculaire, vespétro, vétilleux, viduité, voluptueux, voulge, zélote, zinnia, zinzinuler, zoïle, zucchette.

Mes chers compatriotes, admettez que lorsque je promets un bonus, je donne un bonus ! Non ? Vous êtes d'une exigence écœurante. Je ne voulais pas que nous nous quittions fâchés, mais vous avez attigé. Et je ne définirai pas ce mot, et il ne figurera pas dans le glossaire. Non mais !

Attiger : *v. intr.* (1903 ; « meurtrir, blesser », 1807 ; de *aquiger* [1596], o.i., av. infl. de *tige*). *Pop.* Exagérer. (ellipse de *attiger* [bousculer] *la cabane*).

Voyez ce que vous perdez !

Remerciements

Merci à ma comédienne fétiche Raphaëline Goupilleau, à Léa Drucker, à Rémy Waterhouse, à Laure Adler, à Élodie Jouvet, à Frédérique Drouin, à Jean-Marie Gourio.

ENTRÉES

Table

COMPOSITION : NORD COMPO MULTIMÉDIA
7 RUE DE FIVES - 59650 VILLENEUVE-D'ASCQ

CPi
BUSSIÈRE

Cet ouvrage a été imprimé en France par
CPI Bussière
à Saint-Amand-Montrond (Cher)
en juillet 2011.
N° d'édition : 92864-5. - N° d'impression : 111909.
Dépôt légal : août 2007.